フェア・チャンス

ジョシュ・ラニヨン
冬斗亜紀〈訳〉

All's Fair 3
FAIR CHANCE
by Josh Lanyon
translated by Aki Fuyuto

Romance

フェア・チャンス
FAIR CHANCE

主な登場人物

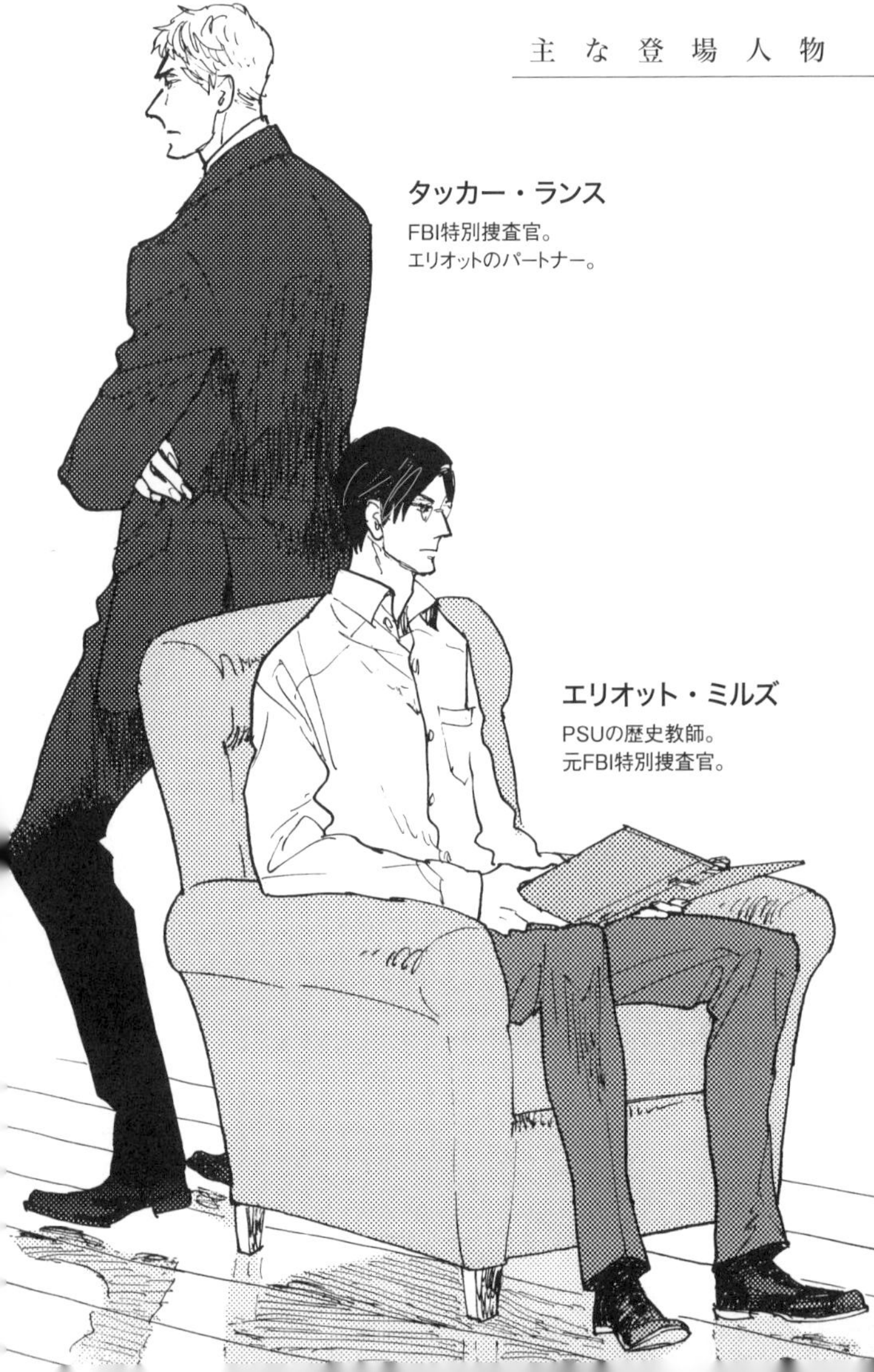

タッカー・ランス

FBI特別捜査官。
エリオットのパートナー。

エリオット・ミルズ

PSUの歴史教師。
元FBI特別捜査官。

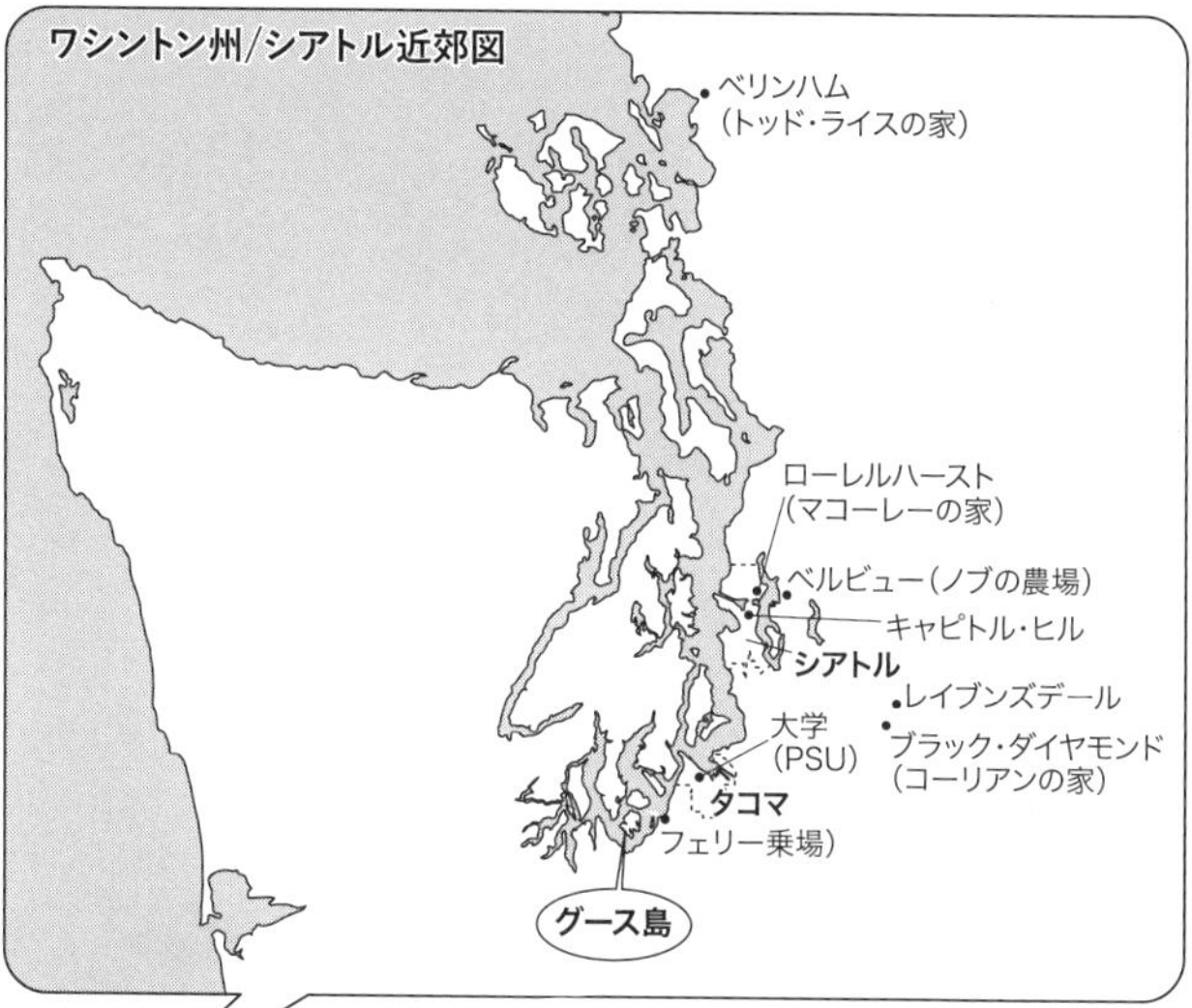
ワシントン州/シアトル近郊図
ベリンハム
(トッド・ライスの家)
ローレルハースト
(マコーレーの家)
ベルビュー(ノブの農場)
キャピトル・ヒル
シアトル
レイブンズデール
ブラック・ダイヤモンド
(コーリアンの家)
大学
(PSU)
タコマ
フェリー乗場)
グース島

カナダ
ワシントン州
ワイオミング州
(トーヴァ在住)
アメリカ全域地図

イラスト：草間さかえ

1

「君は来るとわかっていたよ」

アンドリュー・コーリアン、今や〝彫刻家《スカルプター》〟として知られる男は、昔どおりの微笑を浮かべていた。とてつもない自信と、やや蔑むような。この瞬間まるで彼は、ピュージェットサウンド大学で自分のオフィスに座っているかのようだった――シータックにある連邦拘置所の接見室ではなく。

「そうだろう」とエリオットは答えた。

コーリアンの力強い手は、太い手首に手錠をはめられ、樹脂のテーブルに置かれていた。その指を広げ、手のひらを上に向けて、テーブルをはさんだプラスチックの椅子に座るエリオットへ「くつろいでくれ」と言いたげな仕種をする。

ＦＢＩシアトル支局のモンゴメリー支局長の依頼を受けたその瞬間から、エリオットは己の決断を疑ってきたが、コーリアンの態度の傲慢さはその疑いをはっきり裏書きするものだった。この〝彫刻家《スカルプター》〟から有益な情報が得られるとは思えない。

「君が抗《あらが》えるわけがないだろう」とコーリアンは言っていた。「この一度、またヒーローを演じるチャンスだ。自分のほうが私より優れていると思いこむチャンス」

「図書館で心理学の本でも読みあさったのか」

エリオットはテーブルの上で両手を組み、何気ない仕種で室内を見回した。

ＦＢＩにいた頃、接見室には幾度も入った。無彩色。頑丈な備品。防弾の曇りガラスを覆うステンレスの金網。ドアの外の看守。透視鏡《マジックミラー》に至るまで、見慣れた光景だ。

その鏡の向こうに立っているのは、タコマ市警殺人課のパイン刑事と、ＦＢＩ特別捜査官ケリー・ヤマグチの二人。

パインとヤマグチが何か見逃したとしても、頭上のカメラがこの接見を録画している。

コーリアンは、ヘイゼルの奇妙な色合いの目――業務用ライトの寒々しい光でほとんど黄色に見える目を、エリオットの嫌味に細めたが、大きな笑みは揺らぎもしなかった。複数回の終身刑を目の前にした男にしてはやけにご機嫌だ。

「君を理解するのに心理学の本を読む必要などない、ミルズ。君の心理は単純きわまりない」

「だが俺のことはもういいだろう」とエリオットは応じた。「あんたが大好きな話をしようじゃないか。あんただ。もっと正確に言うなら、あんたが、俺に会いたがった理由だ」

コーリアンが後ろにもたれると、囚人服の粗いカーキの布地がきしんだ。漫画家が描き出す悪魔っぽい姿だ。つやつやした禿頭、完璧なヴァン・ダイク風の口ひげと顎ひげ。元から大柄だったのが、刑務所でもっと大きくなった。固く鍛えられて、毎食ごとに筋肉増強剤を流しこんでは自由時間に筋トレ三昧といった様子だ。筋トレはあながち的外れでもないか、裁判をじっと待つ間はろくにすることもないだろうし。まさに、血塗られた手で捕らえられたのだから。それも、十五年以上に及ぶ惨殺と人体切断の罪で。

　コーリアンが言った。

「会いたかったわけではない。君に訪問の許可を与えただけだ。それだけのことだ」

「二ヵ月で二通の手紙を送りつけて？　文通してるようなものだぞ。よせよ、コーリアン。あんたは俺をここに座らせて、自分がどれだけうまくやったか得々《とくとく》と語りたいんだろ。我々すべてに比べて、今もなお、己がどれだけ卓越した存在か」

　コーリアンの笑みが大きくなった。

「それだけが理由ではないがね」

「だが大きな理由だ。あんたには被害者遺族たちの苦しみを終わらせる気なんかさらさらない」

　接見室の中は静かだった。分厚い防音扉の向こうの不協和音がけたたましく聞こえるほどに。看守の怒鳴り声、テレビの大音量、囚人の叫び声、業務用の配管の絶え間ない轟き、無線機の雑音、鍵が鳴る音、鉄扉が叩きつけられる音。

「君には決して私は理解できんよ、ミルズ」

「それは間違いない」

「だが君は、私を恐れている」

　エリオットは溜息をついた。

「いいやアンドリュー、恐れてはいないよ」

　お互いファーストネームで呼び合う仲であったことなどない。コーリアンが答えた。

「恐れるべきだぞ、エリオット」

「くだらない」

　飽きたような、関心のない口調をあえて保った。どれだけ緊張しているか、コーリアンに決して嗅ぎつけられてはならない。

「俺をここに呼んだのが狼少年ごっこの練習台がわりなら、お互い時間の無駄だったな」

　エリオットは立とうとするように椅子を引いた。

　コーリアンが背をのばし、憤慨の息をついた。

「まったく君は。人を口説《くど》きたければ、まず一杯奢るのがせめてもの礼儀だと知らんのか」

　ある意味で笑えそうなぐらいの立腹ぶりだ。

「いいか、手紙を書いてきたのはあんただろう。俺のほうはあんたとの関係を——そう呼びたいならな——続けたいわけじゃない。今さら終止符など必要ない。檻が閉まった時、俺にとっても事件は終わったんだ」

完全な真実ではない。捜査に関わった全ての人間と同じくエリオットも、コーリアンが裁かれて有罪が決するまで心底から安らげはしないのだ。最高の警備の刑務所にコーリアンが時の終わりまで閉じこめられるという確証がほしい。繰り返される裁判の延期は、誰もの神経をすり減らしていた。

コーリアンは厚かましくも、傷ついたような顔をしてみせた。一部は演技だが、全部ではない。サイコパスの彼にとって、自分自身の痛みや不満はとてもリアルなものなのだ。他人の苦しみにまるで共感しないだけで。

「君は、私から欲しいものがあるだろう。すなわちそういうことだ、少しは礼節というものを見せたまえ。数分間の知的な会話。せめて、君に可能な範囲でな」

エリオットは冷たくコーリアンを見つめ返した。

「いいだろう。だが時間はあまりない。何か言いたいことがあるならさっさと言ったほうがいい」

コーリアンがニコッとして、椅子にもたれた。

「秋の学期はどうだ？　大学は、私の代役に誰か雇ったのか？」

「そんな、まさか。あんたの代役は誰にもつとまらないさ」

「まさしくね」その嫌味にもコーリアンは微笑んだだけだった。「ローリーはどうしてる？　彼の本、読んだよ。思えば皮肉な話じゃないか、六十年代の名高い過激派の一人息子が、ＦＢ

Ｉに入るなんてね」

「ああ、皮肉な話だ。世間話はそろそろいいか？」

　コーリアンの笑みが消えた。

「いいとも。聞きたまえ」

「今日までに、ブラック・ダイヤモンドにあるあんたの家の地下室から十六体の死体が発見され、被害者の総数は二十三人になった。これですべてか？　頭数は合っているか？　それともほかにもいるのか？」

「頭数ねえ」

　コーリアンの微笑はまさにメフィストフェレスのようだ。一部は演技。一部は、ただ彼の持つ……邪悪。

　古い言い方だ。だが基本的に正気——少なくとも法的には——なのに残酷非情な殺人者を、ほかに何と呼ぶ？　問題は、法が狂気を測る方法にあるのかもしれない。だが、より大きな問題は、コーリアンのような怪物を見つけて捕らえた後の社会の対応なのだ。エリオットは、死刑は野蛮な手段だと信じて育ってきた。文明社会にそぐわないものだと。だが怪物を大事に飼っておくことがより良い答えなのだろうか？

「そこにこだわりたいなら」とエリオットは言った。「被害者の頭を、一体どこにやった？」

「興味深い問いだ。どうしていくつかの肉体は埋められ、いくつかは彫刻の中に使われたのだと思うかね？」

　コーリアンもエリオットと同じく、観客の目があることをよく承知している。人間と機械の目の双方が。

「さっぱりだ。あんたも言ったように、俺にはあんたが理解できないからな。どうして若い男だけを狙った？　あんたはゲイじゃない、どうして女を狙わなかった？」

「それじゃ何の歯ごたえもないだろ。それに、女性は好きだしね」コーリアンはエリオットの返事を待たずに続けた。「私の番だ。どうしてすべての死体に頭部が欠けていると思う？」

　ゲーム。コーリアンにとってはすべてがゲームだ。これもまた、新たな。

「被害者の身元をわかりづらくするためだろう」

　その言葉を熟考するように、コーリアンは首を傾けた。

「ふうむ。かもな。たしかに、それも一理あるだろう。だが君は、歴史を学んだ学問の徒だ。前例と可能性にもよく通じているんじゃないか？」

　儀式的な人肉食い《カニバリズム》という仮説には、すでにエリオットも思い至っていたが、それでも胃が嫌悪感にねじれた。

　彼を見つめて、コーリアンが言った。

「おぞましく思っているな、ああ。だが同時に、魅了されてもいる」

「何よりも気が重いよ。俺が大事なのは、行方不明の我が子がお前の毒牙にかかったのではないかと知りたい、知る権利のある、家族たちのことだ」

「権利などわずかもあるものかどうか。結局のところ彼らが親として失格だったから、子供たちが行方不明になっているのだからね」

「まったくだ」とエリオットは返した。「若者たちがさらわれてお前の……芸術のために切り刻まれたのは、すべて両親のせいというわけだ。何か、記録や分類の手段はあったのか？　時間が経った今からでも、残った遺体の身元がわかるような？」

「残ったって？　残りなんかあると考えてるのか」コーリアンはニヤニヤしていた。「無駄は出さないのが節約の秘訣さ」

たやすくはなかったが、エリオットは視線をまっすぐ、無表情を保った。

「今問題にしているのは、お前の地下室から発見された十六体の死体についてだ。身元を知る方法は何かしらあるのか？」

「それはもう取引の領域だな。まあお互い、君に取引を申し出る権限などないことはよく知っているがね」

「なら俺がここにいる理由は？」エリオットは鉄網に覆われた窓を手ぶりで示した。「これにどんな意味がある？」

コーリアンは、深々と考えこむふりをしてみせた。

「いくつか理由があるねえ。まず何よりも第一に、君を呼ぶと君の恋人をカッカさせられる。

特別捜査官タッカー・ランスを」

　この男は、それに関しては正しい。

「そうか」エリオットは淡々と応じた。「今はさぞや楽しいだろうな。だが陪審がすべての証言を聞き届けた後では、笑いものはお前のほうだ。その時に取引しようとしてももう遅い」

　コーリアンの目がギラリと光った。

「何故、と聞きたくはないのかい？　どうして私があんなことをしたか。どうして殺したか」

「理由などわかっている。貴様がイカれた病気野郎だからだ」

　それは真実。間違いではない。だが、コーリアンのような人間を理解できる可能性はないと知っているエリオットですら、ふと問いかけてしまう時がある。どうしてなのか、と。遺族となればなおさら知りたいだろう。教えてほしいと、この数々の惨劇の理由を解き明かしたいと願うだろう。

　どうして、あんなことが起こり得るのか──。

　愛するものを気ままな凶行で奪われることほど悲惨なことがあるだろうか。

　きっとない。だがたとえ、ある殺人鬼の異常心理を解き明かせたところで、次の相手に同じ理屈は通じない。少なくとも、彼らの犯行を止める役には立たない。

　それでも何らかの理屈がつく、ということはありえる。だが今回はそれすら無意味だ。

　コーリアンの唇が嘲りに歪んだ。

「つまらぬことを言うものだな」

「そうか？　でも事実だろう。だから、どうでもいい」

立ち上がったエリオットの椅子がキキッと擦れた。

「帰る気か？」コーリアンは驚きの色を隠せずにいた。

すでに背を向けていたが、エリオットはちらりと後ろを見た。

「ああ。することも、行くところもあるんでね。お前の、責任能力なしの申し立てリハーサルにつき合ってやるつもりはない。それに、お前にはこっちの知らないことを何も話す気がない以上……」と肩をすくめる。

コーリアンは立ち去られることに慣れていない。少し引きつった笑みで言った。

「それはどうかな？」

エリオットは微笑した。ドアへ向かう。

ブザーに手をのばした時、コーリアンが言った。

「ミルズ。さっきの話だが。恐れるべきは私という個人だと、君に言ったつもりはない」

看守がドアを開ける。エリオットはコーリアンへ最後の一瞥をくれた。

「ああ、そうだろうとも。俺の因果応報《カルマ》の心配をしてくれてるんだろ？」

「いいや」ニヤッとしたコーリアンは、いつも以上に悪魔的に見えた。「違うよ、君は恐れるべきだ。ただ、私をではない。私の仕事はもうすんでいる」

「そこに異論はないね」とエリオットは返した。「我々からの退職祝いを楽しみに待っていてくれ」


「あいつは上機嫌のようだ」

接見室のドアが重い、断ち切るような音を立てて閉まると、看守がそんな感想を言った。その看守は見たところ二十代の半ば――から後半。中背、筋肉質、どこか少年っぽい。コーリアンの好みのタイプ、と当人は知るまいが。

「最高に」エリオットもうなずく。「だが誰でも来客は好きだろう?」

隣りの見学室に入ると、ヤマグチ特別捜査官――複数の捜査機関が組んだコーリアンの裁判対策チーム内のタッカーの次席――はすでにいなかった。どうせシアトル支局に帰ってモンゴメリー支局長に「案の定でした!」と言いたくてたまらないのだろう。

彼女だけの意見、というわけでもない。

「時間のムダだったな」とパイン刑事が結論づけた。

彼とエリオットの関係はいい時ばかりでもなかったが、今回ばかりは協力関係だ。パインは背が低く、黒髪で、そして出世欲にあふれ、エリオットより数年若い。自分にはすべてが把握できていると信じこむくらいに若い。すべての把握なんてものが可能だと信じられるくらいに若い。

「そう言っていいね」とエリオットも同意した。

「どうしてあいつは、あんたにあそこまで会いたがったんだろうな?」

「一人で寂しかったとか?」

パインが苦い笑い声を立てた。「あんたの素敵な話術のおかげかもな。俺も、あんたが出てこうとした時にはコーヒーを口から噴き出しそうになったよ」

「出ていったほうがマシだったかもな、あの程度の話しか聞けないようじゃ」

パインが肩をすくめた。

「話の糸口にはなったんだ、役に立つかもしれないさ」とは言ったが、口調からするとパイン自身信じてはいないようだ。

「そうかもな」

エリオットも信じていない。

少しして、駐車場へ向かう途中でパインがたずねた。

「どう思う、あいつ、本気で共犯者がいると言おうとしてたのかね?」

外に出ると、ほっとした。胸に新鮮な空気を満たし、顔に陽光を浴びる。刑務所のよどんだ、金属的な、消毒臭のする空気をすっかり忘れていたのだ。うっすら漂う薬品のにおいは、汗や小便、多すぎる人数を狭いところに長時間詰めこんだ場所につきものの臭気をごまかすためのものだ。

　パインが続けた。

「〝私の仕事はもうすんでいる〟ってのは、そういう意味だよな？　どうして今さら共犯者のカードなんか切る」

　エリオットは首を振った。たしかに共犯者の話を持ち出すには今さらすぎるタイミングだ。だがコーリアンがやっているのは自分だけのゲームなのだ。気まぐれにルールが変わる。

「弟子か、助手か。誰にわかる？」

「まあな。殺人狂野郎めが」とパインがぼやいた。

　コーリアンは異常者だ、異論の余地なく。そしてあの奇妙な虚無の瞳をまた見つめなくてすむなら、エリオットはこの上なく満足だったのだが。それでもコーリアンからの招待を蹴るという選択は自分には許されていない気がしたのだった。これほど多くの、悲嘆に暮れた人々が答えを求めている時に。

　水曜というのはこの刑務所にとって通常の面会日ではなく、ゆるい斜度のついた広い駐車場は空っぽに近かった。エリオットの車は、ひょろっとしたカエデの木陰に駐車してあった。カエデの葉は九月の陽の下で早くも黄色に変わりはじめていた。

「無実の申し立ては無理だろ」とパインが言った。「山と積み上げた証拠があっちゃ、さすがに。あいつだってまさか――」

「いやもちろん、無実を主張するさ」

パインの無邪気さに、エリオットはほとんど感心した。

「誰もが無実を主張するんだよ。弁護士はもう心神喪失による無実の主張の叩き台を作っているし、どれだけ頭のタガが外れているか証言させようと証人を引っ張ってくる気だ。実際、あの男は異常者だがね。ただ法的には違うだけで。今のところは。だから、そうだ、きっと無実のカードを切りにくるだろうよ。今さらそれで失うものがあるか？」

何もない。誰もがわかっている。コーリアン自身も。

パインがぼそっと「じゃあ、また午後の会議でな」と言った。

エリオットは別れの手を上げてパインと離れ、自分の銀のニッサン３５０Ｚへ大股に向かった。

パインが足を止める。振り返った。

「ミルズ」

車の鍵を開けていたエリオットは顔を上げた。

「もし、あの野郎が言ってた共犯者の話がでたらめじゃなかったら……」

エリオットはうなずいた。

「ああ。そのことは考えた」

2

シートベルトを締めていると携帯電話が鳴った。タッカーから電話が来るだろうと思っていたが、表示された写真は父のものだった。

何年も前の写真だ。ローランドの髪とひげが白くなりはじめるより前の。写真のローランドは丸眼鏡越しにこちらを威圧的に睨み、まるで人権問題についての革新的なエッセイの執筆に邪魔でも入ったような顔をしている。実のところ、単に写真を撮られるのが嫌いなのだ。

エリオットは携帯をつかみ、受信を押した。

「やあ、父さん。電話しようと思ってたんだ。明日のディナーはちょっと都合がつきそうになくて」

今でも二人は、毎週木曜にディナーを共にしていた。エリオットがＦＢＩを辞めてピュージェット《P》サウンド《S》大学《U》での教職に就くべく帰ってきた時からの二人の習わしだ。だがこの週末、タッカーが再会したばかりの実の母に会いに行くことになっていて、その旅行の前にエリオットは二人きりの静かな時間を持ちたかった。そういうくつろいだ時間は貴重なのだ、今の二人のスケジュールでは。

『気にするな』とローランドが言った。『俺がかけたのは月曜の審理のことでだ』

「審理……」

上の空で返しながら、エリオットの頭はまだコーリアンとの対面のことでいっぱいだった。

（恐れるべきだ）

子供の脅しみたいなものだろう。お化けだ、逃げろ！　コーリアンは嘘をついている。でたらめのはずだ。どんな証拠も、物理的にも行動原理的にも、共犯者の存在をうかがわせるものはない。その上、コーリアンは他人とうまくやっていける性格ではない。彼が己の秘密を誰かと分かち合うところなど想像もできない。

ただし……観客なら、コーリアンは大好きだ。

『ノビーの審理だ』

ローランドが、彼らしからぬ冷ややかな言葉で、エリオットの思考を破った。

あるいは、かつては珍しかった冷ややかさか。夏の出来事以来、エリオットと父の関係はまだ張りつめたものだった。週に一度のディナーは続いたが、それだけで——そしてそのディナーも、一度と言わずエリオットに深刻な胃もたれをもたらすことになった。ローランドの手料理のせいではなく。

「そうだった。ごめん。審理か」

『お前はノブのために証言するのかしないのか、どっちだ？』

エリオットの心が沈んだ。ローランドは前にも一度この話を持ち出したし、その時エリオットは自分にはオスカー・ノブ――父の昔の革命仲間――を弁護する情状証言はできそうにない、と言ったのだ。ローランドはそれに反論しなかったが、単にタイミングをうかがっていただけだとエリオットも覚悟するべきだった。ローランド・ミルズがおとなしく引き下がるわけなどなかったのだから。

「父さん、俺の気持ちはもう言ったはずだ」

エリオットの言葉がろくに終わらないうちにローランドが嚙みついた。

『どれだけ重要なことかお前もわかってるだろ。お前がちょっとしゃべって情状を求めるだけで、ノビーが執行猶予になるか、この先まだまだ檻の中ですごすかを分けるかもしれないんだぞ』

エリオットは目をとじ、ぐっとこらえた。

「また後で話さないか？　今、ちょっと忙しくて」

『要するに、逃げる気か』

「いいや、ただ単に――今あれこれ議論をしたくないんだ」

自分の口から出た言葉にひるんだ。この話が議論になるということは、オスカー・ノブのための証言をエリオットが拒むという意味だ。

ローランドもそれを見抜いていた。

『お前には思いやりの心がないのか？』

「父さん」

『刑務所行きなら、あいつは死ぬぞ。なじめるわけがない。お前もわかってるだろう』

たしかにわかっていた。この場合、刑務所というのは正しい答えではないのだ。コーリアンにもそれが答えにならないように。ここにいい解決法はない。父が打ち出した計画にエリオットは猛反対していた――ローランドがノビーの農場に滞在し、自分の家が再建されるまでノビーが立ち直るのを助ける、という計画に。

エリオットは、地平線を大きく占めるコンクリートの灰色の壁を見つめた。五百名以上の囚人が、このコンクリートの砦に投獄されている。

「禁固刑になる可能性は低いだろ。トム・ベイカーの見事な弁護ぶりもあるし――それに実刑になるとしたって、ノビーはもうそのかなりの期間を拘留されてる。どこかに入れられるとしてもずっと――」

『マジで言ってんのか？』

ローランドは気が立つと――まあそうでなくとも――昔のしゃべり方が顔を出す。

『お前は随分と司法のシステムを信用してるもんだな。だがな、年をくって健康に不安があるってのに、逃亡の恐れありとして連邦政府から保釈を拒否されたのはお前じゃないんだぞ』

いつだろうとローランドはひたむきに声を上げつづける。四十年経ってもなお友に愛され、なお敵に憎まれつづけるだけのことはある。

「わかってるよ。別に俺は――」

『そりゃ、お前の人生や暮らしが邪魔されたわけではないしな』

こらえようとしていたにもかかわらず、エリオットの声が大きくなった。

「そんな、忘れてるんじゃないか――」

『何ひとつ忘れるもんか。あれは俺のところから始まったんだ、だろう？　お前じゃない。ノビーが俺たちのどちらかでも殺したかったなら、俺たちは死んでた。お前とお前のボ、ー、イ、フ、レ、ン、ド、が事態をあそこまでこじらせたんだ』

ボーイフレンド、という言葉を刺々しく強調したのはエリオットの性的指向への当てつけではない。この言葉はローランドの妥協の産物なのだ。本当は「ストームトルーパー」だの「ナチの手先」だの昔なつかしの「ポリ公」だのと言いたいところを。どういうわけか、夏の一件でのローランドの怒りの大部分はタッカーに向けられていた。タッカーはほぼ傍観者のようなものだったのだが。最後の対決にまでこじらせたのはエリオットのほうだった――そういう視点であの出来事を断じるならば。

エリオットは鋭く息を吸い、怒りの言葉を呑みこんだ。父を愛している。タコマに戻ってきての最高の役得は、父との関係を築き直せたことでもあった。あの夏の出来事まで、二人の仲はここ数年で一番親密だったのだ。この重苦しい数ヵ月はエリオットの心にものしかかっていて、ここで二人の間の亀裂をさらに広げるような言葉を吐いて事態をこれ以上悪化させる気はなかった。

　静かに、言葉を選んだ。

「父さん、この話は平行線だ。俺は、正直言って、今回父さんのたのみには応えられない。ごめん。ほかに力になれることがあるなら協力するから」

『それはお優しいことだな』とローランドが言った。『残念ながら、お前は唯一可能な方法を拒否したんだ』

　電話が切れた。

　エリオットは一瞬携帯を見つめてから、それをシートに放り投げ、車のキーを回した。


　アンドリュー・コーリアンがかつて住んでいた住居は、英国のチューダー様式の〝コテージ〟で、ブラック・ダイヤモンドの田舎町にある十二エーカーの広さの鬱蒼と茂る森の中にあった。

　ソーヤー湖にも近く、レニエ山とカスケード山脈の心洗われるような景色が見える、贅沢きわまりない立地だ。コーリアンは残念なことに、心を清められることもなく殺人という行為に手を染め、おそらく湖は、幾人かの犠牲者を捨てる格好の場所ともなったのだろう。

エリオットは並木にはさまれた広い引き込み道に車を停め、降りた。時刻は昼下がり。秋の陽は強かったが、刈り立ての芝生と松の匂いがして空気はさわやかだった。木の優美な両開きドアへ続くレンガの小道の横に、赤と青の〝売家〟の看板が立てられ、風がいたずらにそれを揺らしていた。この家にエリオットが招かれたことは一度もなかったが、犯罪現場写真で山ほど見たし、鑑識の作業が終わった後でもタッカーについて敷地内をもう一度、ぐるりと見て回った。

今日、エリオットが見に来たのは家そのものではなかった。彼は家の裏へぶらりと向かうと、芝生や花壇、納屋を眺めた。法人類学者たちがレーザースキャナーやほかの観測装置を手にこの敷地をしらみつぶしにしたが、何ひとつ犯罪につながるものは見つからなかった。あるいは有用な証拠は。それでも……。

場所の波動を感じるなんて、エリオット自身真っ先に笑いとばしたいところだが、この場所には不安をかき立てられる何かがあった。

ヤバい空気、と父なら言いそうだ。

たしかに、黒枠つきの白壁の奥での二十件以上の殺人ほど、ヤバい空気を生みそうなものはそうそうあるわけがない。

鳥がさえずり、歌の途中で止まった。エリオットは静寂に耳を澄ませた。

とても静かで、隔絶された場所だ。広大な土地と高々とそびえる木々が、コーリアンの孤高を守ってきた。人でにぎわう都市で血なまぐさい凶行をやってのける連続殺人犯《シリアルキラー》があれだけいるのだから、コーリアンがここで長年誰にも気づかれずに犯行を続けてこられたのも不思議はない。

一番近い隣人はエディ・ホープとジーナ・ホープ——老齢の夫婦で、東側の木々の壁の向こうに別荘を持っている。それと、道の一キロ半ほど先に居住している中年の未亡人。何か聞いたり目撃したとすれば、まずはその女性、コニー・フォスターだろう。だが捜査班の聴取では何も出てこなかった。

エリオットは家の方へ向き直った。彼が住みたいと思うタイプの家ではないが——新しすぎるし派手すぎる——ほとんどの人間は美しい建築だと言うだろう。

表面的には、コーリアンはすべてを持っていた。健康まで含めて。金銭的な余裕、楽しんでいたように見える教職の終身在職権、芸術家としての名声を追求するだけの時間、きらびやかな社交生活。一体何が足りなかったというのだ——内的要因だろうと外的要因だろうと——シリアルキラーと化すような、何が？

主導、支配、操作。それがキーワードだ。あらゆる暴力犯罪者が求め、衝動的に手に入れようとするのは、己の欠落を埋める何かなのだ。だが表層的にはコーリアンには何の欠落もない。これが欠けている、とたくましい胸板に名指しでタトゥーが入っていようとコーリアン自身も認めはすまい。

なら、どういうことだ？

赤ん坊の時のスキンシップ不充分？　小学校でのいじめ？　思春期の虐待？

遺伝か環境か、というのは昔からある議論だ。何が怪物を作り出してしまうのか、誰も本当には知らない。

それに結局のところ、何の意味がある？　二十人以上をも虐殺した動機が、まともな人間にとって納得いくものであるわけがないのに。

エリオットは敷地の周囲を歩きつづけた。空の高いところでは飛行機が音もなく、どこまでも澄んだ青さを横切っていく。

興味深いのは、あるいはとにかく嫌な気分にさせられるのは、コーリアンがわざわざ近隣の森ではなく自宅の地下に死体を埋めていたことだ。森に埋めていれば、まだ無実を主張することだって——。

エリオットの思考は、左手の藪を何かが動き回る音で破られた。心臓がぎょっと跳ね、どれだけ身構えていたのか示すようにグロックに手をのばし——そして、銃は家の床下金庫にしまったままだと悟る。元連邦捜査官で、それも高評価で職を去ったエリオットは、拳銃携帯の許可を特別に与えられていたが、武装して家を出る習慣はない。大学と銃というのはあまり好ましい組み合わせではないだろう。全米ライフル協会がどんな綺麗事をぶち上げようが。

だが、コーリアンに共犯者がいたかもしれないという今日の暴露を思うと、拳銃携帯を考えたほうがいいかもしれない。

すべての事態を銃で片付けられるわけではないが――その証拠に、びしょ濡れの犬が茂みをかき分けて出てくると、警戒心丸出しで数メートルの距離からエリオットを見つめた。

エリオットは肩の力を抜いた。少し馬鹿みたいな気分で、まだ鼓動が跳ねている。

「やあ、ワンちゃん」

犬はか細く鳴き、そろそろと前へ出たが、耳をぺたりと伏せてまた下がった。ボーダーコリーの一種だ。淡い灰青色と白黒の毛皮。澄んだ水色の目。たしかこんなぶち模様には名前があった。ブルー・マール。

野良のようだった。泥だらけになった毛皮ごしでも、すっかり痩せているのがよくわかる。コーリアンは犬を飼っていただろうか？　その犬がはぐれ、捜査関係者や支援団体の人間がぞろぞろ家をうろつく間、独力で生き延びてきたとか？

「おいで」とエリオットは手をのばした。

犬はクンと鳴き、じりじりと近づきながら熱心にしっぽを振りたくった。甘えたいけれどもひどく警戒してもいる。

「ほら、こっちにおいで………」目を凝らした。「……お嬢ちゃん」

首輪をしているだろうか？　よく見えないし、犬が怯えすぎていてつかむのは難しそうだ。

またか細く鳴きながら、犬がエリオットのほうへ鼻を近づけた。

「ああ、いい子だ」

冷えた鼻先が、エリオットの指先を用心深く嗅ぐ。

エリオットが膝をつくと、犬は恐怖でとび離れ、数メートル先の手の届かないところで立ち止まった。

「大丈夫だよ。大丈夫」

犬は彼を見つめた。鼻先から尾まで震えているが、もう近づこうとはしなかった。

「お好きなように」

少し待ってから、エリオットは立ち上がった。

犬は茂みの中へと逃げ戻っていった。エリオットは肩をすくめて踵を返した。

薬品と肥料の匂いが立ちこめる小さな庭の納屋をのぞいてから、古い家に付属していた大きな木製のガレージをたしかめた。その元の家は二十年前に取り壊されていて、後にこの半チューダー様式の新居が建てられた。

隠し部屋や地下トンネルのようなものの存在がなんとなく頭にあったのだが――南部の大農場の設計図や、奴隷制時代に奴隷を逃した秘密組織〝地下鉄道〟に詳しすぎるとそんな発想をしてしまう――この建物には、どうも見た目以上の横道や基礎はなさそうだった。

背の高いゴミバケツが二つあるだけで、ガレージは空だった。コーリアンの車は没収されている。家のメンテナンス用の一般的な道具――ノコギリ、金槌、大鎌――も証拠品として持ち去られた。

ガレージのドアを閉め、エリオットはガレージから家までの距離を目で測った。右手のどこからか、まだあの犬が茂みをごそごそ動き回っている音が聞こえる。

すべてが平和に見えるなんて、何とおかしなことか。家の窓は陽光を受けて輝いていた。芝生は青々として手入れが行き届き、花壇は雑草を抜かれてすっきり整っている。不動産会社が手を尽くして、惨劇の家をさっさと厄介払いしたいという焦りをうまく演出した結果だ。

売値は悪くないが。本来の半値にもならない値付けだ。

人肉食いのほのめかしが、エリオットへの嫌がらせではなく真実だとしたって、コーリアンはこの何年もで大量の物的証拠を処分しなければならなかったはずなのだ。どうして地下室にすべて埋めなかった？　大きな地下室だし、場所は足りていた。

加えて、コーリアンの〝ファンタジー〟においては所有が大きな意味を持つ。犠牲者の生命を奪うだけでは飽き足らず、その抜け殻をも支配せずにはいられない。一部の死体はコーリアンの彫刻の芯材として使われた。残りはすべて地下に埋められた。

頭部以外は。犠牲者たちの頭部は切り落とされ、捨てられた。

どうやって、どこに、どうして捨てたのかは未だに謎のままだ。

当初の仮説は、被害者の身元を隠蔽しようとしたというものだ。だがその推論はエリオットにとって納得いくものではなかった。そもそも、逮捕された場合にそなえるにはコーリアンは傲慢すぎる。第二に、歯科記録以外にも被害者の身元確認の手段はあるし、コーリアンだってＤＮＡ鑑定のことくらい聞いたことがあるだろう。

そう。何か、ほかにもあるのだ。

もし共犯者がいるのであれば——エリオットからするとかなり怪しいが——その謎の共犯者が頭部を戦利品として持っていったとか？　成し遂げた凶行をたたえてコーリアンが頭部を与えたか？

考えがそこに至ると、昼食抜きにしたのは利口だった。

エリオットが暗い考えに沈みながら、芝生の境界線からほぼすぐにそびえ立つ黒々とした森を見ていた時、キャンという声がした。

ショットガンの音が静寂を打ち砕く——そしていっそ人間のようにも聞こえるけたたましい悲鳴。

それに続く沈黙はなおさら不気味だった。

エリオットは家の正面へと走り出した。再建手術をした膝が、角を曲がる時に不吉にズキリと痛んだ。

だぶついたネルシャツとジーンズでぼってりとしたその人影が、六十代後半の女性だとわかるまで一瞬遅れた。ぼさっとした茶色の髪と険しい横顔とが作る三角形がぱっと目に入る。

エリオットは声をかけた。

「一体どうしたんです？」

道から来たのなら彼の車を見たはずだが、彼の声に飛び上がった女の動きは本心からの驚愕だった。

さっと振り向き、女がエリオットへ向けてショットガンをかまえた。

3

「待った」エリオットは両手を上げた。「落ちついてくれ」

前に一度撃たれたことがあるし、もう一度味わいたい経験ではない。

「あんた誰？」女のショットガンはぴたりと狙いをつけたままだ。「ここで何してるのさ」

「エリオット・ミルズ。彫刻家《スカルプター》事件のコンサルタントとしてＦＢＩとタコマ市警に協力している」

鼓動が全速力で鳴っていたが、エリオットは声を抑え、おだやかに保った。

「後ろのポケットに手を入れてもいいなら、ＩＤを見せられる」

「動くんじゃない」

女に言われて、エリオットは半ば下げかけていた手をぴたりと止めた。

シリアルキラーが隣りに住んでいたと知れば警戒心が強くなるのも当然だろう。

「わかったよ。動かない」

「ここは私有地だよ」

「ああ、知っている。ほかに確認したいことは？　そこの引き込み道に止まっているのが俺の車だ。ナンバーを地元警察に問い合わせてみるといい。ウォール署長に。彼は俺を知っているから」

どうも、女はますます怪しみ出しているように見えた。

「で？　あたしにどうやってそれをやれっての」

「携帯電話を使うなら、俺のが――」

「動くなって言っただろ！」

エリオットは動いていないし、今や息をするのも控えていた。

長い一瞬がすぎ、女の表情がふっと動くと、目が見開かれた。唇をなめ、ゆっくりと言う。

「ねえ、あんたを見たことがある。テレビに出てたね？」

「ああ」

残念ながら。

それとも今回に関しては、幸運にもと言うべきか。仏頂面で少し考えてから、女がショットガンを下げたのだ。

エリオットはゆっくりと両手を下ろした。心臓がまだ胸で跳ねている。いきなりの銃口ほど血行を良くするものはない。

「あいつをついに捕まえたのは、あんただね」

「そうとも言える」

「顔に銃を向けて悪かったねえ。でもあたしはここでひとり暮らしなもんだから。女ひとり、用心したってし足りない」

「あなたがコニー・フォスター？」エリオットはそう見当をつけた。「この道の二キロほど先にある牧場の？」

「そうともさ」

フォスターが茶色の目に警戒と興味の両方をたたえて、彼を見つめた。

エリオットはどうしても聞かずにはいられなかった。

「どうしてあの犬を撃ったんです？」

フォスターの表情が険しくなった。

「飢えて死なせるより優しいだろ。それか何百匹もの小汚い、怯えた犬どもと一緒の檻に突っ込んで処分を待つよりはね。あの犬は、もう一週間ぐらい辺りをうろついてるんだ。昨夜はあたしのヤギを襲おうとした」

「なるほど」

中立的な口調だったが、彼女はエリオットの反発を聞き取ったようだ。

「ここにはね、色んな人間が動物を捨ててくんだよ。連中は、おうちのペットがいきなり野生の本能に目覚めてひとりで生き抜いていけるだろうって思ってるんだ。そんなうまくいくもんか」

「ええ。そのとおりだ」

侵入した犬を撃つ権利は彼女にあるし、エリオットがわだかまりを覚えたのは、きっと子供時代に犬や猫と家族のようにして育ったせいだろう。郊外の野犬に大事な家畜を襲われるような目には遭ったこともない。

「ここに何の用?」とフォスターがたずねた。「それとも、言えないこと?」

「少しこのあたりを見て回ろうかと思って──」

本音を言えば、どうして自分の目でここを見なければという気になったのか、エリオット自身にもはっきりしなかった。ここへやって来たのは衝動的なものだ。普段は衝動まかせで動くたちではない。

だがコニー・フォスターは、よくわかるかのようにうなずいた。

「そうだねえ。あたしは今でもあんなこと信じられないよ」

「どのくらい前から彼と隣人でした？」

「七年間さ。何かやってそうな家だとは思ってたけどね、まさかあんなことだとは思いもしなかったよ。誰もね。てっきりドラッグとかセックスあたりだろうと思ってたよ。そんな話ですんでりゃよかったのに」

彼女がいきなり笑った。

「でもひとつ教えてやれるよ。ニュースとかだと殺人犯のご近所さんが、まさかあんなおとなしくていい人が……って言うじゃない？　あいつは違う。コーリアンはね。ムカつく男でさ」

「どのあたりが？」

「いっつも何かムカつくことをするのさ。嫌がらせが好きなんだよ。大体はちっちゃい、どうでもいいようなことをさ。昔の連絡道路を閉じたり。あの話、聞いたでしょ？」

「いいえ」

「この辺りの住人はさ、この森の奥の方で自分のクリスマスツリーを切ったもんなのさ。でもあいつは森の道を封鎖しやがった。必要もなかったのに。今となっちゃ、あれだけプライバシーにこだわった理由もよくわかるけど」

そうだ。森。新たな手がかりとは言いがたいが。

すでに死体捜索犬を使って大々的な捜査を行っていたが、森からは何も見つからなかった。ひとつにはあまりに範囲が広く――コーリアンの敷地だけでなく隣接した公有地の森林も含め

――しかも、そこで何かが見つけられるという根拠がそもそもないのだ。

「自由の時に、プライバシーを充分楽しんでくれたならいいんだが」とエリオットは言った。

「もう手に入らないものだろうから」

フォスターの笑いは刺々しかった。背後にある高い家へ顎をしゃくる。

「あの家は売りに出てるけどね、買い手がつくもんか。ずっと、長い時間経つまでは。あたりの人間にはマーダー・ハウスって呼ばれてるよ。それにさ、まだ記者がうろついてるんだよ、辺りをコソコソ嗅ぎまわってる。こないだの夜なんて庭のバスタブに入ってたところをクソ記者に撮られたよ」

ヤギにバスタブにシリアルキラー。なかなか楽しいご近所暮らしのようだ。

「それは本当に鬱陶しいでしょうね」

心から共感できる。エリオット自身、コーリアンの逮捕後はマスコミにたっぷり追いかけ回された。

「あんたも、てっきり記者かと思ってね」彼女の笑みはいきなりの茶目っ気を含んでいた。

「だから脅して追い払ってやろうかと」

どう追い払うつもりだったのかは神のみぞ知るだ。あの一瞬、彼女は心から怯えていた。その点は疑いようがない。もっとも、怖がっていたのは彼女だけではないのだが。

フォスターはまだじろじろとエリオットを眺めていた。

「ニュースであれこれ流れてるけどさ。あの男が何をしたかって。あれ、本当なのかい?」

「大体のところは」

「そんで、まだ被害者の頭は見つかってないの?」

「ええ」

彼女は身震いした。

「どうせ湖に放りこんだんだろうよ」

「それも有力な説です」

一番ありそうな始末の仕方だ。ただ、ソーヤー湖にではないかもしれない。捜査班が時間も予算もかけて湖をさらったが、何も出なかったのだ。だがもしかしたら、地元のどこか別の水場に。

「それとも、残りでドアストッパーをこしらえたのかもね」

またも同じ、いたずらっぽい笑み。フォスターの左目は義眼かもしれないと、エリオットは感じた。まばゆい陽光が顔に当たって右目の瞳孔は縮んでいたが、左の瞳孔は大きく開いたままだ。

趣味の悪いジョークを流して、エリオットはたずねた。

「コーリアンには友人が大勢いましたか?」

フォスターは考えこんで、答えた。

「パーティーはやたらやってたね」

「よく来る客はいませんでしたか？」

「さあて、そう言われても、見たことあるのはあいつが女を連れこむところとか、お仲間とつるんでるところくらいだしねえ。気にして見てたわけじゃないし。人のことには首突っ込まないようにしてるから。まあ、そういう無関心のせいであああいう人がのうのうと暮らしていられるんだろうけど、ねえ？」

エリオットは曖昧にうなずいた。詮索好きの隣人はたしかにいい防波堤にはなるが、高い壁と防音ガラスの前では通じない。

「ああ、そういえばねえ」フォスターが唐突に言った。「よく来てた奴がいるよ。友達って感じじゃないけど。コーリアンの庭師だったのさ。ほかにも色々雑用を引き受けてたはずだよ。薪を割ったり、夏に藪を刈ったり。その手のあれこれを。よく来てたって言ってもいい男だと思うよ」

エリオットの胸に希望が芽生える。これこそまさにいい情報だ。

「その男の名前を聞いたことはありませんか？」

「いいや。顔もよく覚えてないくらいさ。ただ……普通だよ。白人。二十代後半か三十歳そこそこ。髪は茶色かったと思うよ。乗ってたトラックに会社の名前が書いてあったね」

「その会社の名前は覚えていますか？」

フォスターは申し訳なさそうな顔をした。

「いいや。白い車さ。後ろに道具が積まれてて。芝刈り機と。ふっと思い出すかもしれないねえ。でも結構前のことだから——ここの不動産会社がほかの庭師を雇ったもんでね」

「その昔の庭師、コーリアンの庭師は、決まった曜日に来てましたか？」

コーリアンの家に監視カメラはついていないが、この先のメインのハイウェイの交差点にある信号の交通カメラが何かとらえている可能性はある。ナンバープレートが撮れていればありがたいが、さすがに高望みか。

「木曜かな？　ほかの曜日にも来てたけど、木曜が決まった日だったと思うよ」

「この辺のほかの家でも仕事をしてませんでしたか？」

彼女は肩をすくめた。

「聞いてないねえ。あたしのところじゃ働いてないのはたしか」

「最後にその男をいつ見たか、覚えていますか？」

「いいや。ちっとも」

エリオットはポケットを探って、フォスターに名刺を手渡した。

「その会社の名前を思い出したら——それか何か関係あることを思い出したなら、何でもいいです、電話を下さい」

フォスターは乗り気ではなさそうだったが、名刺をポケットへしまった。

ザ・シビル・ウォーズの〈マイ・ファーザーズ・ファーザー〉を流しながら、木々が立ち並ぶ無舗装の道を車でハイウェイへ向かっていた時、エリオットの携帯が鳴り出した。

父との二回戦かとこわごわ見やったが、表示されたのはタッカーの写真だった。エリオットは携帯に手をのばし、電話に出た。

「やあ」

『ああ』タッカーの、聞きなじんだ深いバリトンが言った。『今どこだ?』

「コーリアンが住んでいた家を出たばかりだ」

短い沈黙。

『……そうか。どうだった?』

「それがよくわからないんだよ。今、タコマに帰る途中だ」

『会議があるぞ。もう――』

「会議のことはちゃんと覚えてる」

タッカーがうなった。彼はこの捜査へのエリオットの関与をこころよく思っていないし、懸命の自制にも――本当に努力しているのだ――かかわらず、その本音がにじみ出る。毎度のことだ。

タッカーが私情を消してたずねた。

『今日の接見はどうだった？』

エリオットはかすかな苦々しさを返事にこめる。

「ヤマグチから報告されたんじゃないのか？」

『ああ、報告は受けた。俺が気になっているのは、接見を済ませてお前がどう思っているかという点だ』

「俺は大丈夫だ」

『本当に？』

エリオットを案じるまっすぐな思いが、タッカーの声にこめられていた。一緒に暮らして十一ヵ月経つというのに、こんな深い思いやりや気持ちの率直さが、今でもエリオットの虚を突く。

「ああ。楽しかったとは言えないけどな。次に行くのが楽しみって気分にもなれない。でも、大丈夫だよ」

『次？』タッカーがゆっくりくり返した。

「まだ今日は小手調べだ。コーリアンは動きはじめただけだろ」

短い間があってからタッカーが言った。

『戻ったら話そう。気をつけて運転しろ』

「ああ。そっちも気をつけて」

エリオットはそう答えた。気をつけて、は二人だけの暗号。愛している、と。

『つねに』と言って、タッカーが電話を切った。

4

「ギリギリだな」

そうタッカーは述べながら、会議室のドアをエリオットのために押さえた。

遅刻ではないし、時間厳守という言葉を幕が開く二分前にすべりこめばいいと思っているような——時には幕が下りる二分前に——男から言われるのは心外だ。だがエリオットは自制して、ぶっきらぼうに「渋滞」とだけ返した。

タッカーとの出会いはこのＦＢＩシアトル支局で、もう三年近く前になる。そして二人は彫《スカ》刻《ルプ》家《ター》の事件を通じて再会した。つまりある意味、この段階でのエリオットの捜査への参加は、物事が一周したようなものでもある。だが不吉なシンクロでもある——特にタッカーに言わせると。

タッカーは大きな男だ。誰もが気付く存在感。広い肩と胸筋、力強い四肢。大きいが太ってはおらず、骨太の体には余分なものなどひとかけらもない。雀斑《そばかす》を数に入れるなら別だが。まとった高価なオーダーメイドのスーツがその体の迫力と権威を際立たせている。今日の服はヴェルサーチ、黒いオーソドックスなノッチラペルの2つボタンスーツで、皺ひとつない白いシャツとグレーのシルクタイを合わせている。赤毛の髪と濃紺の瞳に、はっとするような組み合わせだった。

紺色の瞳がエリオットの目を射たが、タッカーは何も言わなかった。

エリオットには理解できた。同情すらしているくらいだ。この捜査はいわばタッカーの仕切るパーティーであって、エリオットは〝ママが招待しろってうるさいから〟仕方なく招いた他所者《よそもの》でしかないのだ。タッカーからしてみれば、エリオットを捜査班に加えたのはテレサ・モンゴメリー支局長がそう主張したからにすぎない。以上。

エリオットの側にしてみれば、選択の余地はなかった。

ひとつうなずきを返し、ぼそぼそ挨拶を呟きながら、エリオットは長い会議机についた。ほかの全員はすでに準備万端でマホガニーのテーブルにファイルを広げ、こっそりと携帯のメッセージをチェックしていた。J・エドガー・フーヴァーFBI初代長官の写真が部屋の様子をいかめしく見下ろしている。

「水はいかがですか、ミルズ教授？」とヤマグチ特別捜査官が聞いた。

「ありがとう、もらうよ」

ヤマグチが透明のプラスチックカップに水を注ぎ、エリオットのほうへ押しやった。

タッカーの右腕のこの捜査官は若く、二十代半ばだが、見た目はそれ以上に若く見えた。髪型はクラシックなボブで、体つきはまるで体操選手だ。タッカーと同じく彼女も民間人を――たとえＦＢＩ捜査官上がりであろうと――信用していない。こんな重要案件の中核に関わらせるには。タッカーの理由は、少なくとも形としては、私的なものだ。彼とエリオットとは今や恋愛関係にある。エリオットを案じ、そして二人の関係にかかりかねないストレスのことも心配している。

ヤマグチが心配しているのは事件のことだけだった。エリオットが捜査を台無しにしかねないと考えている。そしてもし彼女と同じ立場にいたら、エリオットも同じように感じたかもしれない。

そうではあるが、エリオットだって一方的に押しかけたわけではないのだ。トップからの要請だ。それに、捜査に加わる決断は生易しいものではなかった。この件に対するタッカーの気持ちはわかっていたから、なおさら。

ＦＢＩにタコマ市警に、さらに共同捜査としてキング郡の保安官事務所からの代表と、ブラック・ダイヤモンド警察署長のケイレブ・ウォール、ピアース郡判事のジョン・マーケッシが同席していた。満員御礼。しかもひりつく空気からいって、楽しい席とは言えないようだ。

この様子だとどうも、すでにヤマグチ――それかパイン刑事――がコーリアンの放った爆弾発言を伝えた後だろう。

タッカーがドアから手を離し、閉まるにまかせると、テーブルの頂点の席について言った。

「さて、始めるか」

「まずはミルズ教授による、コーリアンとの接見についての報告を聞かないと何も始まるまいよ」

マーケッシが乾いた声で言った。

次々と視線を向けられて、エリオットは言った。

「どうやら皆、コーリアンが共犯者の存在をほのめかしたことを聞いたようですね」

「信憑性のある言葉なのか？」

「いいえ、それはありえない」とヤマグチがエリオットに代わって答えた。

「右に同じ」とパイン。「ですが」探るような目を向けられて嫌そうに続ける。「それでも、ほかの手がかりと同じく、こいつも調べないわけにはいかないでしょう」

「手がかり？」とまたヤマグチが返した。「コーリアンがこっちを惑わそうとしているだけだって、皆わかっているでしょう。煙幕。裁判をまた先延べするための一手」

エリオットは口をはさむ。

「たしかに、交渉の材料に使えないかとは思ってるだろう。だが――」

「失礼ながらミルズ教授、あなたはプロファイラーでも、精神分析医でも心理学者でもない」

そら、来た。エリオットは内心溜息をついたが、口調は淡々と保った。

「そんな資格がなくとも、コーリアンの彼らしからぬ協力的態度に何か実利的な理由があることくらいは見当がつく」

ヤマグチが口を開けたが、マーケッシのほうが早かった。

「テープはあるのか？　何かの形での記録は？　その接見を我々が見ることはできないのか？」

「ある」

タッカーが立ち上がり、ライトの光量を落とした。室内にこれだけ大勢の人間がいるというのに、エリオットが意識する唯一の匂いがタッカーのアフターシェーブローションだとはおかしな話だ。革、ホワイトウッド、シナモンのセクシーなブレンド、エキゾチックでシトラス風味の何か。

コーリアンとの接見は、拍子抜けするほど短いものだった。エリオットとしては何時間もコーリアンと閉じこめられていた気分だったが、実のところ接見全体で二十分もない。覚えているよりずっと沈黙が多い。そしてコーリアンがじっと、冷たくエリオットを見つめている目つきには――あの場ではまるで気にならなかったのに――首筋の毛が逆立つ思いだった。

「これは……嫌な感じだな」

タッカーが電気をつけると、マーケッシがそう呟いた。エリオットへ向けて言う。

「コーリアンが君に言った、前例と可能性にも通じているのでは、という言葉は、まさにそういうことを言ってたのか？」

「部族内食人？　部族外食人？　コーリアンの確たるプロファイルがない以上、はっきりとは断定しがたい。彼はルールのわずかな例外――自分やその偉業について語りたがらない犯罪者なんです。もしご質問が、コーリアンがほのめかしているのが被害者たちの体を、少なくともその一部を儀式的に食したという意味か、ということなら、答えはイエスです」

マーケッシは椅子に重くもたれた。「参ったね」

パイン刑事はやけに古そうなドーナツを食べている途中だったが、いきなりそれを下ろし、手元の書類に飛び散った砂糖を払った。

ヤマグチが言った。

「重ねがさね、失礼ながら、それは素人としてのあなたの推論ですね」

「そのとおり」

エリオットは答えてちらっとタッカーへ目をやったが、タッカーはただじっと、無感情に彼を見つめているだけだった。

「マスコミが飛びつくだろうな」とマーケッシが吐き捨てた。

「マスコミに知らせる必要はない」タッカーが言った。「少なくとも、この段階においては。

捜査班の外部にはこの情報は一切漏らさないように」

「コーリアンは君を脅してるな」

ウォール署長がエリオットにそう言った。四十代、生粋の警察官。美男子。人当たりがよく有能。まさに鼻先に住んでいたシリアルキラーを見逃していたというスキャンダルを、どうやってか乗り切った。小さなブラック・ダイヤモンドの町できっとこのまま警察署長を勤め上げるのだろう、二十年後に自ら引退する日まで。

「ええ、彼なりのふざけた調子で」とエリオットはうなずいた。

タッカーが抑揚の失せた声で指示した。

「ケリー、君とパインがあの接見をどう分析したか聞かせてくれ」

ヤマグチはてきぱきと、本題へ切りこんだ。彼女の結論。

「私は、これはただの、コーリアンとミルズ教授との遺恨合戦にすぎないと見ています。コーリアンは別に、ミルズと――ミルズ教授と」と素早く言い直して、「接触できればそれだけでいいんじゃないでしょうか」

エリオットの捜査参加には反対でも、ヤマグチはエリオットが自分のボスの私生活でのパートナーだということは忘れていない。エリオットに反論する時も、あのそらぞらしい「失礼ながら」という言葉をつけるのを忘れない。

「コーリアンはあなたの反応を楽しんでいる。今回は反応が得られなかったから、もっと強引に引き出そうとした。だからあなたが立ち去ろうとした時、最後の脅しをかけたんです」

終わりの部分は正しい。自分のそっけなさがコーリアンを苛立たせたのをエリオットもわかっている。その態度を崩してエリオットを揺さぶるために、コーリアンが踏みこんできたのを。だからと言って、あの言葉がはったりだったとは言い切れないのだ。奇妙なことに、あの接見を見返すうち、エリオットはコーリアンが真実を言っていたのではないかと不安を覚えはじめていた。

タッカーはうなずいていた。ヤマグチの分析はタッカーの自説を裏付けるものだ。

「パイン刑事はどう思った？」

「俺は、ヤマグチ捜査官の分析の、コーリアンがミルズと接触したがっているというところは正しいと思う。だが……」とパインはほとんど申し訳なさそうに言った。

「だが？」と机から四人以上の声がそろって聞き返す。

「ミルズへの嫌がらせに言ったからって、その内容が嘘だとは限らない。現実に、死体の欠損部位は発見できていないのだし、コーリアンが単独犯でない可能性は以前にも検討されたはずですし」

「検討された上で却下されました」とヤマグチが応じた。

「コーリアンに共犯者がいたという何らかの証拠はあったのか？」

そう聞いたのはキング郡の保安官補だった。エリオットはすでにその名を覚えていない。

五

十代後半の彼が、この室内で最年長であった。ひょろりと背が高く、鉄灰色のふさふさした髪、昔の西部のガンマンのように両端がピンと上を向いた口ひげ。

「何か、推測以上のものが？」

「いいや」パインが答えた。「どんな証拠も何も」

「あの男には何か隠し玉がある。少なくとも自分はそう思っている」とウォール署長が言った。

マーケッシがエリオットに言った。

「君の協力には大変感謝しているが、すでに複雑な状況を、君の存在がより複雑にしているという見方も捨てきれないな」

「あるいは、俺が出向く前より情報が増えただけという見方もありますね」とエリオットは返した。

タッカーからさっと、不機嫌な目を向けられる。

「一理ある」マーケッシが声を部屋の面々へ向けた。「ミルズ教授が考えるとおりもし共犯者がいるとしたら――」まだ判断は保留中だとエリオットは口をはさもうとしたが、思い直してそのまま先を聞く。「それがどう今のコーリアンの益になる？　共犯者を引き渡すことで、あるいはそのふりをして、自分の命を守るつもりか？」

ワシントン州の死刑制度は一時停止されているものの、誰かが死刑宣告を受けて政治的情勢に変化があれば、その首にいつ縄がかかってもおかしくないのが実状だ。

誰も答えは持っていないようだった。

結局、ヤマグチが言った。

「犯行に関与していた者が本当にいたとして、単に悪意で言っているだけかもしれません。相手も道連れにしたいという」

「殺人がまだ続行されていると示唆する材料はあるか？」

マーケッシが聞いた。パインが答える。

「いいえ。ですが、若者は時々行方不明になってます。だがそこにパターンがあるとしても、我々に初期段階でパターンを読み取る目があるかどうか」

聞けば聞くほどエリオットは、さっきのコーリアンの元住居訪問についてはタッカーと直接話した方がいいと確信を強める。その話題をここで持ち出さないところを見ると、タッカーの側も同意見のようだ。

まあさしたる情報があるわけでもないが。コーリアンが庭師を雇っていたこと、その庭師を隣人の一人が気にしていた程度では大した意味がない。

「仮に、机上の空論として、彼に共犯者がいたとします」エリオットは言った。「その共犯者には、コーリアン抜きで犯行を続ける自主性も手段もないかもしれない。だからと言っていずれそれを手に入れないとも限らない」

「再度、失礼ながら」とヤマグチが始めた。「あなたは行動分析課《BAU》ではない。あなたの専門は公民権侵害と国内テロだったはずです」

　行動分析課《BAU》は捜査ドラマのモデルとして今や大人気だ。恐れ知らずのプロファイラーが国中を飛び回り、シリアルキラーの気配を感じたところへ駆けつける。現実世界では、そんな展開は起こらない。BAUの捜査官は滅多にクワンティコを出ないのだ。伝説的な存在であるサム・ケネディ主任は例外として。

「それは知らなかったな。本当か？」とマーケッシが、またも不安を見せて言った。

「ああ」とタッカーが言った。「本当だ」

　そのとおりだ。だが、エリオットが凶悪犯罪を扱う専門外訓練を受けていたのをタッカーも知っている。FBIは専門分野外でも基礎は叩き込んでおこうと躍起だし、凶悪犯罪というのは基礎も基礎である。

　その上、公民権を守る戦いだって危険や暴力と無縁でいられるわけではない。エリオットは無意識の手で膝をさすった。

「ええ、でも彼は正しい」とパインが割って入った。認めるのがさも嫌そうに、「ミルズは正しい。俺だってシリアルキラーについてそのくらいは知っている。連中は段々と進化していく。もし共犯者がいるなら、そいつはきっと――弟子でしょう。助手とかなんとか、呼び名はどうでもいいが。そいつは次のパートナーを探してるのかもしれない」

「もしくは足を洗って、二度と浮上しないか」とタッカーが言った。「も、もしその共犯者が存在しているとしても、この辺りにはもういない可能性も高い。俺としては、共犯者という仮説は買わないが。ケリーの読みは正しいと思う。コーリアンの意図はミルズ教授との接触だ。そして俺は、コーリアンはこれが死刑を免れる取引材料になることを期待しているというミルズの読みにも賛成だ」

「思い通りにさせるものか」とマーケッシがうなった。

「問題はだ、今回のことが裁判にどう影響する？　今後の方針は？」

「まず第一に、私はミルズ教授の引き続いての関与を疑問視するのが妥当だと思います」ヤマグチが述べた。「特に今日、教授に対して脅しが為された以上」

「同意だ」とタッカーがうなずいた。

リハーサル済みか、それとも単に元から気が合うのか？　この二人が手を組むのは不自然なことではなかったが、それでもエリオットは苛立つ。この話題についてタッカーとすでにどれだけ話し合ったと思っているのだ。タッカーをじろりとにらんだが、無視された。

「ミルズを外すにはもう遅い」とパインが言った。「そいつが俺の意見です。コーリアンが真実を言ってる可能性が少しでもあるなら、話の続きを聞かなければ」

「ミルズ教授は二年間、現場から離れていた。分析官でもないし犯罪心理学が専門でもない。その彼にコーリアンの行動を分析しろというのがそもそも無理なたのみだ。民間のコンサルタントへのコーリアンの異常な執着に期待して、我々は裁判を脱線させる危険を犯している」

またもタッカーの青い目がエリオットを射た。攻撃的にではない。いや。そのまなざしには鉄の決意がみなぎり、エリオットにはタッカーが何をしようとしているのかわかった。エリオットを捜査班に加えろというモンゴメリー支局長の要望をタッカーは思いとどまらせることができなかったが、ここで捜査班の総意としてエリオットが捜査の邪魔だとなれば、いかにモンゴメリーが事細かに仕切りたがるタイプでも譲歩するしかない。

エリオットは応じた。

「とは言え、そちらもBAUに聞いただろう。BAUのサム・ケネディ主任によれば、コーリアンに話させるのが目的なら、彼が話せる相手を与えるべきだと。現時点で、それは俺だ。そうじゃなかったか？」

タッカーは答えなかった。二人ともそのとおりだとわかっている。そして二人とも、タッカーがBAUに分析を求めたのは、エリオットをどうにか正当かつ私情抜きで捜査から締め出せる意見をもらえないかと一縷の望みを託したからだとも知っている。

パインが言った。

「コーリアンがほしいのはミルズだ。逮捕された夜からずっと、あいつが話す相手はミルズだけ。弁護士は別として。対話のラインは必要だ。特に、共犯者がまだ外にいるなら」

「使えると思うね」マーケッシが言った。「我々は、ミルズ教授をカードとして使える。コーリアンが教授との接触を求めるなら——そうなるというのがここでの総意だと思うが——あの男は協力するしかない。でなければミルズとは会わせない」

そのシナリオの問題点はすでにエリオットには見えていたが、彼より先にウォール署長が口を開いていた。

「それを決めるのはミルズだろう。彼はコーリアンをよく――ここにいる誰よりよく知っている。それに、あそこに出向いて彼と話すのもミルズだ」

緑色の目がエリオットの視線と合った。奇妙な目つきだ。ほとんど同情のような。

保安官補、名前は何だったか――ダモン？　ダノン？　何かそんな名前だ――が言った。

「我々の最優先事項は、コーリアンがまた弁護士に黙らされる前にできるだけの情報を引き出すことじゃないかね。今回のことを嗅ぎつければ、弁護士は黙らせにかかるだろうからな」

「そいつは間違いない」パインが言った。「今回、ミルズを何とか滑りこませられたのが信じられないくらいだ」

ヤマグチがタッカーを見た。タッカーはマーケッシを見た。

マーケッシは肩をすくめた。

「私は、この場の専門的な意見に敬意を払うとしよう。ミルズ教授がまた虎穴に入る気があるなら、私にも異論はない」

タッカーが青く鋭い目をエリオットへ据えた。

「君の選択だ」

「やらせてくれ」とエリオットは答えた。

5

「ご注文はこれでよろしいですね」魅力的なブルネットのウェイトレスがオーダーシートのパッドを面積の狭い黒いスカートのポケットにしまうと、輝くような笑みを公平に二人へ向けた。「お飲み物をすぐお持ちします」

二人はスタンレー&シーフォートのステーキとシーフード店に来ていた。タコマでの二人のお気に入りの店で、グース島へ急いで帰らなくていい時には必ずここへ夕食に来た。料理は美味しく、バーは最高だ。ただ何よりも、ここにいるとお互いの中立地帯で話をすることができた。

モンゴメリー支局長からの要請をエリオットがついに受け入れてコーリアンと面会することに決めた時、タッカーの条件の一つは、家に事件を持ち込まない、というものだった。ステイラクームで島へのフェリーに乗った瞬間から、彫刻家《スカルプター》の話題は棚上げとなる。

少なくとも、理想としては。

今夜の二人には、フェリー乗り場までの車内だけではとても終わらないほど話すことがあった。

タッカーは息をつき、ネクタイをゆるめると、ソファのようにゆったりとしたブース席にくつろいだ。エリオットは見晴し窓から、タコマとその向こうのコメスメント・ベイ・ハーバーの青い海面と息を呑むような景色を眺める。膝をさすった。少し痛みはじめている。

タッカーがチラッとエリオットを見た。

「もし俺の言葉が……あそこで冷たく聞こえたなら」とぼそっと始める。

エリオットはその謝罪を手で払った。

「心配無用だ。わかってるよ」仕事場でタッカーが手加減してくれるとは思ってもいないし、してほしくもない。

「俺が一番大事なのはお前だ。それは変わらない。本心から、お前が捜査に関わる必要はないと思っているが、たとえお前の力が欠かせないとしても、関与には賛成できない。お前に害がありかねないからだ。俺たちにも」

そう。これがタッカーという男。いつでも真っ直ぐ切りこんでくる。そして大体の男が――エリオット自身も含め――寝室の繭の外では言いにくいようなことを、はっきり口に出してこちらをたじろがせる。

「知ってるよ、タッカー。さっきも言ったけど、わかっている」あまりに幾度も通っては戻ってきた話題なので、タッカーのイタリア製ハンドメイド靴の跡がその上にくっきり付いていそうだ。「ただ今回ばかりは、俺の関与にお前がどれだけ反対してたか、反対なのか、それを聞かされることなく話し合いたい」

タッカーが顔をしかめた。うなずいた。

数分間、二人は何も言わなかった。主には疲労からだが、少々の不満も入りこんでいる。お互いに意志と自我の強い二人なので、どうしても何かにつけてぶつかり合うことになる。ただこの数ヵ月間で、深呼吸をして一歩距離を置くだけで大体のことが解決するのだと、二人とも学んでいた。

ウェイトレスが飲み物を持ってきた。タッカーにウイスキーソーダ、エリオットにはカリフォルニアのメルロー。今日という一日の後では強い酒を飲みたいが、今夜は鎮痛剤を服用せねばなるまい。銃声を追ってコーリアンの敷地を走った時に膝をひねっていたようだ。

タッカーが重々しい表情で酒のグラスを傾けた。

それを見ながらエリオットは聞いた。

「コーリアンの家に行ってみて、俺がどう思ったか聞きたいか？」

「その価値があると思うなら」

エリオットは頭を後ろにもたせかけ、忍耐力をかき集めた。

「悪い」タッカーが呟いた。「サイコパスが自分のパートナーを脅すところを見るのはいい気分じゃない」と残りの酒を流しこむ。

　それはわかる。エリオットも逆の立場だったらなかなか受け止めきれないだろう。タッカーをなだめられるようなことは何も言えないので、エリオットは自分がブラック・ダイヤモンドの家まで出向いてコーリアンの元隣人コニー・フォスターと出くわした時のことを話して聞かせた。

「彼には庭師がいた……」エリオットの話の終わりに、タッカーが呟いた。「それがどれだけの意味を持つかわかるか？」

「ああ」

「フォスターは聴取を受けている。二度。コーリアンの隣人全員から聞き取りをした。それが今になって、彼女は庭師が怪しいと言い出したのか？」

「だよな、ああ。でも、くり返し聞かれることで証人がそれまで意識しなかったことを思い出す効果があるのは知ってるだろ。記憶というのはおかしなものだ。何週間、何ヵ月、時に何年も経ってから何かを思い出したりする。重要なのは、前はなかった情報が手に入ったということだ」

　タッカーはじっくりと考えこみ、聞いた。

「お前はコーリアンに共犯者がいたと考えているのか？」

「わからない。初めの直感ではノーだ。ただ……それが本当に直感だったのか、信じたくないことを聞かされた拒否感だったのか自信がないんだよ」

「俺は接見映像を二回見た。まだ判断がつかない」

「二回？」

タッカーは、酒の行方をいぶかしむように空のグラスをじっと見つめていた。ウェイトレスへ視線をとばすと、ウェイトレスがうなずいた。タッカーはエリオットへ顔を戻す。

「俺が確信しているのは、あの男はお前を潰すためなら何でもするだろうということだ」

「当然」とエリオットは応じた。「もうそれははじめからわかってるよ」

タッカーの表情に、エリオットはうっすらと微笑んだ。

「ほらほら、タッカー。コーリアンの物語の中じゃ俺は悪役だって、わかってたろ。あいつが俺を招いたのは、俺が彼の芸術的才能を理解できるからでも文化的な会話ができる相手だからでもない——それがどういう意味かはともかく。あいつが俺を呼んだのは、ぞっとする話をたっぷり聞かせて心にできる限りの傷をつけてやろうって目論見なのさ」

「そうだな」タッカーが陰気に言った。「あいつは、どんな手を使ってもお前を仕留めたいんだ。物理的な意味でもな——だからあいつに背中を見せるな」

「それって比喩、それとも厳密に？　毎回、面会が終わったら後ずさりして部屋を出ろって話か？」

「冗談で言ってるわけじゃないぞ」

「わかってるよ。あいつは今後の面会でも手錠と足枷をかけられる。俺だって、あいつが何をしでかせる奴か忘れる気はない」

ウェイトレスがタッカーの酒のおかわりと二人の食事を運んできた。タッカーにはアラスカサーモンのソテー、そしてエリオットには岩塩を使った骨付き牛肉の塩釜焼き。わさび大根のかかった肉汁たっぷりのレアな牛肉を頬張って、エリオットはどれほど腹が減っていたのかに気付いた。この長い一日、昼食をとる時間がなかったのだ。

何口かの肉、そして数口のワインで、食べ物の威力が発揮されていく。エリオットは長い息を吐き出した。

タッカーも、やっと肩の力を抜きはじめたのがわかる。視線が合うと、タッカーは昨夜以来見せなかった本物の微笑をチラリとのぞかせた。

食事があらかた終わるまで待ってから、エリオットはまた仕事の話に戻った。

「健康な若い男をねじ伏せるのは簡単なことじゃない。コーリアンも被害者の一部に動物用の麻酔を使っているし、あいつは大男だが、それでも運んだり捨てたりという手間がまだ残る。コーリアンはフルタイムで働いていたし、芸術家としてのキャリアも絶好調、社交生活も忙しかった。使える時間は限られていたはずなんだ」

タッカーは曖昧な相槌を打ち、ウェイトレスの視線をとらえた。自分とエリオットのグラスを指す。

「俺はもういい」とエリオットは言った。タッカーの酒量がいつもより多い。ストレスからだろう。

真鍮の小さなライトとシャンデリアからの暖かな光が、タッカーの目の周りの線をやわらげている。窓の外ではピンクと青の夕暮れが、紫とインディゴの色に深まり、ついに夜が訪れようとしていた。眼下でタコマの街の光がきらめいた。

ウェイトレスがタッカーの三杯目を持ってきた。それに口をつけ、タッカーが言った。

「無論、ありえないと言い切ることはできない。共犯者という可能性は聞きたい話ではないが、しかし……パインの言うとおりだ。ほかの手がかりと同じように、この可能性も調べるしかないだろう」

ついにやっと、一歩進展。エリオットの手元にまだワインがあれば「乾杯《サルート》！」と言っていたところだ。

話題は、もっと気楽なほうへと移っていった。エリオットの秋期クラスについて、『アメリカの歴史ジャーナル』のために彼が執筆中の、南北戦争終わりごろに失われた南部連合の隠し黄金についての記事。そして別のタッカーの担当事件、連邦検事補のロバート・ダイス・トンプソンの殺人事件捜査。

二〇〇一年に起きた殺人だ。十二月十二日の夜十時半、銃を持った一人の男が連邦検事補トンプソンの裏庭に立ち、地階の窓を通して、パソコンの前に座っていたトンプソンを複数回撃った。トンプソンは翌日、病院で死亡した。

トンプソンは検事補としてワシントン州の西区域を担当し、十年以上にわたってホワイトカラー犯罪の起訴を扱っていた。

数年に一度、FBIは未解決事件《コールドケース》に別方向からの光を当てようと新たな捜査官を担当に任命する。エリオットは、撃たれるすぐ前にトンプソン事件を調べていたので、その捜査が棚上げにされずに済んだことにはほっとしていた。もっとも続きを引き受けたのがタッカーだと聞いて、いささかの困惑が——少々の苦さも——あったが。

トンプソンがアフリカ系アメリカ人であったことから、エリオットは人種差別による殺人の可能性を探っていた。一方タッカーのほうは、トンプソンが起訴の手続き中だった、あるいは起訴を終えたばかりの事件のせいで殺されたと確信していた。

二人は食事を終え、コーヒーを注文した。エリオットは、ノビーの審理について父から電話があったことをタッカーに話した。

「断ったのか」とタッカーは驚いた様子だった。

「ああ」その反応が意外だ。「どうしてだ？　ノビーが地域にとってどれだけ大事な存在か俺が証言するべきだと思うのか？　ノビーの精神状態について、とか？」

「後ろめたそうに聞こえるぞ。俺は味方だ、忘れるな」

「後ろめたい気分なんだよ。父さんは全部俺の責任だと思ってる」

やけに不満げに言ってしまったかもしれない。子供じゃあるまいし。どれだけ下らない気持ちであってもタッカーなら共感してくれるとわかるおかげで、つい気がゆるんでいつもは誰にも言えないことまで言いそうになる。

「まさか。そんなことないさ」

「父さんは――とにかくうまくいってないんだよ、俺たちの間が、全然。あの騒動以来。しかも今日のことで悪化した。でも……俺は、許せるほど心が広くないんだ」

タッカーはじっと耳を傾けていた。口を開く。

「お前は、ノブがまだ周囲やお前の父親に対する脅威だと思うか？」

「そんなのどうやってわかる。父さんの昔のお仲間の中でも、地に足がついた人だとは思えない――そんな基準が何かのあてになるならね」

タッカーはじっくりと考えこんだ。

青い目と視線を合わせて、エリオットは顔をしかめた。

「思いやりはないのかと、父さんに言われたよ」

「お前には十分思いやりがある。ただお前は、父親が心配でたまらないんだ」

「そうだね、それは……」

エリオットはコーヒーを飲みながら考えに沈んだ。

「ローランドとそのあたりのことを話してみたらどうだ？」とタッカーが聞いた。

「どのあたり？」

「お前が傷つき、突き放されている気分だというのと、父親を守りたい愛情から行動したのに一方的に責められていると感じているあたりだ」

エリオットがよほど恐怖におののいた表情をしたのか、タッカーが笑い出した。

「まあ聞け、お前の父親は今回の件で頭がいっぱいだし今はその審理が何よりの大義だが、間違いなくあの人は、お前がそんな気持ちでいるとは知らないぞ」

「こんな気持ちでいるのを知られたくないんだよ」とエリオットは言った。小さく笑う。「自分自身、あまりこんな気持ちでいたくもない」

タッカーが首を振った。

「お前の父親が好きそうな言い回しを使うと、お前はクソ面倒くさい野郎だな、ミルズ」

「何を今さら」エリオットは陰鬱に言った。「父さんがノブと距離を取ってくればここまで気にはならなかっただろうけど、でもそうはいかない。父さんは自分の家を建て直す間、ずっとノブの農場に住むつもりなんだ」

「見方によっては理にかなっている」

「どんな見方だ？　裏からか、下からか？」

タッカーが重い笑いをこぼした。

「ローランドには、自分の家が建て直されるまで滞在する場所が要る。俺たちのところに来る気はないときっぱり言ったし、それにノブが拘置所にいる間には彼の農場に行って切り盛りもしてきた。二人とも孤独だ。お互いの役に立てる」

「父さんは別に孤独じゃないだろ」とエリオットはその説に眉を寄せた。

「彼が淋しさを感じてないと思うのか？」

「父さんには友人がたくさんいる。山ほどの、お前の言う大義もある。父さんには仲間が――」エリオットの声が細くなった。「……お前は、父さんが淋しいと思うのか？」

タッカーが大きな肩を片方だけ上げた。

「俺にわかっているのは、お前の父親にとって、人生で一番大事な存在はお前だということだ。そのお前がこんな気持ちでいるとわかれば、どうにかしなければと思うだろう」

「失礼ながら、ランス特別捜査官、あなたはプロファイラーでも精神分析医でも心理学者でもない」

エリオットはヤマグチの言い方を真似た。タッカーが笑う。

「そのとおり。なのにどうして俺にそこまでわかると思う、ミルズ教授？　俺のお前への気持ちもそっくり同じだからだよ」

6

エリオットのニッサンがフェリーから降り、家へ向かう急坂の道を走り出した時には、もう九時近かった。

銀盤の月が木々の上にのぞき、車はグース島の深い森を左右に曲がりながら抜けていく。時おり、ヘッドライトが道端すれすれの眼の光をギラリととらえた。島にはたくさんの鹿がいる。鹿だけでなくほかの獣も。

本土からフェリーの短い旅の間に落ちていたくたびれた沈黙を、タッカーの声が破った。

「これがハーヴェスト・ムーンというやつか？」

「そう。秋分に一番近い満月だ」

月明かりがところどころの切り株や、落ちた枝に溜まっている。

「夏が、もうずいぶん昔になってしまった気がするな」

そのタッカーの声にはエリオットにははっきり読み取れない何かがあった。メランコリーとも言い切れない何か。まあ二人とも疲れている。大変な週だった。大変な月でもあった。夏など大昔のようだ。

八月、二人でモントリオール旅行に行ったのだった。二人にとって初めての本物のバカンス。そしてきっとエリオットの人生で最高のバカンス――八歳の誕生日に連れて行ってもらったディズニーランドにはかなわなくとも。白馬の王子との対面を上回るのは難しいが、タッカーは王子ともいい勝負だった。

またバカンスに行けるさ、とか、あっという間に次の夏が来るよ、と元気づけたかったが、どれもわかりきったことばかりだ。

車が丘を越えると、二階建てのキャビンの玄関ポーチの光が明るく出迎えた。

車をガレージの中に停め、キッチンへ続くドアから家に入る。このキッチンだけがタッカーの痕跡のない部屋で――ここでのタッカーの興味はフォークとナイフの置き場だけだ――一年前と何ら変わらぬ光景だった。焦げ茶の木の内装、石のカウンター、木組みのワインラック、高価でよく使いこまれた道具がいくらか。エリオットは料理が趣味のひとつで、ＦＢＩの傷病手当は気前の良いものだったのだ。ＦＢＩは身内の面倒は忘れない。

タッカーはシンクでグラスに水を注いだ。その水を飲み、月光に照らされた眼下の入り江を窓から見つめた。

エリオットは食洗機の食器を片付けようかと考え、疲れているのでやめにした。この週末は家に一人きりだから後回しになっている家事も片付けられる。

「膝は大丈夫か?」いきなりタッカーがたずねた。「今夜ずっとさすってただろう」

「そうだったか?　コーリアンの家でひねったみたいだ」エリオットはじっとタッカーの顔を眺めた。「お前は平気か?」

「ああ。仕上げなきゃいけない報告者のことを考えてただけだ」

思えばエリオットもかつて、FBI捜査官の職についてまわる山ほどの書類仕事にうんざりしていたものだ。

「じゃあ、今から……?」

「まさか」タッカーは空のグラスをシンクに置いた。「ベッドに行こう」

二人の新しい、その上とても寝心地が良いキングサイズのベッドのヘッドボード前に積み上げられた枕の山にぐったりと頭を沈めて、エリオットは呻いた。膝がひどく痛み出し、バスルームで鎮痛剤をいくつか流しこんである。時計に目を投げて、薬が効きはじめるまでを頭の中で数えた。

ほうっと息をついた。ついに横になれてありがたい。淡いグレーのシーツはエジプト綿で、裸の背にひんやりと気持ちがいい。開いた窓の外からはコオロギとカエルの鳴き声、夜食を探すフクロウなどの夜の音が聞こえてくる。バスルームからはタッカーが歯を磨く音がする。エリオットはかすかに微笑んだ。タッカーは身だしなみには神経を使うのだ。

彼は幼少期についてあまり話さないが、一度エリオットに、でかくて不器用な子供だったので、十代でボクシングを始めるまでからかわれたり見くびられたりしてたと言ったことがある。今やそのタッカーは雑誌から抜け出たモデルのようで、誰もを見下ろすほうだ。

バスルームのドアが開き、ヨットの三角旗が散りばめられた青いボクサーショーツ姿のタッカーが出てきて、言った。

「歯磨き粉が切れた」

部屋の向こう側からでもミントの匂いが嗅ぎとれる。エリオットはのどかに答えた。

「またか。いったいお前はそこで何してるんだ？」

タッカーがわざわざ邪悪そうな顔をしたものだから、エリオットはクスクス笑った。

ベッド脇の黄褐色のボトルランプを消し、タッカーがベッドにもぐりこんだ。呟く。

「お前は、一度でも……」

言葉が途切れる。内容を語らないまま。エリオットはタッカーのシルエットへ目をやった。

「何だ？」

「……一年が一瞬で経って、これから起きることがもう済んでいてくれたらいいと思ったことはないか？」

その言葉を、エリオットは考えこんだ。その発言はタッカーらしくもなく悲観的に響いた。

「この一年で何が起きると思ってるんだ？」

結局、そう聞き返す。

タッカーは答えなかった。少なくとも言葉に出しては。彼はエリオットに顔を寄せ、キスをした。

「うまくいくさ」

エリオットはタッカーに言った。はっきりと言葉では伝えられなかったかもしれないが、できる限りのやり方でタッカーを安心させようとする。

キスや抱き合う以上のことをするにはタッカーは——多分エリオットも——疲れすぎているだろうと思ったが、タッカーのほうは、どこかのバラードの歌詞を借りるなら、愛を語る気分だったようだ。

濡れた、清潔な肌の匂いがエリオットの鼻を満たし、タッカーの裸の熱に温められる。エリオットの手がタッカーの広い肩にふれ、たくましい筋肉をなで下ろしながら、招きよせ、引きよせる。タッカーの胸と腋の毛がエリオットの素肌をくすぐった。

「愛してる」とタッカーが呟いた。

「愛してるよ」とエリオットも囁き返す。

タッカーが嬉しそうに何か呟き、かすめる唇で乱れはじめた息を短く分け合うと、タッカーの唇はさらに動いた。エリオットの顎へ、首筋へ、肩の丸みへと、熱をともしながら。濡れたゆっくりとしたキスに、肌がひどく過敏になっていく。エリオットはタッカーの首に腕を回し、その抱擁に身をまかせた。タッカーが求めるものすべてに身をまかせた。

タッカーの大きな優しい手がエリオットの胸をなで下ろし、腹をすべり、パンツのゴムをぐいと引っぱるとペニスの上に手のひらをのせる。エリオットはなすすべもなく押しつける。タッカーの手に包まれたい。物理的にも、比喩的にも。その欲求が胸に広がり、エリオットは目をとじた。

「もっと……」

タッカーの頭が下がり、エリオットの乳首の敏感な先端をしゃぶる。ひとつずつ。甘やかな時間をかけて。甘い甘い時間。愛撫を、愉悦の拷問へと変えながら。

エリオットの腰がうずき、タッカーの手の中へ己を押し上げる。すでに期待で雫にぬめり出したそれを。タッカーの指にしっかりと包まれるとほっと呻きをこぼした。タッカーの唇がエリオットの声を吸いとり、強く深く激しいキスで呑みこむ。エリオットが酸素を求めて喘ぐまで。

月光の下でタッカーの目は黒く、情熱と独占欲にギラついていた。エリオットの屈服をたしかめたいらしく、またエリオットの口を唇で開くと、舌を突きこみながら、自由な側の手で自分のパンツを引き下げた。

別に、エリオットのほうも望まないことをさせられているわけではないが。問答無用でねじ伏せられるのは彼のひそかな欲望でもあり、なので疲れていて完全に乗り気とは言えなくとも、タッカーの強引さに興奮をかき立てられていた。口を開き、すべてを明け渡し、タッカーと舌を絡めながら体を下にすべらせ、流されるまま肘を後ろについて腰をかかげる。タッカーの、下着から弾むようにとび出したペニスが——旗竿のようにそそり立つそれが——体に入ってこられるように。

ぬめる、そしてきつい侵入。その衝撃——。

ほかの何とも違う。こうも深々と……穿《うが》たれることは、至福でもあり、圧倒的に打ちのめされるものでもあった。ねじ伏せられ、屈服させられ、所有される。

今やエリオットは行為に没頭し、タッカーの言葉や仕種からの命令に自然と従い、屹立へ向けて熱狂的に腰を押し返し、同時にタッカーの手の中へ己を突きこんだ。ほぼ究極的な服従。ペニスをタッカーの手に握られ、尻を満たされて。

「もう……タッカー、何でも、お前のしたいように——タッカー、好きにしていいから……言ってくれ……」

タッカーが彼の顔を見つめた。月光と影の描き出すスケッチ——力強く、同時に脆い一瞬、深々とエリオットを貫き、ゆるく甘いリズムで幾度も突き上げる。

タッカーはざらついた声で言った。

「俺のが入ってるのはどんな気分だ？　言ってみろ」

「気持ちがいい。すごく……」

呻くエリオットの体の内をタッカーが深く、奥まで穿ち、抜けていって、それからまた満たしてくれる。

「どうしてそんなに好きなんだ？」とタッカーが囁いた。

「……つながってる気がして――」

なめらかな肌と肌がむき出しで擦れ合う。内も、外も。互いの熱を、光を分け合い――エネルギーが流れ出し、流れこみ……ありえないくらい最高の連鎖反応まであと少し――。

「ひとつに、同調してるみたいに……」

セックストークは、エリオットにとって得意な分野とは言えない。挿入されている間の感覚を言葉にして述べるなんて、かけらもやりたくない。だがタッカーにはそれがたまらないのだ。自制を失っていくエリオットを言葉でたしかめることで、タッカーは興奮し、行為がより濃密な意味を持つ。そして、より欲情したタッカーというのは、よりエリオットも愉しめるということなので、そんなわけで――エリオットはぶっきらぼうな数言や呻き以上の言葉を返そうと努力するようになっていた。

「俺がこれを好きなのは」タッカーが囁いた。「くそ、お前の動き方、その声だ……色っぽくて、切羽つまった」

エリオットは肌を震わせた。

タッカーがうながす。

「もっとだ。ほかには？　聞かせろ」

「弱く……」エリオットは絞り出すように認めた。「自分が、弱くなった感じがする。無力に」

タッカーの全身に激しい力がともったようだった。

「くそ、エリオット」

「お前が……いて、くれないと。ここで……俺を、支配してくれないと……」

エリオットの呻きに、タッカーがまるで撃たれたように限界の声をこぼし、絶頂に達しはじめた。長く、長く続く、熱くたぎる奔流。力強い腕が震え、折れて、タッカーはエリオットの上に崩れた。二人は、汗まみれの手足を絡めて湿ったシーツに倒れこむ。

タッカーがエリオットの髪に顔をうずめ、心のこもった、思いがあふれる言葉を囁いた。

「俺はここにいる。つねに、お前のそばにいる」

7

エリオットの目がはっと見開かれた。

夢の名残りでまだ鼓動が凄まじく速い。悪夢。それだけのものだ。現実じゃない。無意識が恐ろしげな妄想で記憶を歪めただけだ。

「大丈夫か？」

タッカーがもそもそと枕の中へ呟いた。まだ半分眠っている。

エリオットは貼り付いたような唇を開いた。喉がひりつく。

「ああ。ごめん。もう起きてる」

疲労の霞の中にいるタッカーが、どうにかエリオットに意識を向けようとしているのがわかる。

「悪い夢か？」

「もう平気だ。眠ってくれ」

それに応じて、タッカーはエリオットにたくましい腕を回した。顔に筋肉質の肩が押し付けられたエリオットのほうは完全に目覚めていた。ぎこちなくタッカーの背を叩き、これ以上眠りの邪魔をしないようじっと横たわる。タッカーは仕事を抱えてここしばらく全力で走っている。彼には休息が必要だ。

エリオットにも。

心臓がまだ恐怖と怒りで轟いていた。エリオットは目をとじて、眠りの中に沈もうとする。肌が冷や汗で冷たく、ランニングの後のように息が荒い。

ナイトスタンドに置いた腕時計の音まで聞こえるほど、静かだった。

タッカーがごろりと身体を横倒しにして、エリオットをもっと抱きよせようとした。

「コーリアンか？」

さっきより目が醒めたような、かすれた声の裏に静かな怒りがある。恐れていたことが起きつつあると、コーリアンの捜査にエリオットを関わらせた悪影響が出てきたと思っているのだ。

エリオットは首を振った。

「いや。アイラ・ケインだ」

タッカーが長い息を吐き出した。

あのパイオニア・コートハウス・スクエアでの銃撃戦の夢を、エリオットは滅多に見ない。今夜の悪夢は、おそらくコニー・フォスターにショットガンを向けられたせいだろう。

頭を上げ、時計の夜光文字盤を読んだ。四時四十五分。夜明けまで二時間もない。タッカーがまた眠りに戻ったら、エリオットは起きてオフィスで少し仕事をしよう。

だがタッカーには目をとじる気配がなかった。

「久々の夢だな」

「まあね」

「いつも同じか？」

「夢の中身？　大体は。俺は彼の銃を取り上げようとしてとっくみ合ってる。でも、実際にはそんなことはなかった。そんなに近づいてすらいない」

その夢をより苦しいものにしているのは、夢のエリオットが裁判所での銃撃より前に、ケインととっくみ合っているということだ。誰かが殺される前に。だから目を覚ましてほっとすると同時に、自分が銃撃戦を止められなかった事実を思い知らされる。

だが彼は、ケインがあれ以上の人間を殺すのを食い止めた。だから……せめてそれだけでも成果と数えよう。

タッカーがうなりと呻きの中間のようなおかしな音をこぼした。腕がきつく締まり、愛情のこもったチョークホールドでエリオットをかかえこむ。エリオットはそれを抱き返し、本当に励ましが必要な相手を慰めた。少し微笑んでもいた。自分の力ではどうすることもできないのが、タッカーはたまらなく嫌なのだ。

「なあ、もう眠れって」となだめる。「目覚ましが鳴るまであと三十分はあるから。俺のほうは少し早めに一日を始めるとするよ」

「もっといい案がある」タッカーがキスをして体を離した。起き上がる。「コーヒーを淹れて、一緒に夜明けを見ないか」

タッカーが大きな陶器のマグを二つ持ってくると、エリオットの前の木のピクニックテーブルに置いた。

「ヴァン・フッテはこれで最後だ」

二人はモントリオールに行った時、地元のヴァン・フッテのエクリプス・エクストラ・ボールドの粉を数袋買いこんできて、ずっとそれを楽しんできたのだった。

エリオットは礼を呟き、ざらついた青いマグで両手を温めた。朝の空気は湿って冷たく、銀の湾から白い霧が立ちのぼっていた。灰色の静寂の世界。音も形もない。霧のところどころにぬっとつき出した黒い樹影以外は。

「看守のひとりかもしれないな」とエリオットは呟いた。

「何が看守のひとりなんだ？」

口に出していたつもりはなかった。エリオットはちらっとタッカーを見た。

「そこからあいつは、外界と連絡を取ってるのかもしれない」

あいつ、が誰なのかは言う必要もなかった。

「どうしてあいつが外界と連絡を取っていると思うんだ？」

「もし共犯者が存在して、もしコーリアンが相手とまだ連絡を取っているなら、ひそかに連絡する方法が必要だ。看守を中継役として使うのは一つの可能性だよ」

タッカーはうなずいて、樹冠の彼方を見つめていた。

「あいつの担当に女性の看守はいないか？　それか看守とは限らないかも。何かの女性スタッフのひとり。医務室の誰かとか？　あるいは指導員。コーリアンは技能訓練に関わってるのか？　それか、囚人に絵の描き方を指導してるとか？」

さっと向けられたタッカーの目は物問いたげだった。

「あいつには女性を惹きつける一種のカリスマ性があるんだ」とエリオットは説明した。「とにかく、若い女性をね。大学でもいつも女学生の群れをぞろぞろ引き連れてたよ」

「調べておこう」

タッカーはまた樹冠の向こうを眺めやった。

湾を見下ろすところに無垢の木の広いウッドデッキを増築しようと言ったのは、タッカーだ。素晴らしい思いつきだった。晴れた週末の朝に二人はここで朝食をとり、夏の夜にはバーベキューをした。時々、早起きした日にはコーヒーを飲みながら日の出を眺めた。いつどんな時でも、心安らぐ一日の始まり。エリオットの大好きな朝の迎え方。

二人はコーヒーを飲みながら、色を変えていく世界を眺めた。銀と灰色が、輝くような青とみずみずしい緑色に深まっていき、消えゆく霧の間から蜂蜜色の朝日が降り注ぐ。ツグミの声が太陽を迎えた。

タッカーがマグを下ろして、静かに言った。

「来月はお前の誕生日だな」

これもまた、タッカーの意外な側面だ。記念日を忘れない。気がつくだけでなく、思い出深い記念日を祝うことまでする。エリオットのほうは記念日や、カードを送ったりすることに関してはひどいものだった。

エリオットは答えた。

「で？　その表情は？　俺が紙のとんがり帽と風船をほしがってるんじゃないかっていう悩み顔？」

ひとつ、エリオットがありえないとわかっているものは――欲しくもないものは――サプライズパーティーだ。あるいはパーティーと名の付くすべて。タッカーもそれは承知だ。彼はエリオットに笑みを返さなかった。

「いいや。だがお前がＦＢＩに復帰する気なら、決断は早くしたほうがいいということだ。三十七歳が制限だからな」

エリオットの平和な気分が、冷たい宇宙を行く流れ星のようにシュッと蒸発していった。その瞬間、どういう反応をしていいかすらわからない。

「……いったいどこから出た話だ？」やっとそう返した。「ＦＢＩ復帰の予定なんかないぞ」

それにそもそも、次の誕生日で三十五歳にしかならないのだから、タッカーが言うほど差し迫った話ではない。たとえ復帰なんてものを考えていても。

まるで考えもしていないのだし。

タッカーが、長い息を吐き出した。

「俺が思うに、モンゴメリーは、お前に非捜査官としての職を用意する気だと思う」

エリオットの心にこみ上げた感情は――何なのか自分でも判然としなかった。とまどいは、間違いない。昂揚？　警戒すらあるかもしれない。

「俺はもう――そんな、全然――」

タッカーが変わらぬおだやかな、ほとんど感情を消した声で言った。

「退職した時、お前はまだ撃たれたことへの肉体的・精神的な後遺症をかかえていた。怒りもあったし、鬱屈もしていた。だがお前はもうそのすべてを乗り越えた。そして去年、お前はFBIに臨時で協力して――たしかに公式なものではなかったが、しかし誰の目にも明らかだ、お前が……まだ強い関心を――持っていると……」

何に対しての関心だ。事件の邪魔？　干渉？　お節介？　とにかく〝犯罪捜査〟という言葉だけはタッカーの脳裏に一向に浮かばないものらしい。

「その話は、ほとんど一年前にした気がするな？　俺は、スーパーヒーローは一家に一人で充分だと言ったろ」

「あの時話さなかったのは――そして今もお前が話そうとしないのは、それがお前の本心かということだ」

エリオットはタッカーを凝視した。タッカーがまっすぐ見つめ返す。

「復帰したいか？」とタッカーがたずねた。

「俺は……」エリオットは首を振る。「そんな道があることすら考えたことがない」

「あるんだ」

非捜査官として？　エリオットは捜査官の仕事を愛していた。ほかのポジションにつくことなど考えもしなかったほどに。だが実のところ、ＦＢＩの人員の半分以上が捜査官ではないサポートスタッフなのだ。彼らは組織のために不可欠な存在として扱われ、場合によっては部長クラスにまで出世する。

エリオットは、青銀色の海原を渡っていく遠い漁船を見つめた。腹を減らしたカモメの一群が船を追っている。タッカーにたずねた。

「お前は、どう思ってるんだ？」

「わからん」

タッカーのしかめ面が、見るよりも感じとれた。

「それが俺の本音だ。どう思っているのか自分でもわからない。前は、心は決まってたが。でも今は……」

「でも、今は？」エリオットは彼を見つめた。

「お前のことが心配だ」

それを聞いたエリオットは口を開いたが、タッカーはいかめしい顔でまだ先を続けていた。

「お前が身を守れないと思ってるわけじゃない。お前が自分を守れるのはよくわかってるし、現場に出るわけじゃないからそもそもそこは問題じゃない。それに、もっと一緒に時間をすごせるならうれしい。もっとも同じ事件を担当する可能性は低い以上、どうなるかはわからんが。多分、今より一緒の時間は減る」

どれもエリオットが聞きたい内容ではない。それでもタッカーからは本音で接してほしかった。どんな時だろうと。

「お前は、いい捜査官だった」タッカーが溜息をついた。「いや、最高の捜査官だったし、今でもお前の捜査力と分析は見事なものだ。この手のことに向いてる」

どうやらもう、ある程度考えはまとまっているようだ。つまりタッカーにはそれだけの時間があったのだ。モンゴメリーがそのアイデアを検討しているのをいつから知っていた？

エリオット絡みの事態となるとタッカーは情報を自分の胸にしまいがちで、それがエリオットには気に障る。争点にしたくはないが、それでも引っかかる。

タッカーがエリオットの反応を知っているくせに、それでもやるからだ。

「でも？」

そう聞くと、タッカーが溜息をついた。

「わからん。正直言うと、お前の仕事が俺の仕事とかぶってないのはありがたいんだ。家に帰ればＦＢＩのことを忘れられるから、気が休まる。お前の仕事は興味深いし、捜査とまったく関係のないことをお前と話すのが好きだ。話が聞きたいからお前が大学に残るべきだとは言わないが、お前は教師としても優秀だ。その仕事を楽しんでいるとも思う——こっちの仕事ほどではないかもしれないが。わからん」

エリオットはうなずいた。タッカーの率直さはありがたい。ただ、事態のややこしさはひとつも軽減されていない。

今となっては、どうしてタッカーがエリオットの捜査参加をああも嫌がったのかわかる気がする。どうしてエリオットが悪夢を見たことを、エリオット本人よりも気にしていたのか。タッカーは先のことを見ているのだ。二人で築く人生に落ちようとしている影に不安を抱いている。

マグを手で包んだが、陶器はもう冷えていた。朝の風は湿っている。エリオットのスウェットは九月のこんな朝には少し薄い。

ぶるっと震えたエリオットへ、タッカーが顔を向けた。

「選択するのはお前だ。それはよくわかってる」

「ああ。でも……」

イエスでありノーでもある。この決断は、二人の人生を変えるものだ。

タッカーはマグを下ろすと、どこか意固地な口調で言った。

「これだけは言っておきたい。お前がそれで幸せなら、それが自分の道だと思うなら、俺は決して……お前はそれを選ぶべきだ。俺の本心だ。お前には幸せでいてほしい」

その言葉を、エリオットは噛みしめる。

やがて、口を開いた。

「それはお互い様だよ。俺もお前に幸せでいてほしい。もしその仕事に就くことが俺たちの間の負担になるなら……」

エリオットは溜息をついた。首を振る。

「でも今のところ、仮定でしかない話だ。ないかもしれないことであれこれ気を揉むつもりはないよ」

彼はテーブルごしに手をのばした。タッカーが指を絡め、同じだけのぬくもりと強さで握りしめる。

だがタッカーは無言のままだった。

8

青緑色の水がかき乱され、フェリーの後ろに白い泡を残していく。強風が逆立てる波頭はディーゼルのオイルと遠いオリンピック山脈の雪の味がしそうだ。朝の湿った風から守られているエリオットとタッカーの前で、グース島が小さく遠ざかっていく。

「家の中を見たい」とエリオットは呟いていた。

「コーリアンの家か？　どうして？」

「何か見逃してるからだ。そのはずだ」とエリオットは首を振った。

もちろん、タッカーにとってはいい気分のしない物言いだ。見逃したわけがないと反論の口を開いたが、エリオットは言葉をかぶせた。

「ああ、わかってる。そういう意味で言ったんじゃないんだ。とにかく、あの家は売りに出せるようすっかり片付けて掃除されてるし、コーリアンの持ち物はひとつも残ってない。それでも中を見たいんだよ」

船のエンジンの唸りがかぶって、タッカーの返事は聞き取りづらかった。

「それに何の意味があるのかわからん。ドラマのプロファイラーみたいに、無人の家の中をうろつくだけでコーリアンのイカれた脳内がお前に見えてくるなんてことはないだろう」

「それに異論はないよ」

エリオットは波立つ海面を見つめた。顔にタッカーの視線を感じる。

溜息こそつかなかったが、タッカーが続けた声にはそんな響きがあった。

「だが俺に止められるわけでもないしな。現場封鎖はもう解除した。不動産屋からお前がキーさえ受け取れれば、好きなだけ中を歩き回れる」

たしかに。タッカーからは助力も邪魔もない。エリオットが捜査班に加わって以来、一貫してその態度だった。

「何を考えてるんだ?」タッカーの口調は皮肉っぽい。「コーリアンの恐怖の館のどこかに俺たちが見逃した秘密の部屋だの隠し部屋だのがあるとかか。それとも、隠し通路に置かれた頭蓋骨でいっぱいのトランクとか?」

まったく。笑える。腹立たしいのは、確かに昨日エリオットの頭にはその、手の、考えが駆けめぐっていたということで、だがそれがありえないことはエリオットだって知っている。タッカーはあの家の設計図を隅々まで緻密に分析したのだ。関わった建築家にも工事の業者にも造園家にも話を聞いた。

そしてエリオットも地元の歴史グループに話を聞いて、昔の家に隠し通路やトンネルがなかったかどうか確かめていた。タッカーには絶対に内緒だが。

エリオットは答えた。

「秘密の部屋があるなら、あの捜査で見つからないわけがない」

「ああ。ありえない」

「ただどうして、彼があの家を早急に売りに出したのかは気になる」

「裁判費用という明白な答えがあるだろう」

「かもね」

タッカーが少し考えこむ顔になって言った。

「あの男は有罪になる。そこは完全に決まりだ。地下室に集団墓地があったんだからな」

「彼は誇大妄想狂だよ。まだ有罪判決は下ってないし、それどころか裁判自体始まってない。もし自分が有罪になると考えていたとしても、刑の年数まではまだわからない」

「どれだけあっても短すぎる」とタッカーが寒々しく言った。

エリオットも同意だ。たとえ終身刑だろうと、コーリアンが他人にもたらした苦しみに比べると短すぎる気がしてならなかった。

「両面から議論が成り立つんだよ、彼があの家と敷地を手放したがらないなら、もっとヤバいものがどこかに埋まっているからだと言えるし、同じ理由からさっさと売り飛ばしたがっているとも言える」

「あの男は金が要る」タッカーが言った。「富豪ってわけじゃないんだ。大学の給与もなくなって、あの高値のついた彫刻も大体は売れないものだし、そのまま二度と売れないだろう」

「ああ、でも事件と関係のない作品は馬鹿みたいに売れまくってる。殺人ほど芸術家の値段を跳ね上げるものはないいね」

「悲しい事実だな」

「ほかに持ち家は？　たしか前の妻がどこかにいたよな？　二人の仲はどうなってる？」

聞かれたタッカーが顔をしかめた。海風で、雀斑《そばかす》のある顔が赤らんでいる。周囲の海ほどに青い目だった。

「ホノリア・サリスか。どういうことかと思うが、二人はまだ親しい。それにイエスだ、夫婦で暮らしていた家をまだ彼女が所有して住んでいる」

「ふむふむ」とエリオットが呟くと、タッカーが言った。

「キャピトル・ヒルにあるでかい家だ。我々はそこにも行って隅々《すみずみ》まで調べ上げた。何も出なかった」

「ありそうにないことだしな、どれだけまだ二人が仲良しでも」

「キャピトル・ヒルは、シアトルでも最も人口が密集した地域だ。そんな大掛かりな殺戮を隣人から隠すのは難しいだろう」

そうかもしれない。そうではないかもしれない。都会の住人も毎日のように殺人を隠しおおせている。まあ毎日というのは言いすぎだし、今回の件では処分しなければならない物証が多すぎるか。

「二十以上の頭部ともなると、場所も取るしな。成人男性の頭部が平均五キロあるのは知ってるか？」

タッカーの表情が充分答えの代わりになっていた。

「それを二十倍すれば……」とエリオットは呟く。

少し置いて、タッカーが言った。

「コーリアンの弁護士はアルヴォン・ジェイムソンだ。彼がいくら取るかお前は知ってるか？」

「なんとなくは」

「相当だ。前妻が裁判費用を援助しているようではあるが、それでもあいつが家を売りに出したのは当然だろう」

エリオットはうなずいた。鵜《う》が荒れた青い海面に突っこんでいって空振りでまた出てくるのを眺める。

いきなりタッカーが言った。

「お前は、あいつのことを嫌いすぎる」

エリオットは目で問いかけた。

「コーリアンだ」タッカーの口調は淡々としていた。「お前はあいつを忌み嫌っていて、だからあいつから情報を引き出すために何かをするのが難しい。奴に何も与えたくない。あの男につき合って相手をしたくない」

「……かもな」

エリオットは自分のコーリアンへの気持ちをあらためて見つめたことがなかった。

「無理もないことだ。お前とあの男との関係は個人的なものだからな。だがそこが問題なんだ。

中立的な人間の方があの男から情報を引き出せるチャンスがある」

「中立的な人間は、そもそも招かれない」

「そこだな」とタッカーが溜息をついた。

エリオットはタッカーの険しい横顔を見やった。

「俺が別にこれを、いわゆるゲームとして楽しんでるからやってるわけじゃないって、わかってるよな？　マスコミの注目を浴びたいからとか、お前の捜査に首を突っこみたいからでもないって？」

「ああ」タッカーの唇が曲がった。エリオットへ視線を投げる。「全部わかっているよ。どれもお前には要らないものだ。お前が、ほかに選択肢がないと感じてることも知っている」

「だって、ないだろ」

「選択肢はある」タッカーはまだエリオットをじっと凝視していた。「だがどうしてそう感じるのかはよくわかる。俺がお前の立場にいても……」と肩をすくめる。

いつも誠実に、物事を両面から公平に見ようとするその態度は、エリオットがこの先の人生をタッカーと分かち合おうと心に決めた理由のほんのひとつだ。返事がわりに、タッカーの肩に自分の肩を親しげにぶつけた。タッカーは汚れひとつない自分の靴を見下ろす。頰に淡い苦笑いを浮かべた。

フェリーが着岸すると、エリオットは湾を見下ろす小さな駐車場に停めたタッカーの車まで彼を送り、それからピュージェット《P》サウンド《S》大学《U》へと向かった。

終身雇用の教授でないエリオットには、クラスの受け持ちがたっぷり割り当てられている。今期はその中でも一番大変で、もう療養中と見なされなくなったということか。教えるクラスは五つ、『エイブラハム・リンカーンと南北戦争の時代』、『国家の再建……一八六五年から一九一四年』、『西部と太平洋岸北西部の歴史』、『映画に見る南北戦争』、そして『合衆国とベトナム戦争』（これは父がこの大学で教鞭を取ったのと同じクラスだ）。長時間働くのはかまわないが――ＦＢＩで慣れている――二年前の銃創の後遺症からすっかり回復した今、もうティーチング・アシスタントという特権には恵まれず、それがローランドばりに言うなら「マジでキツい」。

もちろん、することは授業だけではない。年に一度は学会に出席し、査読付きの専門誌に論文をいくつか発表するよう望まれている。もし大学の終身在職権を真面目に狙うなら、もっと数多く。

犯罪捜査にかまける時間などほとんどない――それも大学運営に関わる仕事や大学のための〝サービス業務〟は別勘定にして、だ。学問の徒としての毎日は会議やメールの返事を書くことに費やされるというのが残念な現実なのだ。

エリオットは教えるのが好きだった。会議は嫌いだ。リサーチと執筆は好きで、ワークショップも学会も嫌い。この大学での仕事はとても気に入っている。

そうであっても、形はともかくＦＢＩ復帰の可能性があるというタッカーの言葉は、窓が開いてさわやかな風が吹きこんできたかのようだった。

その案がどれだけ新鮮に感じられるかが、自分でも不安になるくらいだ。とりわけ、実現しないかもしれない以上。

だが本当の話だとしても……正しい決断だろうか？　机に一日中座っているくらいならＦＢＩは辞めると、あれほど固く決めていたのに。

今だって机仕事ばかりだが。

タッカーの〝特別な〟重要事件の捜査班に加わったことで、ＦＢＩにいた時の自由さや日々の挑戦、変化に富んだ仕事をどれだけ恋しく思っていたのかエリオットは思い知っていた。ＦＢＩの同僚、いわば擬似〝家族〟たちの仲間意識をどれだけなつかしがっていたかまでも痛感させられた。

初日、モンゴメリー支局長との面談でシアトル支局にやってきたエリオットを、昔の同僚たちはやっとめぐり合った旧友のように歓迎してくれた。それまで、チームの一員でいられなくなってどれだけ寂しかったか、エリオットは忘れていた。ＦＢＩはチームワークで成り立っている。実のところ、モンゴメリーの個人的格言の一つでもあるくらいだ。「ＦＢＩと書いてチ、ーム、と読む」と。それだけでなく〝優秀〟とか〝成功〟とも読ませた。

まあ、そこは別になつかしくはない。

職務中に撃たれた後、同僚たちがのばそうとした支援の手を、感情面でも物質や金銭的な面でもはねつけて引きこもったのは、エリオット自身の選択だった。現場に二度と復帰できないという事実を受け止めきれていなかった。あの時はすべてに、そして誰もに背を向ける方が楽だったのだ。

無論、タッカーのパートナーとなった以上、FBIに加わらなくとも同僚たちとの関係は取り戻せる。伴侶と家族は仕事場での社交イベントのほとんどに招待されるのだ。そして大体のオフィスは、シアトル支局も含めて、その手のイベントが大好きだ。支局同士の本気の野球大会から、毎年のクリスマスパーティーまで。

タッカーは、エリオットのFBI復職の案は歓迎していない。それは考慮すべき点だろう。タッカーを不幸せにしたいわけではない。

それにエリオットは教職が好きだ。その点、タッカーは正しい。たびたび満足感を得られるし、ある意味ではFBIに負けないほどのやりがいもある。自分はそこそこいい教師だとも思っていた。最高とはいかなくとも。父ローランドのような伝説にはなれないだろう、それはたしかだ。だが若者相手に働くのは思っていた以上に楽しい。これから二十年先までずっと授業のプランを立て続けることを想像しても、別にぞっとしたりはしない。わくわくもしないものの。

学会での論文発表を思うとぞっとしたが、これまでもっとひどいことだって生き延びてきた。人を撃たねばならなかったという困難を乗り越えたなら、人前で話すことくらいなんとかなるだろう。

つまり、答えは？

わからない。そしてその間も、机に積まれて採点を待っている紙の山はまるで減っていかない……。


ハンビーホールの自分のオフィスで、大学のアメフトチーム、ロガーズのラインバッカー、ティップ・ウィルキンスが「太古の歴史」（奴隷制時代のドレッド・スコット判決）についてのレポートを書くよりフットボールの練習が重要である理由について切々と訴えるのを聞かされていた時、タッカーから電話があった。

タッカーは一秒たりとも無駄にしなかった。

『悪いニュースだ。見方によっては』

「聞こう」

エリオットは答えた。さまよう視線が、ティップの赤らんだ頬といかにも未熟な茶色の目に留まる。ティップが愛想笑いをした。エリオットは内心で苦笑いした。

　タッカーの声は感情を排していた。

『今朝、運動場でほかの囚人からコーリアンが襲われた。重体だ』

「重体、というと……」

『あまり希望は持てないということだ』

「畜生」

　ティップがとび上がり——口調のせいだろう、言葉ではなく——エリオットは心のこもらない謝罪がわりに顔をしかめると、ペンの尻を押しては離した。

『まったくだ』

「どうしてそんなことに？」

『まだ詳しいことはわかっていない』

「どこまでわかってる？」

『今話した分までだ』

　タッカーはエリオットが何か言うのを待っているようだったが、どうあがいても、エリオットには出せる言葉などなかった。

　茫然とした沈黙の中にタッカーが言う。

『いいニュースでもある。というか、いい面もある』

「どういう？」

『お前は人生の自由を取り戻した』

そうか。その新たな視点を考えながら、エリオットは虚脱感を味わっていた。

タッカーの言いたいこともわかる。タッカーの捜査にエリオットが首を突っ込むのを正当化していた唯一の理由は、コーリアンから彼への執着だったのだ。エリオットの気を引こうとするコーリアンの要求がなければ、もはや自分の仮説を捜査する口実もない。仮説と呼べるほどちゃんとした論があるわけではないにせよ。

エリオットに残されたのは、もはや、自分に無関係な事柄への過ぎた好奇心だけだ。

「……だな」とやっとエリオットは答えた。

『よかったよな』

少し強引なほどのタッカーの言い方で、エリオットにはその理由もわかる。

「だな。じゃあ俺はもう——コーリアンが助かる可能性は？」

『わからん。頭部への重い外傷という話だ。奇跡が起きることもあるが、今回神がわざわざ目をかけてくれるかどうか』

「わかった。うん」

まだうまく制御できない、突然の、そして激しい落胆。彼が言わずにいることをタッカーが聞き取っているのがわかって、エリオットは取りつくろおうとした。

「そうだな。ああ。知らせてくれてよかった」

『もちろん。じゃあ、今夜』

「ん」

『気をつけてな』とタッカーは言った。それから、くり返す必要に駆られたように続けた。

『愛している』

「こっちも」

エリオットは、ティップの好奇の目を意識しながらそう返した。冷たいダイヤルトーンに耳を傾けてから、電話を切った。

9

政治活動家の家で育ったエリオットの実感によると、政治がおかしなベッドメイトを生むという格言は真実だ。

そして殺人は、もっとおかしな同衾者《どうきんしゃ》を生む。

別にエリオットが、保守派で右翼の変人かつラジオパーソナリティー兼ブロガーのウィル・

マコーレーと同じベッドに入りたいわけでも、今後入る予定もさらさらないが、タッカーによれば相手はそうは思っていないらしい。エリオットは去年の夏にマコーレーと出会い、それ以来マコーレーはエリオットたちに――少なくともエリオットに――じりじり近づこうと試みていた。

なので、大学の庶務のドナがこの午後にマコーレーの電話をエリオットにつないだ時も、エリオットは驚きはしなかった。

タッカーと同じく、マコーレーも回りくどい話をしない。

『アンドリュー・コーリアンのこと、今聞いたよ。一言もらえるか?』

「もちろん。ノーコメント」

マコーレーが笑った。深い、魅力的な笑い声だ。話し声も同じく人を惹きつけるもので、それと裏腹に、彼がネットや電波で垂れ流す主義主張はあまり気分のいいシロモノではなかったが、あちこちのご家庭に忠実なリスナーがいるのはたしかだ。

『これ以上の税金を節約してくれるとはコーリアンも気が利いているね』

「まだ死んでない」

それとももう死んだのか? タッカーが逐次連絡をしてくれるものだと決めこんでいたが、容体を知らせてくるほど暇ではないかもしれない。

また部外者に逆戻りだ。

『死んだようなものだろう、聞いた限りじゃ』マコーレーが上機嫌に言った。『ほっとしてないとは言えまい？　世間の注目を恐れる君だ、彫刻家《スカルプター》の裁判で証言せずにすむのは嬉しい知らせだろう』

「世間の注目を恐れる？」

『私の番組にゲストで出ない理由がほかにあるとでも？』

不本意ながらエリオットはおもしろくなっていた。

「あなたのしつこさは一級品だな、マコーレー」

『ウィルでいい。そう言ったろ？　どんな形でも君に認めてもらえるなら歓迎だね』

それに返す言葉をエリオットが思いつくより早く、マコーレーが続けた。

『君は、国内テロリストであるオスカー・ノブのために月曜に証人として出廷すると考えていのかな？』

「くり返しになるが、ノーコメント」

『退屈なパターンだ』マコーレーの口調が鋭くなった。『ちょっと待て。つまり君は証言しないのか？　それともノブの弁護のためには証言しない？　ミルズ教授との間に仲違いでもあったかね』

「もちろん、違う」

『どれが違う？　ノブのために証言をしないのか、仲違いなんかないのか？』

「ブログに書くもっとましな話題はないのか?」

声の棘を隠しきれなかった。

マコーレーの笑いは豊かだ。

『君は自分の名声を見くびっているね。だが電話したのにはほかの理由があるんだよ、エリオット。明日の夜、また小さなパーティーを開くので、君を招待したくてね』

「それはどうも。だが今はいろいろ立てこんでいるので、またの機会にでも」

そんな日が来るとして。

『待て待て待ってくれ』マコーレーが急いで、エリオットの指が脱出装置にかかっているのが見えているかのように畳みかけた。『その手のパーティーじゃない。私の保守主義の取り巻きどもの集会じゃないんだ、君の父親ならそう言うだろうが』

実のところローランドなら違う言葉で、もっと下品に片付けただろうが、エリオットはあえて指摘しなかった。マコーレーがさらに先を急ぐ。

『退屈はさせないよ、エリオット。これは特別な集まりなんだ……友人とは言えない人々の。君は別だがね。ほかの面子は、顔なじみとでも言っておこうか。私のコレクションと言ってもいい』

「何のコレクション?」

『私の、殺人者のコレクションだよ』

マコーレーはほとんど、うっとりと言った。

エリオットは一瞬黙った。聞き違いでないことはわかっている。それから言った。

「冗談ならいいんだが」

『いいや。本気だよ。明日のゲストは一人残らず、人間を殺したことがある者ばかりだ。法的に正当化された殺しもあるし――君のようにね――そう正当とは見られない殺しもある。社会への償いを済ませた者もいれば、まだ断罪されていない者もいる』

マコーレーがおかしな笑い声を立てた。

『容疑すらかけられていない者もね』

「待ってくれ」怒りがこみ上げてきた。「殺人の容疑者をパーティーに招いてるというのか？あんたどうかしてるんじゃないのか」

『全然。君と初めて会った時、私の趣味は狩りだと言ったはずだ』

「あんたは――まさか――本気で――」

マコーレーが笑った。

『君が言葉を失ったのはこれが初めてだな。本心からショックを受けているね』

「ああ、そうだとも。あんたがそこまで救いようのない馬鹿だとは知らなかった」

『ほらほら』マコーレーは実に楽しそうだった。『そんな口を叩くんじゃない、エリオット。信じてくれ、警戒は怠っていないよ。私の最大の防御は、これを話したゲストが君だけだという点だ。ほかの客は一体あの……集まりのテーマが、本当は何なのかは知らない』

「本気じゃないだろ」

『いやいや。興味が出たかね？　そうだろうな』

「まさか、まったく」エリオットは言い返した。「言わせてもらえば、聞いたこともないほど悪趣味なアイデアだ」

マコーレーはまた笑ったが、今回は苛立ちがこもっているように聞こえた。

『ではゲストの中にコーリアンの共犯者もいると言ったら？　さあ、興味がわかないか？』

エリオットはまるで高校の理科のビデオで見たマウスになった気がした。角を曲がるたびに新しい、そして前より悪い情報にビリッと打たれる。数瞬かかってやっと言葉を吐き出した。

「何の話だ？　コーリアンの共犯者って、どういう意味だ？」

『Gマンの口調で問いただすのはやめたまえ。君はもうFBIじゃないのだしね。実のところ私には、君のファシストの僚友が夢見るしかないような情報源があるのだよ。コーリアンに共犯者がいたことは知っている』

ファシストの僚友？　過去のエコーか、これは？　マコーレーがまるでローランドそっくりの口をききはじめるとは。

「知っている？」エリオットは詰問した。「何を知っているつもりだ？　その共犯者とやらは誰だ？」

『明日の夜八時、私の家で。見つけられるかもしれないぞ』

実に見事な、そして頭にくるタイミングで、マコーレーは電話を切った。

太陽は黒縁がついた雲の後ろに隠れ、エリオットが駐車場へとキャンパスを横切る頃には、暖かかった気温も下がっていた。

車はケンブリッジ・メモリアルチャペルの裏に停めてある。この一九六七年に建てられたチャペルは、ニューイングランド様式の礼拝堂だ。赤レンガに白い木枠で、仕上げは高い尖塔と、船で使われていた鐘。赤茶のヘーゼルナッツの木々とピンク色のつるバラに囲まれている。この建物は、礼拝だけでなく大学の演劇発表会や、音楽の舞台、そしてクラブの会合にも使われていて――つまり週末以外はほぼ無人で、車を停める場所もたっぷり空いているということだ。

エリオットはここまでの長い歩きも好きだ。体にいいし、仕事から頭を切り替えるのにも丁度いい。今日の午後は、マコーレーからの法外な招待のことを考えていた。

ほかの誰かがあんなことを言い出したなら、でたらめだと一笑に付したところだ。だがマコーレーのカリスマ性、そして少なからぬ奇矯さを思うと、ありえないことではない気がする。

マコーレーなら、殺人者をコレクションするくらいやりかねない。

マコーレーの、ワシントン湖のユニオン湾湖岸にある家には、でかい〝ゲームルーム〟があって、獣の毛皮や、アフリカやアルゼンチンへの狩りの旅での戦利品が飾られていた。一人の人間の手で、恐ろしい数の動物を殺した証。人間を狩ることについてマコーレー相手に胸が騒ぐような会話もしたことがあるし、マコーレーはエリオットの架空のサプライズ誕生日パーティーの招待客リストにすら入れたくない相手だった。

そんな男だが、それでも彼の話が真実なら、エリオットだって洋服ダンスの奥から……何を引っぱり出す？　マコーレーが言っていたようなパーティーにはどんな格好で行くべきだろう？

ショルダーホルスターとグロックでキメるとか？

いつもどおり木陰の駐車場は、エリオットの銀のニッサン車以外は空だった。

ほとんど。

ニッサン350Zの後部左側のタイヤのところで、パーカー姿の若者が屈みこんでいるのが目に入った。何かガサゴソいじっている様子だったが、エリオットからはよく見えない。

「どうかしたか？」

エリオットは、新入生や犯罪者のどちらもぎょっとさせるような調子の声をかけた。

若者の頭が勢いよく上がる。白い顔がちらっと見えたが、はっきり見るには遠すぎた。青年か――それとも細身なだけの大人？　よくわからない。そもそも男がどうかも、やはりはっきりしない。

とにかく、その背の高い痩せた人影はとび上がって、逃げ出した。

エリオットはブリーフケースを放り出し、追いかけた。

いや、とっさの反応だ。何の思慮もない。リスが逃げれば犬は追っかける――そしてこの〝犬〟は、再建手術をした膝にランニングは非推奨ではあるものの、体はしっかり鍛えている。

若者は教会のきれいな芝生を駆け抜けると、整然とした黄緑色の生垣の壁をかき分けて抜けようとした。

生垣の間を通るレンガの小道があるのを知らないか、論理的に考えるには慌てすぎていたのか。彼が抜けるまで少し手間取り、小道へ回ったエリオットが広いカーブした引きこみ道に近づく頃には若者の背後にまで追いついていた。とびかかれる距離ではないが、あともう少しで……。

やや低めの生垣の列が迫り、黒ずくめの人影は楽々とそれを跳び越えた。

エリオットもその低い壁を跳んだが、膝にピリッと走った痛みがいい判断ではなかったと警告する。痛みのせいで一、二秒遅れた。

エリオットの先では黒服姿が疾走し、手入れされていない空き地を横切った。空き地は唐突に出現する背の高いフェンスで断ち切られ、大学の敷地はそこまでで、外には野生の草地と小さな湖がある。

この逃亡者は若い、とエリオットは今では確信していた。ほっそりしたその男――もしくは女――のスピードと敏捷性は若者のもので、鍛練したアスリートなどではない。動きに無駄が多すぎる。

エリオットはぐっと歯を嚙み、スピードを上げて、また前との距離を詰めた。

走る若者のトレーナーの白が、のび放題の草の緑の上でまばゆく光った。行く手にワイヤーフェンスを見つけてそのスピードが今一度上がった。

エリオットも速かったが、若者は死に物狂いで走っていた。黒いパーカー姿がフェンスに飛びつくと、本当にリスであるかのようにスルスルとよじ登った。

くそ――。

フェンスの根元に足を止めたエリオットの前で、相手はどんどん登っていく。エリオットはフェンスをつかんで揺さぶったが、まるでゆるみがない。若者は登りつづけた。靴底がワイヤーフェンスにぶつかってメロディーのようなものを鳴らす。ただしそれは敗北の音楽だ。

エリオットにだって登れなくはない。だが時間もかかるしいい手じゃない。乗り越えた頃にこのガキが草地の向こうへ走り去っているようでは無意味だ。

かわりに、エリオットは集中し、すべての細部を記憶に刻みこんだ。白人。中背。細身。十代後半――か二十代はじめ。靴は灰色と白の新品同然のアディダス。黒いフード付きのパーカーにはなにやらロゴがあり、うまく読み取れないが、モルドールのなんとかという文字が書かれている。

「お前を絶対に忘れないからな」とエリオットは声をかけた。

若者は振り返るようなミスはせず、フェンスを離してとび降りた時もまだその顔はエリオットからはよく見えなかった。不恰好な着地だったが、うまくフードで顔を隠している。立ち上がると、よろめく大股で草地を駆けていった。

低く毒づき、エリオットは携帯に手をのばした。人影が遠く、小さくなっていくのを見送りながらセキュリティにかける。その間に息が鎮まり、鼓動も正常に戻っていった。

電話はただ鳴りつづける。

やっと、ついに若者の姿が視界から消えた頃になって、大学のガードマンが電話口に出た。

エリオットは今の状況を——二回も——説明しながら、車が見えないかと目を配ったが、一向に通らなかった。

ガードマンも来ない。

十五分経ち、あきらめたエリオットはチャペルの駐車場に戻った。片足をかばい、膝が嫌な感じにねじれるたびに自分の馬鹿さ加減を呪いながら。事前のストレッチもなしにフルスピードで駆け出して、陸上のチームに入る気かという勢いで生垣を跳び越えるとこんな目にあうのだ。

自分に怒っていたが、あのガキを追って走ったことにか、取り逃がしたことになのかはわからない。

大体、今のは何だったのだ？　エリオットの頭に様々なシナリオがあふれる――タイヤから金属のバルブキャップを盗んでいたのかとか、車体の下に爆弾を仕掛けようとしていたのかとかまで。

ひとつ確かなことは、あの生垣を跳び越えたなどとタッカーには絶対に言えないということだ。

車に着いた頃には、ガードマンが、ゴルフカートに乗ってのろのろと道を近づいてきていた。心のこもらない挨拶の手をそちらへ振って、エリオットは頑丈なロックに感謝しながらブリーフケースを拾うと、ニッサン車の左後部タイヤを眺めた。はっきりと、沈んできている。

「くそったれが」

タイヤの横に突き立てられたペンナイフの穴から、空気がシューッと抜けていた。

10

「船に乗り遅れたのか？」

足を引きずってキッチンへ入ってきたエリオットへ、タッカーがそうジョークをとばした。

食洗機から皿を出しているところだ。手が止まる。表情が変わった。

「一体どうした」

「今自分で言ったろ」エリオットは固い声で言い返した。「船に乗り遅れたんだ」

彼を眺めて、タッカーが眉を寄せた。

「船にとび乗ろうと走って膝を痛めでもしたか?」

「笑えるね、ランス。いいや。実のところ、今一番痛むのは財布だよ。タイヤ交換に四百ドルかかった」

タッカーが口を開けたが、エリオットは続けた。

「長い話になるんだ。夕食の席で話す。ただし料理したい気分じゃない、ボートハウスで食べないか?」

「俺はかまわないが」タッカーはまだ眉を寄せている。

「ざっと仕度してくるから五分くれ」

冷水で顔を洗い、アスピリンを二錠飲んでバイオフリーズを数滴膝に擦り込むのに十分と少しかかった。膝にテーピングをしてシャツを着替え、髪をとかすと、かなり気分が持ち直した。

それでも、自分が運転すると言ったタッカーにエリオットは逆らわなかった。

ボートハウスという名のその店は、島唯一のまともなレストランだ。エリオットが島で暮らしはじめてから店の持ち主は二回変わったが、コックもバーテンダーもホールスタッフも毎回そのまま居残った。変化らしきものといえば、店内のインテリアとメニューの値段だけだ。現在の値段はお手頃で、時代物の釣り船と釣り人の版画が、前はどんと据えられていた大きな魚のかわりに奥行きのある部屋を飾っていた。

エリオットとタッカーは葉が散らばる影の濃いテラス席を断り、紫色の水面《みなも》が見える大窓そばのゆったりとしたテーブル席に着いた。

ウェイトレスが二人の注文を取り――ほかの島の住人と同じく二人もメニューを全文記憶している――ほとんどすぐさま飲み物を運んできた。

ハクトウワシがエルシノア湖の奇妙に静かな湖上をさっと横切り、アメジスト色の水の上から高くひっそりとそびえた常緑樹の間へ消えていった。夜のこの時間には湖にはいつものカヤックやカヌーの姿もない。

「お前は追跡の前に大学の警備に連絡すべきだった」

エリオットの哀れな課外活動について聞き終わると、タッカーがそう評した。

「そうだな、いざ電話したらいそいそと駆けつけてくれた警備にな」

「それが利口なやり方だったし――それに結局はどちらでも結果は変わらなかっただろ？」エリオットの苛立ちを見て、タッカーは肩をすくめた。「まあいい。じゃあ、最近誰かの機嫌を損ねた心当たりは？」

「いつもの面々だけだな」

「ナイフはタコマ市警に渡したか？」

「どのくらい役に立つかは知らないけどね」

「相手は手袋をしてなかったと言ったろ」

「そう見えたよ。でも向こうに前科がなければ指紋は大した手がかりにはならない。それに、現場で採取した指紋のうち十パーセントしか使い物にならないのはお前も知ってるだろ」

タッカーはうなずいた。一呼吸置いて、また口を開く。

「裏の駐車場に車を停めるのはやめたと思っていた」

「そんなことは言った覚えがない。あのチャペルの駐車場は使いやすくていいんだよ」

タッカーが頬の内側を噛んだ。見るからに言いたそうな言葉を呑みこんでから、もっと気を使った問いを投げてくる。

「その相手、次に見たらわかりそうか？」

「多分。彼が俺から逃げていて、今日と同じパーカーとスニーカーだったらな」

エリオットは苦々しく答えた。

タッカーの唇が同情の笑みに曲がる。

「裏の駐車場だろうと、ずいぶんと大胆な真似をしたもんだ」とエリオットは言った。酒を飲み干す。ウイスキーで気分が持ち直していた。とはいっても一杯でやめておくべきだろう、今夜はまず間違いなく鎮痛剤にたよる夜になる。

「だな」タッカーはエリオットを見つめていた。「お前はどう思う？」

「こんな学期の頭から、学生がそこまでヤケになるものだろうかと」

　タッカーが重々しくうなずいて聞いた。

「別の関連だと思うか？　もっと何かあると。コーリアンとつながっているとか」

　そんなことは考えたくない。大学の駐車場を出てからずっと、エリオットはあれはただの行きずりの犯行にすぎないと自分に言い聞かせてきた。エリオットを狙ったわけではないだろうと。ただの不運だと。

「それは少し偶然がすぎるんじゃないか。共犯者がいるかもしれないとコーリアンが爆弾を落とした途端、その共犯者が俺のところに現れる？　ありそうにない」

「同意だ」とタッカーがうなずいた。「同時に、お前がコーリアンと再度の接触を取りはじめたさなかに、コーリアンとまるで無関係な誰かに車を傷つけられたというのも納得しにくい」

「世の中に偶然はつきものだ」

「ま、お前ごとカージャックする気はなかったようだしな」

　エリオットは鼻を鳴らした。

「そうだな。コーリアンの容態は？」

「午後五時に聞いた時にはまだ持ちこたえていた」

「狙われたのか？　一体何が起きたんだ」

タッカーが返事をしようとした時、ウェイトレスがやってきてサーモンがもうないと告げた。サーモンのピンチが片付いた頃には、エリオットの思考は別のほうへ向いていた。タッカーへたずねる。

「コーリアンがシータック拘置所に移された後、面会に来た者は？」

「弁護士だけだ」

「電話は？」

「弁護士からだけだ」

その答えには納得いかない。誰かがどこかで何かを見逃しているはずなのだ。コーリアンに共犯者がいたのなら、必ず相手と連絡を取ろうとしたはずだ。

もし、共犯者がいたのなら。まだその疑問符が残っている。

ほかの可能性だってあった。コーリアンが〝刑務所内のトラブル〟によって危篤状態、というニュースは、エリオットがフェリーに乗る頃にはラジオを賑わせていた。それを聞いたファンが、つのる恨みをエリオットにぶつけに来たなんてことはあるだろうか？

エリオットは考えこんだ。その思索から覚めた時、まだタッカーが窓の外をにらんでいるのに気付いた。

「心配顔だな」とエリオットは言葉をかける。「俺のことなら、よしてくれ。危険はなかったんだし。タイヤの交換は面倒だったし警察に被害届を出すのはもっと面倒くさかったけど、それだけの話だ。コーリアンとか、ほかの裏があるとは思ってないよ」

「ああ」

そう同意はしたが、タッカーの表情は暗いままだった。

今でさえ。コーリアンの干渉がもうなくなったかもしれないこの時でも、それでもきっと、ずっと、あの黒々とした深い影は二人の上に落ちつづけるのだ。

それを乗り越え、自分たちの人生を取り戻せるのは一体いつなのだろう？

二人の食事がやってくると、エリオットはもっと楽しい話題に切り替えようとした。

「旅行は楽しみだろ？」

「そうでもない」とエリオットの視線を受け止め、タッカーはひねくれた笑みを返した。「トーヴァをもっと知るチャンスがあるのはありがたい。とは思う」

数ヵ月前、タッカーの生みの母トーヴァ──三十三年あまり前に赤ん坊を見捨てた、当時は未成年でコカイン浸けの売春婦──からタッカーに初めての連絡があった。今回の旅行は、ワイオミングにあるトーヴァの家で週末をすごそうという誘いで、お互いの側からのひどく気を使ったやりとりがようやくたどりついた成果だった。

「あまりいいタイミングじゃない」とタッカーが付け足した。

「もっと悪いタイミングもあったかもしれないし。仕方ないさ。とにかく、金曜の晩に俺がひとり淋しくすごすんじゃないかって心配ならいらないよ。パーティーに招待されてる」

　タッカーが笑いをこぼした。

「何のパーティーだ？　パーティーアレルギーのお前が？」

「おい、俺だって腰振りダンスだのツイスターだのが始まらなければパーティーはそう嫌いじゃないよ。明日の夜、ウィル・マコーレーの家に招かれてるんだ」

「ウィル・マコーレー？　冗談だろ。お前の親父さんの天敵？　お前もあの男には我慢ならないんじゃなかったか」

「いや、これが冗談じゃないんだよ」

　エリオットはマコーレーからの奇妙な招待についてタッカーに細かく話して聞かせた。思ったとおり、おもしろがっていたタッカーは、しまいに敵意むき出しになった。

「あの男、殺人犯をコレクションしてるだと？」

「殺人者をね。細かいことを言うのなら。人の命を、正当かどうかは問わず、奪った人間。ところで彼は、俺もそのカテゴリに入れてるんだよ」

「お前を？」

　タッカーはなんて不当なと憤ってくれている様子だった。エリオットは肩をすくめる。

「理論上、彼は正しい」

「あの男はクズだ」タッカーはむっつりとエリオットを見つめた。「行くつもり、なんだな？」

「考えてはいる」ゆっくりと、エリオットは言った。「マコーレーの話じゃ、コーリアンの共犯者も来るそうだから」

「なんだと？」

その声に店内のほかの客が目を向けたが、タッカーは気付きもしていなかった。太い赤毛の眉が、まるで額を横切る猛々しい血管のように見えた。

「いったい奴はどこの誰からそんな話を？」

「俺も今日ずっと、同じことを考えてたよ。共犯者の噂は、結構前から流れてたのかもな」

「いや。そんなことはない」とは言ったが、タッカーの様子には落ちつきの悪いところがあった。

「マコーレーはシアトル市警にコネがあるし」

「だがパインの所属はシアトルじゃない。ほかにどこからそんな話が流れるって言うんだ。コーリアンのでたらめを、ほかに誰が知ってる？　誰もいないぞ」

コーリアンの話が本当にでたらめなら、たしかに誰もいない。だがもし真実だったのなら……そうなると、嫌な可能性がうじゃうじゃと出てくることになる。

エリオットは言った。

「彼は顔が広いからな。マコーレーのことだけど」

「ああ、だな。奴は手も早いから……もし自分の絵を見てかないかとか誘われたら、気をつけろよ」

エリオットは笑った。

「あれはそんな古い誘い文句を言うタイプの男じゃないだろ。俺のサイの角を見ていかないか、とは言うかもな」

タッカーは大げさに身震いしてみせたが、次の言葉には真剣さがにじんでいた。

「まあとにかく、わかってるだろうが、あの男はお前に気がある」

「俺はそこまでとは思わないけどな」

「俺はそう思うし、あいつもそう思ってる」

そう言われても、エリオットはまだおもしろがっていた。マコーレーの奇人大会への参加を、すぐさま却下しようとしなかったタッカーの態度には気付いていたし、ありがたかった。タッカーが持ち前の客観性を失うのはコーリアン絡みの話題の時だけらしい。

「マコーレーは、お前がそんな心配をしてると聞けば悦に入ることだろうな」

「だろうな」笑いというよりしかめ面のようなタッカーの表情だった。「マコーレーの情報源が誰なのか知りたい」

「わかってる。できるだけのことはするよ」

二人はごくなごやかに食事を終えた。家までの短いドライブも居心地のいい沈黙の内にすぎ、BGMにはザ・シビル・ウォーズが流れていた。タッカーは「いつものシビルなんとか」などと言うのだが。

二人はそのまま二階へ上ったが、エリオットがバスルームから出てきてみると、タッカーが温熱パッドを出してきて電源を入れていた。

驚いたエリオットと目を合わせて、タッカーが言った。

「お前のことはお見通しだスーパーマン、裏のフェンスを一息に跳び越そうとしたんだろ？」

「まさか。お前、俺のことを何だと思ってるんだ」

「頑固者だ」タッカーがニヤッとする。「とてつもない頑固者」

エリオットは顔をしかめたが、痛みを感じてないふりをしなくてもいいのはある意味で助かる。ありがたいことに、二人はもう、駄目な膝でもタッカーに負けないくらいタフにやれるとエリオットが意地を張ってしまう段階は卒業していた。多分それができたのも、タッカーが「男らしさとはセックスのスタミナや、車をベンチプレスできるマッチョさである」なんてことを信じる単細胞じゃなかったおかげだろう。

タッカーがベッドをポンと叩いてうながし、エリオットは彼の隣にそろそろと横になった。

膝のためには仰向け寝を推奨されているのだが、エリオットはうつ伏せの方がリラックスできるようだった。タッカーにゆっくりと背中をさすられて一、二分後には、目をとじ、体の力を抜いて、疲労を受け入れていた。あらためて思うとじつに疲れる一日だった。

「薬は何か飲んだか？」

タッカーの声は静かだった。エリオットは目をとじたままうなずく。

タッカーがほめるような音をこぼし、エリオットのうなじをそっと揉み上げた。凝り固まった神経と筋肉を心地よさが一気に走り抜けた。

非性的接触、とエリオットはこれを呼んでいる。自分が、ベタベタと馴れ合うのが好きなたちだなんて考えもしなかった。性的なパートナーにそんなものを求めたことは一度もないし、むしろそんなのは考えるだけでも少しイラッとするくらいだった。それが今では、こんな時間をセックスと同じぐらい楽しめることが何か、二人の関係の根源的な――もしかしたら決定的な――ことの証のように思える。それとも、エリオットが年をとってやわになってきたという証か。

「何かおもしろいのか？」とタッカーが聞いた。

「人生が」

タッカーは賛成の相槌を打った。一緒におもしろがっているのか。

「考えていたんだが」とタッカーが不意に言った。

「ん……？」

「次の夏は、お前の好きな南部連合の隠し黄金伝説を追っかけてみるのもいいな。サバンナとかチェノルト大農園《プランテーション》あたりに行くか。それかあとひとつ、お前が興味があるのは何だったたっけ？」

「バージニアのダンビル」

「そうだった」タッカーが言った。「ルートをたどっていけばいい。アトランタは俺の最初の赴任先だった。お前にあちこち見せてやりたいよ」

「それは初耳だな」

エリオットは目を向け、考えをめぐらせた。タッカーが、彫刻家《スカルプター》の捜査から締め出されたエリオットを慰めようとしているのだとわかってはいる。あれはタッカーのせいではないが、元からエリオットを関わらせたくなかったタッカーは、いざ思いどおりになると罪悪感を覚えているのだった。少し笑えるが、なんとも……可愛い。

「わかった。行ってみたいよ」

「ああ」タッカーはうれしそうに答えた。「またお前と、次のバカンスの予定を立てられるのが楽しみだ。なんならその旅を、俺たちの……」

その言葉は最後まで言い終わらなかった。

エリオットは微笑んで、また目をとじた。本当に楽しみだ。ああ。これからいくつも二人で迎えるバカンス……。


ＦＢＩの最新の勧告では、捜査官はショルダーホルスターよりヒップホルスター着用を勧められていたが、今でもタッカーはショルダーハーネスを好む。翌朝、エリオットはタッカーがひとつずつ手でたしかめながらいつもの確認をするのを見ていた。ＩＤ、銃、弾丸、手錠、車のキー。フェリーへ出発する前の儀式。

エリオットもショルダーホルスターを着用していた。さすがに昨日のチャペル裏での騒動が無視できない警告になっていた。エリオットが見過ごしても、タッカーがそんな油断を許すわけもないが。

「忘れ物はないか？」とエリオットはたしかめた。「歯ブラシは入れたか？」

上着に袖を通す。教職のいいところだ。武器も——通常は——必要ないし、何ヵ月もネクタイすらしめていない。それどころか最近は職場にジーンズを着ていくレベルにまで達していた。きっちりしたジーンズだが、それでも教育現場での仕事の恩恵のひとつだ。毎日がカジュアルデー。

タッカーの笑みは気が散ってるようだった。

「何か、彼女に持っていったほうがいいと思うか？　ちょっとした手土産を？」

「ワインのボトルがいいかな」

エリオットは冗談をとばした。今のトーヴァはクリスチャンに生まれ変わって、ワイオミングに住む保守的な車のセールスマンと結婚している。エドはセールスマンじゃなかったか？　何であれ、彼とトーヴァは酒を飲まない。彼らとエリオットが一度食事をした席でもそれははっきりしていた。エリオットにとっては一度で充分の体験だ。だが、タッカーと実母との関係修復がうまくいくよう願ってはいた。それがタッカーの望みだからだ。少なくとも、関係修復というアイデアそのものは。

「洒落た石鹸の詰め合わせなんかどうだ？　信心といえば清くあるのが大事だろ」

　タッカーは笑わなかった。

「お前も来られたらよかった」

「俺は行かないほうがいいよ。余計な邪魔はないほうがいいだろ。これならお前とトーヴァの二人だけでお互いを前よりよく知ることができる」

「エドもいる」

「エドは彼女の夫だ。そこはセットだよ」

「俺たちもだ」

　それは、そうだが。しかしトーヴァとエドの目にそうは映らないのだ。もっともそれは言わず、エリオットは声に励ましをこめた。

「小さな一歩からだよ。もう向こうは、自分の価値観の外に踏み出してくれてるんだから」

「これでそれなら、ちっともいい気分にはなれないな」

　言い方を間違えたか。母親との微妙な関係を深めることにタッカーがどれほどの不安や迷いを持っているかに、エリオットはいつも意外な思いをさせられる。世の中でタッカーを動揺させられるものはそう数多くないというのに。

「とにかくためしてみろよ、タッカー。彼女にチャンスをやるんだ。でないと後悔するぞ」

「だな。多分。しかし」タッカーは完全には納得できていなかった。「どうしてこんなに長い滞在に承知してしまったんだか」

「週末だけだろ。日曜の夕食には戻ってくるじゃないか」エリオットは笑いをこらえきれなくなりそうだった。タッカーは歯医者に行きたくないとむずかる子供のようだ。「そうだ、お帰りのディナーは何がいい？　何でも好きなものを作るよ。シュリンプ・スキャンピ？　リブ？　ステーキ？」

「リブ肉のローストビーフ？」

「まかせとけ」

「もしかしてチーズ風味のマッシュポテトも？」

「もしかしたらね。多分」

「じゃあ、たとえばデザートも……？」

「なんとかなるだろう」

タッカーの顔が一瞬ぱっと明るくなったが、すぐに話題を戻した。

「気になってるのは、ゲイの遺伝子となんとか折り合いをつけようと見るからに苦労してるところじゃなくて――少なくともそれだけじゃない。それよりあの……信仰の話だ」

「ああ……」

いたからだ。
エリオットにもうまく答える言葉はない。なにしろエリオット自身、そこには引っかかって
「自分が神を信じてるのかすら、俺にはよくわからん。あの二人はあまりにも保守派すぎて、俺が心優しきリベラルに見えてくるくらいだ」

そのタッカーの言葉に、エリオットは笑った。

「いや、ないだろ。でもお前がそう思ってるのは傑作だな」


タッカーを車から降ろした時にはいつもより少し遅れていたので、二人の別れは愛情がこもりつつも、てきぱきとしたものになった。

「よければ、今夜はお前の部屋に泊まってもいいかな」とエリオットはたずねた。


威圧的なオークリーのサングラスをかけて、タッカーの顔は謎めいて見えた。

「いちいち俺に聞かなくても泊まっていいんだぞ、な？」

「ああ、わかってる」


意外なことに、タッカーはサングラスを上げると顔を寄せ、またキスをした。「聞いてくれ」と言う。

「つねに」とエリオットは微笑んだ。

「ただとにかく……気をつけろよ」

「もちろんだ」エリオットは軽く返した。「行かないかもしれないし。考えれば考えるほどマ

コーレーに担がれてるだけじゃないかという気がしてきてる」

それでも、タッカーはまだ重い表情のままだった。

「ああ、たしかに今夜もな。だが俺が気をつけろと言ってるのは……それ以外の時も、ずっとだ」

エリオットは眉を上げた。その表情に、タッカーは苦笑いで応じた。

「わかってるよ。その顔は知ってる。今さらあちこち嗅ぎ回るなとは言わないさ、どうあってもお前は自分の思うようにするだろうからな。ただとにかく……俺のために、二つだけ約束してくれ。いつも銃を身につけてろ」

「ほら」とエリオットはジャケットの襟元を開いてみせる。

「わかってる。だが家でもだ。コーリアンの共犯者の話がでたらめじゃなかった場合にそなえて。昨日の出来事がどうも気に食わない」

「それは俺もだよ」

「偶然というやつも、俺は買わない。だからもしお前がまたコーリアンの家を見に行くなら、ヤマグチかウォール署長かダノンに、事前に一報入れてくれ——親父さんでもいい。お前の居場所を誰かに知らせていけ。念のためだ」

「心から誓うよ」とエリオットは言った。おもしろがってもいたが、タッカーの心配にほだされてもいた。心配性というより被害妄想の域に入っているとしてもだ。「とにかく、心配するなら自分のことだろ。時代遅れの田舎で週末を過ごすんだぞ。転向させられるなよ」

その言葉にタッカーが笑った。

「転向って、何にだ」

「カントリー音楽？　ラインダンス？　バッファロー・ジャンプ？」

「バッファロー・ジャンプ？」

「最後の一つは口からでまかせだったかも」

タッカーがゆっくりりと、色っぽい笑みを浮かべ、最後のキスに身を乗り出して囁いた。

「心配するな、教授。俺が飛びつきたい相手はお前だけだよ」

11

どうやらシアトルには、殺人者は余るほどいるらしい。ウィル・マコーレーの湖畔の家の前に群れて停まる車の数があてになるなら。

家の中はまばゆいほど明るく、小さなボートハウスと専用の船着場まで続く木々と茂みの間から光がきらめいていた。

シアトルの高級住宅地ローレルハーストには、一九二〇年代に建てられた美しい庭付きで雰囲気のある古い家が多い。一方、マコーレーの家は六十年代初頭に建てられたものだ。外から見るとミニマリズム建築風で、エリオットの子供時代の公共図書館を思わせる。きっちり幾何学形になった芝生中央に立てられた旗竿で、さらにその印象が強まっていた。白い石壁の一階建ての建物の周囲は、ひとつ段差をつけた広々とした庭で、見事な造園がワシントン湖の青い水辺まで続いていた。いくつもの見晴らし窓や連窓から、映画のセットのように煌々と明るい部屋で笑いながらグラスを傾ける人々の姿が見えた。

車を停める場所を見つけると、エリオットは引き込み道を歩いていった。夜風に乗ってラテン音楽が流れてくる。シャキーラの『ヒップス・ドント・ライ』。

エリオットは内心呻いた。昔は彼だって、遊び相手を探す普通の若者らしくパーティーが好きだったものだ。なのに今日の社交の目的が、ゲストの中から殺人犯を見つけ出すことだなんて、どういうことなのやら。

上に庇が張り出した玄関扉まで行くと、ドアベルを鳴らした。ドアがいきなり開き、背が高く痩せた大学生くらいの、バッサリ切った黒髪と金リングの鼻ピアスの娘がじっとこちらをにらんだ。

「どうも」とエリオットは言った。どことなく見覚えがある顔だ。大学の学生かもしれないが、自分のクラスにいた覚えはない。

娘は無言でエリオットの横をすり抜け、壁に半ば囲まれた前庭をずかずかと抜けて、ドライブウェイを去っていった。カッカッ、と靴音が夜の音に溶けていく。それをちらっと見やり、内心肩をすくめて、エリオットは玄関ホールへ足を踏み入れた。

家は大音量の音楽で鳴動しているようで、それを圧して呼びかける声の大きさにエリオットは感心した。

「エリオット、来たかい！　素晴らしい！」

黒いシルクのタートルネックと黒いズボン姿の禿頭の男が出迎えにやってきた。

ウィリアム・マコーレーは声で生計を立てており、じつに素晴らしい声だった。深く豊かで、威風堂々。その声に釣り合うほどの男ではないが、よく鍛えて、自信に満ち満ちた五十代であった。中背で、見事に日焼けし、言うなれば……洒脱だ。ハンサムではないが、この手の男が趣味なら魅力的だろう。

エリオットの趣味ではないが。

「どうも、マコーレー」

マコーレーと会う時、いつも手にはグラスがある。今夜もその例外ではなく――そしてこれが一杯目のようにも見えなかった。青い目が明るすぎるし、顔が赤すぎる。

「ウィルと呼んでくれ。そう言っただろ？」

「ウィル」とエリオットは仕方なく言い直した。

マコーレーが笑い声を立てた。

「若い方のミルズ教授」グラスを持ち替えて握手の手を差し出す。「おいでいただいて実に光栄だよ」

大義である、というところか。

「こちらこそ光栄のいたり」

マコーレーがまた笑う。

「君は皮肉屋だねえ、エリオット。そこが気に入ってるよ。まあ、君のあちこちが気に入ってるんだがね」

「それは……どうも」

この男がただの大口叩きにならずにすんでいるのは、魅力的にも振舞えれば拍子抜けするぐらい空気も読めるおかげだ。マコーレーはエリオットの腕をポンと叩いた。

「心配いらない、君をたぶらかしたりはしないよ。せめて一、二杯飲ませるまでは」

たぶらかす、という言葉に笑みを誘われて、エリオットは肩の力を抜いた。どうせたかが数時間のことなのだし、その間にいい情報を聞けるかもしれない。マコーレーは多くの情報源を持っている。捜査機関がまだつかんでいない情報を手に入れたというのは本当かもしれない。

そういうことは実際にある。エリオットだって覚えがあった。

「君はスコッチだったね？」マコーレーが含みのある口調で確認した。「ここでも君とは趣味が合うな」

たぶらかさないとか言った次から、これだ。エリオットは首をひとつ振っただけで、マコーレーにつれられて客の間をバーカウンターの方へ抜けていった。

およそ三十人ほどの人々が、高い天井と竹材フローリングの瀟洒《しょうしゃ》な部屋にひしめいていた。一見すると、ずっと大がかりでなごやかな集まりに見える。だが会話や笑い声が交わされているというのに、パーティーのホストに続くエリオットはその底に漂う緊張感を感じていた。

周囲へ目をやったが、誰も視線を合わせようとしない。なのに見られている感覚があった。これは勘違いでも自意識過剰でもない。どちらもエリオットには縁がない。

警察関係者が何人かいた。それは予想の内だ。顔を知らなくても雰囲気でわかる。ほかにも数人、見た顔があった――タトゥーが目立つがっしりした若者はデュース8というギャングの一員で、法の隙間を突いて刑務所から出てきていた。青い髪をした優しそうな老女は、二週間前の夜のニュースで裁判が審理無効になったと報じられていた。

どう見ても気の合う組み合わせとは思えないし、空気が落ちつかないのはそのせいかもしれない。普通なら、集まって一杯飲むような面々ではない。なら、何につられてこんなところまで？　マコーレーのセレブとしての威光か、タダ酒か。この招待を断るわけにはいかないという恐怖？

マコーレーはこの自分の〝コレクション〟たちは客同士の共通点に気付いていないと言って

いたが、エリオットは怪しいものだと思っていた。殺人というものがいつも心にある人間は、きっと常にその秘密を知られはしないかと怯えている。

「アンドリュー・コーリアンを招待したことはありますか？」

カウンターのそばに立って二人でブラックブルを飲みながら、エリオットはマコーレーにたずねた。

「それは、コーリアンが長年何をしていたか私が知っていたか、という質問かね？」

「どちらかというと、コーリアンと知り合いだったか、という質問です」

「いいや。知己ではないよ。私はあまり美術品コレクターとは言えないからな」

「客たちですが――」エリオットはマコーレーの目にさっと走った警戒の色に言葉を切り、それからおだやかに続けた。「全員、あなたのお知り合いですか？」

「いいや。何人かは……推薦だ」

どんな推薦だ。

「誰からの？」とエリオットはたずねた。

「前にも言ったが、コネがあってね。下調べもした」とマコーレーが乾杯の仕種でグラスを掲げる――自分への乾杯だ。

「つまりそれは、あなたはまったく面識のない相手を自宅のパーティーに招き、相手もおとなしくやってきたということですか？」

「そうだよ」マコーレーの下唇がふいっと突き出したように見えた。「信じようが信じまいが、大体の人間は——普通の人間は、私からの招待を光栄だと思うのだよ。人生にいいことが起きたとね。ご褒美だと」

エリオットがおざなりにうなずくと、マコーレーはますます気分を損ねたように言った。

「レイチェル・マドーに一杯飲もうと誘われたら？　行くか？」

人気のニュースキャスターだ。

「もちろん」

「ほら、だろ？　そういうことだ。人々は私のパーティーへの招待に喜び勇むのだよ」

だろうとも。正直、この部屋の空気からあまり喜びは感じなかったが、エリオットは——もっとも身近で大事な相手に言わせると——とびぬけて醒めた性格だ。その上多分、非社交的でもある。

マコーレーに情報源のことを問いただそうとしていた時、背後で大きな音がした。どさっと何かが重く床を打ってグラスが砕ける音。はっと身構えて振り向き、エリオットがジャケットの内に手をのばそうとした時、マコーレーの「勘弁してくれ」という声が耳に入った。

それは暴力の危険にさらされた声ではなく、苛立った主人の言い方で、エリオットは自分がいかに緊張していたかに気づいた。こんな過剰反応、タッカーに笑われてしまうだろう。

いや、おもしろくはないか。部屋にいる半数がきっと銃を持っている——パーティーのホストも含めて。マコーレーがカシミヤのセーターを直したさりげない仕種は、ヒップホルスターの存在を語っていた。

マコーレーのきつい視線の先で、部屋の角にある棘だらけの植木の鉢が倒れていた。割れた鉢とあふれた土を囲んで客たちがこわごわと集まり、牛の行列を前にした羊のように頼りなく周囲をチラチラうかがった。

「失礼」とマコーレーが片付けに向かう。続いた明るい声はさすがだった。「いいんだ、いいんだよ、気にすることはない！　忘れてくれ、皆。この木はずっと気に入らなかった。床は汚れるし、水は食うし」

エリオットの左手側で声がした。

「おや、おや、おや。なんとも場違いな顔を見たものだ、ミルズ教授」

捜査会議の場を離れると、その銀髪で黒いスーツにループタイ姿の男が誰なのか、エリオットは一瞬気がつかなかった。

「これはまた。どうも、ダノン保安官補」とエリオットは答えた。「制服姿でないとわからないところだった」

「こっちこそ今晩は、ミルズ教授」ダノンがエリオットの手のグラスに顎をしゃくった。「何を飲んでる？」

スコッチのブラックブルだと答えると、ダノンが感心したように眉を上げた。バーテンダーに同じものを頼む。

「マコーレーとはどういう知り合いなんですか？」

そう問いを投げ、エリオットは清掃スタッフを仕切っている主人を眺めた。

「ウェスト・シアトル・スポーツマンクラブさ。君はメンバーじゃないな」

「違いますね。マコーレーは、俺が前の夏に扱った事件の関係者だったんです。ここにいる客は、大体そのクラブのメンバーなんですか？」

「はは。まさか」ダノンは思わせぶりに酒を含んだ。「顔が広いのさ。ウィルは」

「そのようだ。かなり雑多な顔ぶれですね」

仰々しい口ひげの下で、ダノンの口が「雑多」と言われてピクッと上がった。

「そう言っていいな。ああそうだ、コーリアンのことは残念だった」

「ええ、泣けそうなくらい残念です」

またピクッと口元が笑う。

「これで君らの家庭も平和になるだろ」

それには、エリオットは答えようがなかった。自分とタッカーとの同棲が、こんなふうに話題にされて当然のものだということにまだ慣れていないのだ。

「あの野郎なしで裁判ができないのはがっかりだね。それが我々の法制度の欠点だ」とダノンが続けた。

自分の裁判に被告が出廷する権利が「法制度の欠点」だとはエリオットには思えなかったので、ただスコッチの残りを流しこんだ。

音楽は数分前に止まっていたが、リッキー・マーティンの『リヴィン・ラ・ヴィダ・ロカ』が大音量で流れ出した。

ダノンが身をすくめ、片手で耳をふさぐ。エリオットに大声で言った。

「君のパートナーは来てないようだな？」

「ええ。一家のパーティーっ子は俺だけなので」

その返事にダノンが笑った。

「へえ？　まあそうだな、あいつはクソ真面目な野郎だ、ランスは。いい奴だ。にらまれたい相手じゃない。ウィルの親睦会に来たのは今日が初めてか？」

親睦会。ダノンがカウボーイ風に〝ダンスパーティー《ホーダウン》〟と呼ばなかったのが意外なくらいだ。ワイアット・アープ気取りが板についた男だった。

「初めてですよ。勝手がまったくわからないが」

ダノンがひょいと眉を上げた。

「いつもなかなかおもしろい会だよ。あいつは酒をケチしない。メシも」

「でしょうね、そのようだ」

「ウォールもちょっと前までいたんだよ」と教えながらダノンは周囲をぐるりと見回した。

「ウォール署長が？」

「なんだ、そこまで驚くことかい」とダノンがニヤッとする。

「だって、まるで捜査班の半分が来てるみたいですよ」とエリオットはごまかした。「マコーレーがネタを聞き出そうとしてるのかな」

ダノンはエリオットを凝視した。

「かもな」と酒を飲み干し、タンブラーをカウンターの上に置く。「俺もそろそろ帰った方がよさそうだ。明日が早いんで」ウインクした。「釣りに行くのさ」

ダノンはここでも何かを釣ろうとしている気がしたが、とにかくエリオットは別れを言って、混み合う客の間を抜けて出ていく年上の男を見送った。

で、ダノンは誰を殺したのだろう？　あの保安官補はどんな状況下で人の命を奪ったのだ？それともマコーレーが言った、人殺しだけを招いたという条件が誇張なのか。

そうでないなら、ウォール署長は誰を——どんなふうに——殺したというのだろう。

多くの警察官が射撃練習場のブースでしか発砲せずにキャリアを終えることを思えば、捜査班のうち三名もがそれぞれ別の人死に関わっているというのは、いささか……偏りすぎている気がした。

とはいえ、タッカーとも話し合ったように、人生には不思議な偶然がつきものだ。

エリオットは酒のおかわりをたのむと、社交的な会話に挑む心の準備を整え、客たちとの歓談に足を向けた。

「どうも、はじめまして！」が彼の口上だった。「ウィルとはどこで知り合ったんです？」

答えは、大体が漠然としていた。幾人かの客はマコーレーのラジオ番組で取材を受けていた。五、六人がダノン保安官補と同じくマコーレーとは長いつき合いだと表明した。だが大方の客たちは、マコーレーの家に招かれて喜んではいたが、その理由についてては見当すらついていなかった。

段々とエリオットは、これは家から出て車に陣取り、出入りする客の写真を撮ったほうがいいのではないかと思いはじめていた。特に、客の数人が彫刻家《スカルプター》事件の関係者だとエリオットの顔に気付いてからは。

なんとも居心地が悪くなってきた。

目を配っていたが、車をパンクさせたあの若者らしき姿は見当たらなかった。飛躍した考えなのはわかっている。あのガキは単にバルブキャップ欲しさに犯行に及んで、追跡をかわそうとタイヤをパンクさせただけかもしれないのだ。

それ以上の意図があったのかもしれないが。

嫌がらせとか？

何のためだ。目的は？

マコーレーに客のリストをくれとたのもう、と脳裏にメモした。タッカーから電話が入ってないかとまたたしかめたところで、パーティーのホストがふたたび現れた。

「ほほう。携帯のチェックか？　退屈させてしまっているかな」とマコーレーが相好を崩す。

エリオットは携帯をしまった。

「電気代の払い忘れがないか確かめていただけです」

「言ってくれるね！　さすがだよ！」とマコーレーが爆笑した。

その顔を、エリオットはまじまじと見直して、赤く上気したマコーレーの顔と目の熱っぽい光に気づいた。明らかに酔っている。自制を失うほどではないが。

いわゆる熟練の酔っ払い。エリオットからしてみれば褒め言葉ではない。

マコーレーが顔を寄せ、ウイスキーまみれの声で囁いた。

「楽しんでるかい？」

「もちろん」

「私のプレイルームを見るかい？」

「もう見ましたよ。死んだ動物がたくさんいた。卓球台はなし」

「君が見たのはゲームルームだよ。全然違う。今日見せたいのはプ、レ、イ、ル、ー、ム、だ」

「……ああ」

「見に来ないか？」

「遠慮しておこうかと思います」

「何を怖がる」

「あなたを勘違いさせたくないので」

今回のマコーレーの笑いは、尖っていた。

「ああ、わかるとも。どうしてなのか、何もかも知っているよ。君が心底求めるものも。焦がれるものも」

エリオットは部屋を回っている給仕係が差出すトレイに空のグラスを置き、マコーレーへ微笑んだ。

「はっきり言って、今本当にほしいものは、この家の中にはありませんね」

「そりゃ大間違いだ。君のことなら何でもわかってるよ。君の目を初めて見た時、君が何を求めているのか、必要としているのか、伝わってきた」

マコーレーが顔をぐっと寄せ、エリオットの耳に熱い囁きを吹きこんだ。

「服従《ふくじゅう》だよ。性的な」

おかしなことに、エリオットの心臓が小さく跳ねる。それでも気のない「はあ」という返事をひねり出した。

マコーレーがニヤッとしながら体を引いた。じつに満足げに見えた。

「私をごまかそうとしても無駄さ」とやわらかに言う。「君は服従者《サブ》だ、エリオット。それも切実に、切迫して、支配者《ドム》を求めるサブだ」

「もう十分おかしな夜だと思ってましたが、まだ続きがあったとは」

マコーレーはエリオットの言葉を無視し、その誘惑的でなめらかな声の威力を発揮しはじめた。

「一夜、私に服従したまえ――めくるめく快楽の一夜だ。朝になれば、君は帰りたくないと懇願するだろう」

めくるめく快楽の一夜。本気でそんなことを言う男がいるのか。

「それはまた……大した自信だ」

「自信があるからね。それだけの根拠もある」

マコーレーははっきりと自分の股間に視線を送った。どうやらちゃんと話を聞いていたらしいソコに。と言うか、股間に監視カメラでも仕込んでいるのかと疑いたくなる状態だった。

「そう言うなら、信じますよ」

なんとかエリオットは声を平静に保った。多少飲んでいるせいで、失礼ながら、おかしくて仕方がなくなってきていた。

「言葉を信じてもらいたいわけじゃない。誰にも滅多にやらないものを、君にやろうと言っているんだよ。君の望むものを。我々二人ともが求めるものを。君が飢えているものを」

そこでエリオットは口を開けたが、マコーレーが言葉をかぶせた。

「そう、飢えだ。君のことは何でも知っている、エリオット。随分と君について学んだからね」おかしなほど熱っぽい表情だった。「ほら、人の口は軽いものだ」

　それにはさすがにエリオットも引っかかった。眉をひそめる。

「どんな人の？」

「昔の友人や、古い恋人」

　やってくれた。誰にだって若気の至りはあるものだ。過去はつきものだろう。そして実際エリオットは、ＦＢＩに入局する前にはそれなりに性的に奔放だった。過激なものではなかったが。道具やら装置やらは何も使っていない。ＳＭクラブに入会したこともなければ主従関係の契約を結んだこともないし、政治家に立候補した時に出てきて慌てるような写真も撮っていない。

　それでも、だ。

「それを聞いて残念だ」とエリオットは言った。本音だった。「友人はうまく選んできたつもりだったが」

　マコーレーはそれを流し、ざらついた声で囁いた。

「私なら君に、完全なる服従の歓びを教えてあげられるよ……」

　エリオットの股間を小さな、だが完全に予想外の震えがぶるっと抜けた。

　まさか。何だと？

　だが、人間のセクシュアリティとはかくも奇妙なものだ。脳がどう考えていようが、肉体は欲情できる。いや言い直し——脳はもともと、セックスに関して欲情などしない。心だ。今考えているのは心の話だ。心がどう思おうと、肉体は欲情できる。心と体が一致しているほうが当然いいセックスができるが、肉体が満たされるならば、心が介在しなくともセックスは可能だ。

ただ、深く心を開いた相手となら……すべてが変わる。

だからマコーレーの言動に——この男に好感は抱いてないのに——どういうわけか少々そそられはしても、タッカーの存在がそのすべてをかき消すのだ。

エリオットは答えた。

「申し出には感謝するが、しかし、結構」

マコーレーが下がった。心底まごついた顔だった。

「どうしてだね？」

「それは……」礼を失しないように、どう言えばいい？「俺はそういうのは——今、恋人がいる。欲しいものはもう得ている」

実のところ、この会話をタッカーに聞かせてやるのが楽しみで待ちきれなかった。できれば今夜。タッカーからはメールで、ワイオミングに着いたと知らせが入っていた。今電話はできないと。

まあきっと、タッカーがこれを聞いたら、エリオットほどおもしろがってはくれないだろうが。

　マコーレーはもうすっかり口を尖らせていた。

「ランス特別捜査官かね？　彼は……あれはただの飼い猫だ。君が求めているのは虎だよ」

　笑ってはいけない。何が何でも、ここで笑ってはだめだ。

　マコーレーは使いどころのある情報源だし、取り返しのつかないほど機嫌を損ねてはまずい。人には許せない一線というのが存在するのだ。本気の誘惑スピーチの最中にマコーレーを笑い飛ばすというのはそのひとつ。エリオットもそろそろうんざりしてきていたが、扱いかねるほどの事態ではない。

「実のところ、俺は猫アレルギーなんで、ウィル」

　反論しようと口を開けたマコーレーだったが、優美なドレスの女優がやってきて邪魔が入った。スーパーのレジ横に並ぶタブロイド紙の一面でぼんやり見知った顔だ。たしか彼女は、映画監督でもあり恋人でもある男をＤＶがらみのはずみで殺したんじゃなかったか？

　マコーレーは実に愛想よくゲストをおやすみの言葉で送り出すと、さあやるかとエリオットを振り向いたが、エリオットはその出鼻をくじきにかかった。

「じゃあ、ダノン保安官補が今夜招待されたのはどうしてです？」

　マコーレーが眉を寄せた。

「ジャック・ダノンと私は昔からの友人だからだよ」

「なら別に、ゲストの全員があの条件に当てはまるわけでは――」

マコーレーの表情に、エリオットは言葉を切った。マコーレーが腹立たしそうに言い返す。

「いいや。全員がそうだよ。だがそれは必ずしも――」続きを呑みこみ、大きな、やる方ない息をつく。「九十六年にノックサック川近くで女性ランナーがさらわれた事件を覚えてるかね？　ジャックは、彼女とその誘拐犯を追った追跡班の――彼は民兵隊と呼ぶがね――一人だったのさ」

あの事件の時エリオットはまだ子供だったが、聞き覚えはなんとなくあった。聞き返す。

「たしか、犯人の男を殺した弾丸が誰の撃ったものなのかはわからなかったのでは？」

「多くの人間が、ジャック自身も含めて、とどめの一発はジャックが撃ったものだと信じてるのさ」

エリオットは考えこんだ。

「ではウォール署長については？　招待の栄誉に与《あずか》ったのはどうしてです？」

マコーレーがうなった。

「君を招いたのはウォールやダノンの話をするためではないんだよ」

それは言われなくともわかっている。エリオットは醒めた口調で切り返した。

「コーリアンの共犯者はここにいないんですね。来てなどいない。共犯者などいなかった。あなたはその噂を耳にして、これは使えると踏み――」

「それは事実ではない！」マコーレーは心底憤慨していた。「ここにいたよ。君が来る前に帰ったがね」

「なら名前を教えて下さい。それか、せめて情報源を」

「名前など言うものか！」

跳ね上がった声をマコーレーは慌てて抑え、二人へ顔を向けた客たちへちらっと落ちつかない視線をとばした。

「君の仕事をかわりにしてやる気はない」そこで計算高い光が目にともる。「見返りがない限りはね」

「あなたが手を出してるのは危ないゲームですよ」とエリオットは警告した。

ニヤッとしたマコーレーの顔には、突如として持ち前のユーモアが戻っていた。

「かもなあ。でもゲームはいい。君も知っているように、何よりも狩りが大好きなんでね」

「裏にひそむ真実を見破る人々の能力を、あなたは見くびりすぎじゃないですか」

含みありげに、マコーレーがウインクしてきた。

「真実を見破る私の能力を見くびっているのは君じゃないか、エリオット？」

これでは堂々巡り——少なくともエリオットの望む出口はない。エリオットは静かに言った。

「もし今夜のゲストの誰かが、逃げおおせた殺人犯であるなら——その人物がどれほど神経を尖らせ、不安で、危険な存在なのか、あなたにはわからないんですか？」

マコーレーが低い囁きを返す。

「一晩だ。それだけでいい。一晩で足りる。たった一夜、私の首輪をつけてくれ、二度と外したくなくなるよ」

エリオットは溜息をついた。この濃厚な誘惑のくり返しに、笑いを通り越してくたびれてきていた。マコーレーが執着しているのはコスチュームと儀式とSMの主従関係だ。マコーレーには理解できないだろうが、エリオットにとってそれらは重要ではなかったし、今はなおさら無意味だった。

「おやすみ、マコーレー」

「臆病者め」大目に見るような口調だった。「必ず君は気を変えるよ。いつかな！」

まるで根拠のない自信に、うっかり笑みを誘われて、エリオットは首を振った。足は止めない。

「そうでしょうね。用心して、危ないことには手を出さないで下さい」

「その何がおもしろい？」とマコーレーの声が追ってきた。

12

タッカーの枕カバーからはタッカーの匂いがして、土曜の朝の心地いい数分間、エリオットは心慰められた。

昨夜タッカーから追加の連絡がなかったことにはがっかりしていたが、きっとタッカーもベッドに入る頃には疲れ果てていたのだろう。エリオットだって、タッカーの部屋のドアを開けた時にはもうくたくただった。

積極的なマコーレーをかわしながらその場にいるすべての〝殺人者〟の状況を解き明かそうと頭をめぐらせて、じつに長い夜だった。

パーティーの料理は素晴らしかったが。バーも最高。マコーレーは金は惜しまない男だ。それは間違いない。

目をとじ、エリオットは自分のペニスを包んでいるのがタッカーの大きく、雀斑《そばかす》のある手だと想像しながら、慣れた手で自分をしごいて、ゆるやかなオーガズムにあっさり達した。想像上のタッカーであっても、ほかの誰にも負けない。

シャワーから出てきた時もまだタッカーからの連絡はなかった。トーヴァがもてなしに準備した一家団欒風のあれこれで忙しいのだろう。彼女とエドが最近出かけたバカンス写真のスライドショー？　教会のピクニック？　それとも魔女の火あぶり会？

いや、それは失礼だ。再会したばかりの家族にタッカーがこうも気を取られているもので、少々のけものにされた気がしてしまっているようだ。願わくば、トーヴァが自分の育った家をタッカーに見せたり、家族写真を見せたり、ずっと知らなかった従兄弟とかに紹介してくれていますように。タッカーが焦がれているのはそういうものなのだし、エリオットはこの旅でタッカーがそれと、そしてそれ以上と出会えるよう願っていた。

しけったシリアル以外、タッカーのカップボードは空っぽだ。元から料理はそれほどしないし、このシアトルの部屋にはそれほど来ないので、冷蔵庫にはビール数本とコーヒー用のミルクくらいしかない。

ノブのオーガニック農場に父と朝食を食べに行ってみようか、とエリオットは思案した。

以前ならためらうようなことではなかったが、父との状況は今や微妙すぎて、歓迎されるかどうか自信が持てなかった。淋しい話だ。

元からの緊張状態がどうやってこんな、橋すらかけられないような亀裂に育ってしまったのかよくわからないが、その責任はローランドと共にエリオットにもあるのだろう。もしかしたら、よりエリオットのほうに。

父のお気に入りのヴィーガンのパン屋からペストリーを買って仲直りの手土産に持っていこうか、と考えをめぐらせた。父と会えないのが淋しいし、話がしたい。口論すらなつかしいくらいに。

だが今日農場に行けば、ローランドはノブのために法廷で証言しろと迫ってくるだろうし、エリオットは何だろうと高圧的に言い含められたりする気はない。ノブのために証言するなら、それが正しいことだと信じての行動でなければならない。そしてまだ、その結論を出せていない。

結局エリオットは、町にいる時タッカーも彼もたよりにしている小さな店でコーヒーとサンドイッチを買うと、不動産屋へコーリアンの家の〝鍵〟を取りに向かった——実際にはロックボックスの解錠ナンバーを教えられただけだったが。

十時半になる頃にはコーリアンの家に着き、家の前に車を停めると、両開きのドアへ歩いて行った。ウズラの群れが芝生の上をうろうろしていたかと思うと、バサバサと喧嘩を始めた。空気は蒸し暑い——頭上に雲が集まってきているというのに。と言うかそのせいか。土曜らしく、遠くから芝刈りやチェーンソーの音が聞こえていた。

水曜に来た時はやはり気配に対して神経質になっていただけなのだろう、今朝はすべてが普通に見えた。

エリオットは玄関の鍵を開け、中へ入った。アーチ状の天井と頑丈な窓が広々として、明るい朝の光があふれていた。家の中は塗ったばかりのペンキと清掃の薬品の匂いがつんと立ちこめている。内装は広々と、がらんとしている。からっぽ、という方が近い。

売りに出された家なんてきっとこんなものだ。空虚な部屋にも、むき出しの床に響く自分の足音にも、不気味なところなどあるわけがない。

高々とした天井の、大きすぎる石の暖炉がある大広間を抜け、磨かれたタイルとピカピカの新しい機材が入ったキッチンを横切って、虚ろなダイニングルームへ入った。

無彩色。黒い石の内装。

正直、ここで暮らすコーリアンの姿が思い浮かばない。些細な日常の仕種、新聞を読んだりテレビを見たり、残り物を電子レンジで温めたりしているところが。もっともそんな普通のことはしていなかったか。アブノーマルなことにかまけるのに忙しくて。

二階へ上り、巨大なメインの寝室を調べた。二つのウォークインクローゼットに設備の整ったバスルームが付いている。ほかにも寝室が三つあり、美しい建具と内装で丁寧に仕上げられていた。

コーリアンの持ち物はどうなった？　家具類は倉庫行きで書類や手紙はクワンティコの専門家が隅から隅まで調べて分析中――成果はないが――だろうが、芸術用の材料や道具は？　スケッチブックは残っていたのか？　ノートは？　写真は？　タッカーがあまり明かしたがらないあたりの情報だ。

部屋から部屋へ、エリオットは家中を見て回ったが、タッカーの言うとおりだった。何のイメージも浮かばない。いいものも悪いものも。

後は地下室を残すのみとなった。そこを最後まで後回しにしていたことに、しかも降りて行きたくない自分に腹が立って、エリオットは断固として地下室をたしかめに向かった。

だが結局のところはただの冷たい、がらんどうの部屋にすぎない。壁の漆喰《しっくい》も塗装も大掛かりにやり直されていた。かつては墓場だったところを、今は新品のコンクリートが覆い隠している。

見るべきものはない。コーリアンの歪んだ脳内をうかがわせるようなものは何ひとつ残っていない——その先の、犠牲者たちがこの地下室で味わった苦悶についてはエリオットは想像もしたくなかった。そう感受性鋭くはないエリオットでも、この冷たく殺風景な地下室にはやや呑まれていた。

明かりを消して背を向け、また鍵をかけるとほっとした。ダイニングルームへ、そしてキッチン、大広間へと順に引き返し、玄関の廊下を行くと正面扉を開けた。

玄関ポーチに立っていた人影に、あっけにとられる。

ジーンズと分厚いネルシャツを着たずんぐりとした影だった。陽が照らし出す顔を、気ままにもつれた茶色の髪の山が包んでいる。コニー・フォスターだ。

「あんたの車がまた来てたから」とコニーが、驚きを振り払っているエリオットへ言った。

「言いに来たのさ、この間コーリアンの庭師を見かけたって」

「どこで?」

相変わらず彼女がショットガンを持っているのを見て、エリオットはいい気分ではなかった。

「3番通りにあるメキシカンレストランから出てきたところをね。車に見覚えがあって」

「車に書かれていた会社名を見ましたか?」

「見たよ」勝ち誇った笑みだった。「グリーン・ガーデン・ランドスケープ。グリーン《Greene》の最後にeがついてるやつ。人の名前みたいに」

「助かります。いつのことだかは覚えてますか?」

「昨日さ」フォスターはやや申し訳なさそうだった。「あんたの名刺をどこに置いたか忘れて。覚えてりゃ電話したんだけど」

「わざわざありがとうございました。本当に」

エリオットは家を出ると扉の錠を掛け、不動産会社が設置したロックボックスの合わせ番号をちゃんと不揃いにしたことをたしかめた。

フォスターがじっと、好奇の目で見ていた。

「あんたたちって、ここに何があると思って来てんの?」

「あんたたち?」

「こないだは保安官補があちこちのぞいて回ってたよ。この家はもうからっぽなんだろ? 死体を全部運び出すのに二ヵ月近くかかってたんだ」

「家は空ですね、たしかに」エリオットは遅ればせながら聞き直した。「警察じゃなくて、保安官事務所の人でしたか？」

「そうさ。その前にはいつものＦＢＩ捜査官が二人。ちっさい中国人の女と赤毛のデカブツ。あの男は意地悪な目つきをしてたねえ」

ヤマグチは中国人ではなく日系アメリカ人だし、タッカーは……まあいいだろう。関係ないことだ。問題は、タッカーがこの家に来たことをエリオットに黙っていた点だ。

「そんで、今度はあんたさ。もう常連だね」とフォスターが言った。

エリオットはおざなりな微笑を返した。タッカーがすべての行動をいちいちエリオットに報告する義務はない。だが彼らは同じ事件を担当していたのだ、なら知らせない理由もない。気になった。特に、タッカーが相変わらずすべては話してくれていない、というのがわかったせいで。

フォスターと一緒にレンガの道を歩き出した。

「あなたの土地とコーリアンの家との境界はどこです？」

古い松の木立へとフォスターが手を振った。

「あの草地の向こう側さ。昔の木のフェンスがまだ少し残ってて、敷地を分けてるよ」

「北側は？」

「あの丘の向こうがホープの家だね。でもあの森ん中へ入るのはやめといたがいいよ」彼女が警告した。「ピューマを見たって、何回か聞いた」とショットガンをかかげる。「あたしもこないだの夜、一匹見つけてぶっぱなした」

「ピューマを撃ったんですか？」

驚きはしないが。フォスターはトリガーハッピーな性格に見えた。

「そうとも」ニヤッといたずらに笑うフォスターの、義眼の片目はわずかによそを向いていた。

「あれはたしかにピューマだったと思うよ。なんでもないことさ！　あたしはこの森でグリズリーだって見たことがあるんだ。そりゃ、三十年は昔だけどね」

「すごい話だ」

ある日森の中、くまさんに出会った……と。フォスターにはエリオットにこの森に入らせたくない理由があるのか？　それとも見たままの女なのか——ちょっと風変わりではあるがおせっかいなだけの一般市民？

彼女は期待するような目でエリオットを見ていた。エリオットは口を開く。

「協力ありがとう。eが最後につくグリーン。いい手掛かりになります」

フォスターはうれしそうだった。自分から去ろうともしないので、エリオットは彼女にさよならを言って車まで歩いていった。乗りこんで携帯をチェックしながら、フォスターが帰るのを待つ。

唯一のテキストメッセージはヤマグチからのもので、コーリアンの昔の家を見に行くというエリオットの予定に対するそっけない了承だった。

エリオットは運転席に座って、フォスターが前庭を囲む茂みのそばをうろつき、ショットガンを杖のように使って観賞用の植えこみをつつき回っているのを眺めた。彼女は何を探しているのだ？

それともぐずぐずと居残っているだけか？　エリオットの次の行動を見届けようと。

忍耐勝負の十分かそこらが過ぎると、フォスターは緑色の芝生を渡って木々の間へ消えた。

エリオットはブラック・ダイヤモンドの警察署に電話をかけてウォール署長をたのんだが、今日は休みだと知らされた。そうか。ウォールの家にかけようかどうか少し悩んだ。ここに来ていることをヤマグチには知らせているし、いささか馬鹿げている気もする。だがタッカーに約束したのだ。

内心溜息をついて警察署長の自宅にかけると、ウォール家のとても若い一員が出て、受話器を落とし、グランドキャニオンを落下したような音が鳴り響く彼方で『パパ！』という叫びが聞こえた。

そのパパはすぐにやってくると受話器を拾い上げ、けげんそうに『はい？　ウォールだが』と出た。

「どうも、署長」とエリオットは答えた。「エリオット・ミルズです。今、コーリアンの家に来てます」

『コーリアンの……わかった』

用心しているような声だった。何か裏があるのかとかまえるような。週末の休みを中断して彼を仕事に蹴り戻すような裏が。

「俺は、タッカーに——ランス特別捜査官に、ここに来たらあなたに連絡するよう言われてるんです。これはその連絡というだけです。今から森の中を一回りしてみるつもりです」

『どうしてだ？』とウォールが平板に聞いた。

いい質問だ。エリオットにいい答えの持ち合わせがないのが残念だ。

「特に理由はないです。もう少し見て回りたいと思って」

一瞬の沈黙の後、ウォールが言った。

『好きにするといい。その辺でピューマの目撃情報が数件出ている』

「近隣住民からも聞きました。コニー・フォスターから。用心します」

甲高い声がウォールの向こうで何か聞いた。ウォールが電話を持ち替えて答え、また電話口に戻った。

『いいだろう。どのくらいかかりそうだ？』

「一、二時間」

『じゃあ、帰る時に電話をくれ。捜索隊を送りこむ必要はないと知らせてほしい』

「そうします」

ウォール署長が電話を切った。

エリオットはコーリアンの家周りを眺めた。フォスターはもういないようだ。ついに帰ったらしい。エリオットは車から降りると芝生を横切り、森へ入っていった。

四方を取り囲んで呑みこむような高い木々とまばらな陽光が、ローランドが大好きなヘンリー・デイヴィッド・ソローの文章を思い出させた。〝総じて荒野は咆哮せず、その咆哮は旅人の心が生み出すものなのだ〟。

そして総じて、エリオットは森や自然が好きだ。咆哮はともかく。だが、この閉塞的に続いていく空間とよどんだ静寂には神経を削られる。

草にほぼ覆われかけた道を二キロほど歩いていった。黄色に染まった葉と茶色の松葉を踏みしだきながら。空気はしっとりと涼しく、土や針葉樹のしんとした匂いがしていた。

安らかだ。エリオットの気分は違うが。

だがこの不安のもとは、敵意や危険を感じるせいではない。ただ、自分ひとりきりという気もしなかった。

どんな異常の気配もない。普通と違うことすら何もない。もう長いこと、この連絡道路は車が通っていないようだ。木や茂みに傷や折れ痕はない。地面の痕も。

都合のいい墓場や集団埋葬地もない。

そんなものが見つかると思っていたわけではないが。

エリオットは足を止め、膝を休めた。こんな自然散策の予定ではなかったし、水のボトルを持参してくればよかったと思っていた時、背後で細い生き物の啼《な》き声がした。

ぞっと首筋の毛が逆立つ。振り向いて、茂みの中へ目を走らせた。

ピューマの声ではない。それくらいはわかる——。

落ち葉の中に、白と黒の犬が倒れていた。

初めてあの家を訪れた時に見かけたあのボーダーコリーだ。

「やあ」エリオットは優しく声をかけた。「また会ったな」

犬は起き上がろうとして、また倒れた。尾が弱々しく揺れる。エリオットを見つめる曇った青い目には、力ない諦めがあった。

てっきりあの時フォスターに撃ち殺されたものだと思ったが、どうやら傷を負っただけだったようだ。

エリオットは茂みを押しやり、犬のそばに膝をついた。

弾丸が削っていった臀部から背中に、乾いた血がたっぷりこびりついた痕が走っていた。一発ということは、散弾ではなくスラッグ弾だったようだ。

泥だらけの柔らかな胸元の毛を探って、首輪を見つけた。ハート型のネームタグに〝シェバ〟と書いてあり、ベリンハムの電話番号が書かれていた。

「こんな遠いところで何をしてるんだ、シェバ?」

エリオットが呟くと、シェバの尾がまたカサカサと枯葉を鳴らした。

これは参った。置き去りにはできない。エリオットは専門家ではないが、傷そのものは命に関わるほど深くはなさそうだ。しかし傷口がひどく膿んでおり、餓えた昆虫の餌食にもなっている。このままではまずい。

ポケットを探ってハンカチを取り出すと、エリオットは優しく語りかけながら慎重に――犬が数回頭を振ってよけた後で――犬の口をくくった。

ジャケットを脱ぎ、それでできるだけ犬をくるんだ。すでに痛み出した膝にはさらなる負担になるが、それは仕方ない。

肩を木の幹につけ、いい方の膝に力をこめてかまえると、犬をかかえて、かなり苦労しながら立ち上がった。

シェバは細く鳴いてもがいたが、すぐ静かになった。追い詰められた速い鼓動がエリオットの腕に伝わってくる。

「大丈夫だよ」エリオットは囁いた。「大丈夫だ、シェバ。何もしやしないよ」

犬は震え、怖がって脇腹を波打たせたが、なんとかエリオットは支えた。十二、三キロもないだろう。その重さも骨と毛皮の重さのような気がした。

それであっても、車までの二キロほどには苦労した。

歩きながら犬に話しかけ、慎重な足取りで進み――彼も犬も転倒には耐えられない――ついにコーリアンの家の芝生を横切った。

犬をカーゴスペースに寝かせるのにさらに時間と手間がかかり、それからエリオットは携帯で調べて近所の獣医を見つけた。

獣医のところまでは十分とかからず、受付で書類に記入してる間にシェバはさっさと手術へ運ばれていった。

手続きをすませたエリオットはガラス扉の外に出て、シェバのネームタグにあった番号へ電話をかけた。数回の呼出音の後、留守電のメッセージに切り替わる。

『やあ！』と陽気な男の声が言った。『トッドに用だね。じゃ、どうすればいいかわかるよね』

どうしたいかはわかっている。エリオットはてきぱきと、

「どうも、トッド。俺の名前はエリオット・ミルズ。シェバという名前のネームタグを首輪につけた怪我をした犬を保護した。そのタグにこの電話番号が書かれていたんだ。連絡をもらえないか？」

自分の携帯の番号を述べた。

トッドからの折り返しがなく、獣医もまだ現れないので、エリオットはグリーン・ガーデン・ランドスケープに電話をかけてみた。

数回鳴った後、男の声が『ああ？』と怒鳴った。その後ろで聞こえる芝刈り機のモーター音

に負けまいとして。

「グリーン・ガーデン・ランドスケープ？」

『ああ』

同じ声が苛々とくり返す。エリオットは自己紹介した。

「あなたの会社は、ブラック・ダイヤモンドにあるアンドリュー・コーリアンの家の仕事をしてましたよね？」

『いーや』

「アンドリュー・コーリアンの仕事はしてない？」

『なんて名前だって？』

「コーリアン」

『住所は？』

エリオットは住所を伝えた。

『行ってねえ』

「近隣住民が、そちらの会社のトラックが定期的に訪れていたと証言している」

『は？』

「コーリアンの近所の人が言ってるんだ、毎週そちらの車の一台が来てたと」

ガーッという芝刈り機の音がいきなり止まった。電話口の声はそれでもひどく大きく、

『うちの車の一台？　一台しかねえよ』

「わかった。コーリアンの家を受け持ってないのはたしかですか？」

『知らねえ名前だよ。ブラック・ダイヤモンドでは二件仕事をやってる。どっちもあんたが言ってるそのナントカじゃない』

一般人は殺人事件のことなどあまり――あるいは全然――気にしていないのだと、まさにこのタイミングで思い知らされる。捜査関係者の頭からは寝ても覚めても消えない事件でも。

エリオットはまだあきらめきれなかった。

「あなたの車を誰かが運転するってことはないですか？　従業員や家族とか？」

『ああ？　うちのカミさんがブラック・ダイヤモンドに通ってるって言いたいのか？　何しに？　一体何を言ってやがる』

「いや何も――ただ、あなたの車に乗る人間はほかにいませんか？」

『いねえよ！』

電話は切れた。

13

ウォール署長は、エリオットが電話をかけた時には在宅していなかったが、エリオットの無事なブラック・ダイヤモンド出発を伝えてくれると妻が請け負った。

二十分経つ頃、ベリンハムのトッドからまだ返事の電話はなく、獣医がいいニュースと悪いニュースを持ってきた。いい方は、シェバが助かったという知らせ。悪いほうは――すでに大ダメージを受けたエリオットのクレジットカードに、獣医へのお泊まり代が加わったという知らせだ。

「気付いていらっしゃるかどうかわかりませんが、あの犬は撃たれてます」と獣医が言った。「あのスラッグ弾がもっと内に入っていれば半身不随になっていたでしょう。それかすぐ死んでいたか」

「知ってます」ミュラー医師の責めるような目つきに、エリオットは付け足した。「この犬はヤギを襲ったんです」

「あ、あなたが撃ったんですか？」

「俺？　いや、まさか。俺はたまたま犬を見つけただけです。ただの中立的な第三者だ」

獣医は眼鏡のふち越しにエリオットをじろりと見た。

「へえ、そうですか？」

中立、というのもいい印象を与えないようだ。

「無関係ではないかもしれないですが。とにかく、犬の飼い主に連絡を入れておいたんで、じき向こうから返事が来るといいんですが」

ミュラー医師は背が低く体の締まった六十代の女性で、濃いグレーの髪をボブカットにし、目の周りに人の良さを示す笑い皺がたくさんついていた。

「あなたのその中立の第三者的行動、報われるといいけれど、どうでしょうねえ。あの犬はこ数週間ひどい目にあってたみたいですよ。脱走した迷い犬って可能性もあるけど」

「かなり長距離の脱走じゃないですか。ベリンハムからブラック・ダイヤモンドまで百五十キロくらいはある」

「そうですけどね。でも捨て犬なら、大体は首輪やネームタグを外して捨てる」

「たしかに」

それ以上できることもなかった。エリオットはシェバを獣医のもとに残してグース島へ戻った。

無駄な一日というわけではない。犬の命を救ったし。グリーン・ガーデン・ランドスケープは完全な行き詰まりだったが。

　フォスターが、このタイミングでコーリアンの謎の庭師を見かけたという話は、少し都合が良すぎるとは思っていた。時に人々は捜査の力になろうとするあまり、手がかりや容疑者を作り出したりしてしまう。何らかの思惑で捜査に首をつっこみたがっている場合もあるが、大体の場合は悪気がない。いい市民であろうとして、捜査の邪魔をしてしまうのだ。


　家に帰ると、洗濯をし、ゴミを出し、食洗機の中を片付けた。だがひととおりの家事が終わってしまうと、珍しく、少しとまどうほど、手持無沙汰な気分になった。

　いつから週末の暇つぶしに事欠くようになった？　することなら山ほどある。書かねばならない論文があり、読まねばならないレポートも、採点しなければならないレポートもある。エリオットはまた携帯をたしかめた。まだタッカーからは何もなし。それは吉報か、凶報か？

　どんな調子だ、とエリオットはメッセージを送った。

　数秒がすぎる。メッセージ画面のエリオットの青いフキダシの下には何ひとつ表示されてこない。

　エリオットの感情を別にすれば、これはきっといい兆しだ。タッカーのほうで何が起きてるにせよ、家に短い一文を送る暇もないくらい忙しくしているというのは。素晴らしい。そのはずだ。

たよりがないのはいいたより……。

きっと。おそらくは。

だがそれにしても――正直、何の返事もないことに少なからずがっかりしていた。

略語すら送る時間がない？　CTN――今話せないとか《キャント・トーク・ナウ》も送れない？　馬鹿げた顔文字すら？　大きな汗をかいている黄色い丸顔とか。目から涙が流れる顔でもいい。それを親指で一押しする暇もないか？

寂しいのだ、と気付いて、エリオットは驚いた。予想外に寂しい。このグース島で週末を一人きりですごしたのがいつだったか、もう思い出せなかった。タッカーとすごすいつもの週末にすっかり慣れてしまっていた。

これを好機と見るべきだ。読んでレビューすると約束した同僚の本が山積みなのだ。失われた南部連合の隠し黄金についての記事も書かねばならない。

いや何よりも、まずは父に電話するべきだ。先入観なく耳を傾け、視野を広く持って、ローランドによるノビーのための主張を聞くのだ。人は過ちを犯すものだ。人間というのはそういうものなのだ。法の観点から見たって、故意かどうかで大きく区別される。

ノブはこの先社会に対する脅威となるか？

多分、違う。

自分自身を傷つける恐れがあるか？

わからない。

ローランドにとって脅威となり得るか？

それは決して エリオットには看過できない。

だが――。

もうわかっているのだ、刑務所にいる間にノビーに何かあれば、ローランドはエリオットを許さないだろうと。もしノビーが襲われたり病気になったりしたなら。

刑務所は安全でもなければ健康にいい場所でもない。ノビーは若くも、強くもないのだ。

そしてローランドは愚かではない。

だが結局、ローランドに電話はしなかった。読んでレビューすると約束してある本の山にも手をつけなかった。かわりにエリオットは午後の残りと夜のかなりの時間を使ってネットをまわり、ジャック・ダノン保安官補についてわかることを読みあさった。

一九九六年のセリーズ・ジャクボウスキー誘拐についての記事を読んだ。犯人は自ら〝山男〟と名乗る、カナダ国籍のハーラン・ウィルフォード。

ウィルフォードは、世界大会で優勝したランナーのセリーズをストーキングしてさらい、自分の妻にして大草原の小さな家ごっこをするつもりだった。だがセリーズの家族は、日曜朝のジョギングから彼女が帰ってこないとすぐさま警察に届けたし、セリーズはずっと誘拐犯に抵抗し続けたので、ウィルフォードは彼女をつれて国境向こうのカナダにさっさと姿をくらますことができなかった。

かわりに、彼はマウント・ベイカー＝スノコルミー森林公園に向かい、ワットコム郡の合同捜査班との撃ち合いになって、死亡した。

その日の詳細ははっきりしないが、二つの事実はたしかだ。セリーズ・ジャクボウスキーはこの苦難を生き延びた。ウィルフォードは駄目だった。

それどころか、ウィルフォードは十三発も撃たれていた。頭部への致命的な一発はジャック・ダノンが撃ったという評判だった。ダノンは当時、ベリンハム保安官事務所に勤めていた。

その〝評判〟のとどめの一発は、実際には公式な報告書に載ることもなく、事実かどうか確かめられることもなく、事件の謎の一つとしてただ残された。

一つの――そして匿名の――情報によれば、ウィルフォードは追い詰められてから幾度か投降しようとしたという。別の、やはり出所不明の情報によれば、ウィルフォードは拘束された後に、命乞いしながら撃ち殺されたのだという。

気持ちのいい話ではない。一方、本当とも限らない。

ダノンに関しては、キャリア中に数件の撃ち合いを経験しているが、これ以外で死者は出ていない。目を引くのは、彼がこれまで三ヵ所の保安官事務所を移っているということだが、かなり長いキャリアだから深い意味はないかもしれない。

やはり、あるかもしれないが。

この保安官補は五回結婚していた。五回？　今の妻は、ダノンと同じく〝カウボーイ・アクション射撃〟という活動に参加している。ネットの迷路をさまよって一、二時間を失った末に、エリオットは「カウボーイ風の昔ながらの射撃を競技として守っていく」国際的な組織がいくつか存在することを知った。

当然のように銃所有の権利を高らかに歌い上げるだけでなく、この手の組織は〝中世風〟の歴史マニアらしかった。現実の歴史か空想上のものかはともかく。メンバーたちはコスチュームに身を包み、〝昔の西部でお馴染みの武器〟を持ち、ガンマンとしての別名を持つ。ダノンの通り名はワイルド・ジャック・ダニエル。

なかなかの来歴だ。それに比べて、ウォール署長の履歴はずっとおとなしいものだった。マコーレーの殺人者の会にウォールが入っていたのは、どうやらずっと昔、まだ彼がシアトル市警の制服警官だった頃の出来事からのようだ。いつものように違反車を路肩に停めさせ、ウォールがその小型車に近づいていくと、車内の人間から発砲されたのだ。ウォールは二発撃たれたが、それでも走り去る車へ向けて撃ち返した。その一発が運転手に命中し、車は電柱に衝突して、運転していた女と乗っていた一人の両方が死んだ。三十グラム以上入ったコカインの袋が車内から発見された。

これに近い経験があるエリオットは、たちまちウォール署長に親近感を抱く。

そうであってもウォールがコーリアンの共犯者でないとは言い切れない――いや、どうだろう。言い切っていいか。ダノンやウォールやほかの警察官がコーリアンの共犯者だという論はやや無理があるだろうと、エリオットは見ていた。とにかく不愉快な仮説だし。心理分析的にも、かなりありえないはずだ。

もっともヤマグチがぶしつけに指摘してくれたとおり、エリオットはプロファイラーでも精神分析医でも心理学者でもないが。

マコーレーはどこかから洩れた共犯者の噂を聞きつけただけだ、という確信はいっそう強まっていた。その情報を使ってエリオットをおびき寄せ、あの退廃の巣に――とにかくあのずうずうしい誘惑の目的地に引きこもうとしたのだろう。

コーリアンに共犯者がいなかった、と決めこむつもりはない。ただ、マコーレーがその正体につながる情報をつかんでいたとは思えない。特にマコーレーが――彼自身の発言によれば――コーリアンとのつき合いどころか面識がなかった以上。

それでもやはりあのパーティー客のリストを、マコーレーから何とかして手に入れなければ。彫刻家《スカルプター》という存在の分析に当たって立ちはだかった壁は、コーリアンについてすでに膨大な情報があるものの、それらがコーリアン自身によって細心に作り上げられ、公式の生い立ちやプレスリリースとして演出されてきたものだという点だった。

コーリアンは広い交友関係を持っていたというのに、親しいと言えるほどの人間を探し出すのはほぼ不可能だった。キャピトル・ヒルに前妻がいるが、検察側はほとんどすぐ彼女を敵性証人だと断じた。

　コーリアンには養父母もいる。ヘイスバート夫妻――エレンとオデル。だが前妻と同じく、彼らも何も語らない。おそらくは違う理由から。

　ニンニクと塩、黒胡椒、ローズマリー、オリーブオイルを混ぜてチキンキャセロール用のペーストを作りながら、エリオットはヘイスバート夫妻について考えこんだ。夫妻から話を聞けないかためしてみようか。夫妻を聴取しようとしたパインやタッカーを軽く見るつもりはないが、二人ともやや高圧的な尋問テクニックにたよるきらいがある。

　タッカーとコーリアンの二人ともが里親制度育ちであるのは興味深い。こうも正反対の結果となったのが。だが、似たところもある。二人とも一から自力でキャリアを作り上げてきた。自分自身の人格を作り上げた？　そうかもしれない。二人とも大きな存在感がある。体格も大きいが、人として強烈なのだ。

　生来、及び後天的な要素の両方を考えに入れなくては。それでも、どうして一人は弱者を守るために人生を捧げ、もう片方はその弱者を食い物にする道を選んだのかという問いには、結局のところ、納得いく答えなどないのかもしれない。

　切った鶏肉にローズマリーペーストをまぶし、ダッチオーブンに火をつけた。このチキンマリネは数時間漬けこんだほうがずっといいのだが、忘れていたので時間が足りない。鶏肉に焦げ目をつけ、マッシュルーム、パンチェッタ、セロリ、玉ねぎ、マリナーラソースとワインを足す。

これはおいしいごった煮の一皿になりそうだ。いい匂いがしているし、もう腹ぺこだった。鍋に蓋をして、エリオットはタッカーの捜査ノートを探しに行った。

すぐ見つかった。タッカーの自宅オフィスはシアトル支局のデスクと同じくらいきっちり整理されているのだ。エリオットは、タッカーの小さく几帳面な字が並んだページをめくった。

コーリアンの義兄弟についての記述はないが、タッカーの育った環境を見ても、ヘイスバート家にいた子供がコーリアン一人だけでなかった可能性は高い。

そうだ。誰かが――エリオットが――その線を追ってみなければ。もし一緒に育った兄弟姉妹がいたなら、コーリアンとの仲は？　連絡は取りつづけていたのか？　もし仲が良く、ずっとつき合いが続いていたなら……これこそ、謎の共犯者につながる初めての、たしかな手がかりになるかもしれない。

14

日曜の朝の散歩からエリオットが戻ってくると、電話が鳴っていた。

ついにタッカーから連絡が来たかと走ったが、表示されていたのはメイプルバレー動物病院の名だった。ほがらかな受付係が、シェバをいつ迎えに来てもいいと知らせてきた。一時より前なら。

「ああ……それは何より」とエリオットは答えた。予定していた日曜のすごし方ではないが。

あの犬をどうしろと？

また〝トッド〟に電話をかけてみたが、結局留守電に新たなメッセージを残すことになった。

仕方ない、犬を引き取りに本土に行くしかあるまい。シャワーを浴びてひげを剃り、もう一度と携帯をたしかめた。

何もない。

タッカーに送ったテキストにもまだ返事がない。これは……普通じゃない。

この沈黙に対してエリオットは感情的にならないように、大げさに受け取らないようにとしてきたが、ここまで来るとこの無視はじつにタッカーらしくない。むしろ、こんなことはこれまでなかった。二人は時々口論はしたが、拗ねた若者みたいに相手を無視するなんてことは一度もなかった。

あっち側での何かしらの出来事にタッカーが気を取られているとしても、短い一報もよこせないくらいの状況なんてあるだろうか？　ちょっと考えづらい。

しかしあくまでこれまでそうだった、というだけだ。ワイオミングで物事がうまくいっていないとしたら？　タッカーならエリオットに慰めを求めるか、それとも一人だけでひっそりそのつらさと向き合うか、どうするだろう。今でも覚えているが、実母のトーヴァから連絡があったのを、タッカーは初めのうちエリオットにすら隠していたのだ。タッカーはまず反射的に、生じかねない葛藤や気まずさからエリオットを〝守ろう〟とした。

別に、秘密主義というわけではない。だがタッカーはまず一人でじっくり考えるのが好きな男だし、この週末には考えたいことも多いだろう。

なら、いい。それはいいとして、タッカーの帰りの予定を確かめておきたいというのは自然で当たり前なことのはずだ。そのくらいなら、他人との境界線を尊重しないとかおせっかいすぎると言われる筋合いはあるまい。

エリオットはタッカーに電話をかけた。

呼び出し音が鳴った後、留守電につながった。

エリオットはそっけない、ただ自分としては当たり障りもないつもりの口調で、メッセージを残した。

「どうも、楽しんでるか？　帰りの時間に変更はないかと思ってかけてみた。気をつ――愛してるよ」

電話を切ると、心臓が、まるで戦いの最中のように激しく鳴っていた。

　タッカー相手にとばした「転向させられるなよ」というジョークを思い出す。土日をすごしただけでトーヴァとその夫がタッカーの性的アイデンティティ崩壊を引き起こせるなんてどうひっくり返ってもありえないが、しかし、何か起きているのは間違いない。

　目を覚ました時には、エリオットは父に電話しなくてはと決心していた。だがこのタッカーからの沈黙、そして迷い犬の引き取りときては……流れが悪すぎるし、やめておくか。

　エリオットはフェリー便に乗るとメイプルバレーに向かい、動物病院の午前の診療時間が終わる寸前にすべりこんだ。

　シェバは、まるで違う犬のようだった。プラスチックのエリザベスカラーのせいで異世界のペットのように見えるから、というだけではなく。きれいに洗われ、ダニや虫、イガや血を取り除いてもらっていた。だが何より効いたのは二十四時間分の抗生物質と栄養補給だ。シェバの青い目は澄み切って明るく、鋭かった。

　エリオットを久しぶりの友人のように嬉しそうに出迎え、鳴きながら、奥の檻からつれてこられると綱を引いて寄ってこようとする。

「やっぱり覚えてるのね」と獣医の助手が微笑んだ。「あなたが誰なのかちゃんとわかってる」

「自分の医療費を払ってくれる人間だとね」エリオットはシェバのつやつやした頭をなでた。

「ああ、そうだな、俺も会えてうれしいよ」

　ミュラー医師が、薬と軟膏の入った白い紙袋を手に現れた。

「飼い主からの連絡は？」

「まだないんですよ」

「現在の所有者は九分の勝ち」と所有権の話を引用する。

「残る一分が肝心なところですよ」とエリオットは応じた。

ミュラー医師が微笑を返した。

「そういうものね。言っておくと、この犬は手間もお金もかけられてます。頭がいいし、人に慣れてる」

「それは何より」

「そうなの」と真顔で言った。「三歳くらいで、純血種のようだけど避妊手術済。使役犬じゃない。誰かにペットとして可愛がられていた犬ですよ」

「なるほど。どうも。もし電話番号が違っていても、それだけでも飼い主を探す助けになる」

「飼う気がなければ知らせてちょうだい。ボーダーコリーの保護活動をしてる友達がいるから」

「うちで飼う気はないです。ただ、飼い主が引き取るつもりがないとはっきりするまでは、引き渡すのはちょっと」

「覚えといてくれればいいですから」

ミュラー医師に灰色の頭をなでられたシェバは彼女の口元を舐め、祈りを聞き届けてくれる相手のように青い目でじっとエリオットを見つめつづけた。

エリオットは薬袋を持って動物病院を出ると、シェバをそっと後部座席に乗せ、犬用のハーネスで座席に留めた。このハーネスでまた二十五ドルの出費だ。

シェバはハーネスにもまるで抵抗せず、車での移動に慣れているようだ。やはり飼い主はこの犬を捨てたわけではないだろうと、エリオットは感じる。

盗まれたとか？　どこかの優雅なドーベルマンの姿につられて迷子になったか。なんにしても迷い犬にかまけている暇はない。エリオットが犬嫌いというわけではない、犬は好きだ。子供の頃からいつも犬がそばにいた。しかしもしかしたらタッカーが犬アレルギーだってこともあり得るし。

このままシェバをつれてベリンハムの家に向かおうかとも思ったが、なかなかつかまらないトッドがこの迷い犬の飼い主ではなく、電話番号を引き継いだだけだったら？

エリオットは携帯を見た。まだ、タッカーからも連絡はない。

低く毒づいた。バックミラーへ目をやる。シェバがじっと見つめていた。

「何か予定はあるか？　映画でも見に行こうか？」

シェバは、エリオットの言葉が冗談かどうか吟味するように小首をかしげた。エリオットはつい微笑む。じつに可愛らしい犬だった。船酔いするタイプでないよう祈ろう。

シェバは船酔いせず、フェリーでの旅にも平然としていた。エリオットの隣に立って潮風を熱烈に嗅ぎながらしきりに湿っぽいくしゃみをしていて、その間にエリオットのほうはヤマグチに連絡してタッカーから彼女に連絡が入っているかどうか当たりさわりなく聞き出そうとしていた。

連絡はない様子だ。ただヤマグチからは、コーリアンがまだ持ちこたえているという情報を聞けた。医師たちは楽観していないようだが。

「どうしてあんなことに?」エリオットはたずねた。「誰かに狙われたのか?」

『ある意味で』ヤマグチがいつものごとくきびきびと礼儀正しく答えた。『ダグラス・ウォーターソンの親友が麻薬売買で服役してたんです。彼はコーリアンを狙い、誰もその間に入ろうとはしなかった』

ウォーターソンはコーリアンの初期の犠牲者の一人だ。世慣れた十七歳の男娼だったが、結局はその世知も、生き残るには足りなかったというわけだ。もう十年以上も昔の犯行だから、この親友はとても記憶力がいいか、誰かに頼まれてコーリアンを襲ったか。

「まさに因果応報と言うやつか。彼が金をもらってコーリアンを襲った可能性はまるでない?」

『ありませんね。メイザーは動機についてはっきり述べているし、信憑性も高い。後悔もしてませんが』

「大した友情だ」

ヤマグチは返事もしてくれなかった。

コーリアン襲撃の話をしていると、近づいたオスカー・ノブの裁判のことを思い出す。信じられない、もう明日か？

ここまで、ローランドから一言の連絡もなしとくる。心がズキリと痛んだ。彼と父と、いつまでこの断絶が続くのだろう。

『タミル・フラーリーについては、あなたの言うとおりでした』とヤマグチのほうから教えてくれた。

「そうだったのか？」

エリオットは慎重に聞き返した。その名にまったく覚えがない。

『はい、ランス捜査官から聞きました。コーリアンがフラーリーを使って我々の監視をかいくぐって外部と連絡を取っているのではないかと、あなたが疑っていると。そのとおりでした。調べてみると、彼女はPSUでのコーリアンの元教え子でした。いい読みです』

「……ありがとう」

やっとタミル・フラーリーが何者なのかわかった。コーリアンが看守の誰かと個人的な関係を築いているのではないかという疑いをエリオットが持ち出した時、タッカーがどこまで聞いているのかわからなかったのだが、聞いていただけでなくちゃんとたしかめてくれていたと知って、タッカーに無視されている今の苛立ちが少しやわらぐ。

『フラーリーは、コーリアンのために手紙の送付を行っていただけだと主張し、どんな囚人にも与えられる権利を守っていただけだと言っています』

「その話は信じられそうなのか？」

『手紙を送っていただけという点は、ええ。ですが、ほかにできることが何もなかったというだけかと。彼女は解雇です』

エリオットは一瞬のおかしさを感じた。ヤマグチの断固とした言い方は、自ら射殺隊を指揮しているような勇ましさだった。

「その手紙の宛先は判明しているのか？」

『ホノリア・サリスがあったのは間違いないですね、コーリアンの前妻の。フラーリーはほかの宛先もあったと言ってますが、よく見てはいなかったと。コーリアンのプライバシーを侵害したくなかったそうです』

それはそれは。

エリオットは本心から言った。

「知らせてくれてありがとう」

『もちろんです』ヤマグチが答えた。『チームですから』

まるで本気で言ってるようにすら聞こえた。

島に着くと小さな雑貨屋に寄ってドッグフードを買い、タッカーの夕食のためのリブロースを選んだ。少し癪に障ってはいるが、やはりタッカーが帰ってくるのはうれしいのだ。上等なワインを一本買い、タッカーが大好きなラズベリーサワークリームのケーキも買った。

ガレージに車を入れた時には三時を回っていて、二日間の休暇の成果はほとんどゼロだ。負傷したボーダーコリーをつれ帰ったこと以外。タッカーの週末がもっと実りあるものだったらいいのだが。

シェバはキャビンの外をざっと見回り、マーキングして後でもっと細かく探検できるようにしてから、エリオットについて家へ入った。

「で、どうだ?」

せっせとキッチンのすべての角を嗅ぎまわってる犬へ、エリオットはたずねた。

匂いの探索を続けながら、シェバの耳が返事代わりに動く。

「お前、本当はブラッドハウンドの混血なんじゃないのか」

エリオットは昨日回収し忘れた手紙とチラシの山を選り分けていたが、シータックの連邦拘置所のスタンプがリターンアドレスに押された封筒が出てきて、その手を止めた。

反射的に胃がぐっとすくむ。どうしてだ?　中身がなんだろうと、コーリアンが襲われる前に書いたもののはずだ。

封筒を破り、力強い、華やかな筆致を凝視した。たしかに日付はこの水曜。エリオットと面会した日だ。

ミルズ
ゲームは続いている間は楽しいものだが、最後の勝負は私がいただく。
君ははじめ、気がつかないことだろう。気がついた時には、そうだな、君はいつも見苦しいほど自分の能力を過大に見積もってきた。言っておこう、チャンスはせいぜい、良くても中程度。君はいずれ私のところへ来るしかなくなる。
今でさえ、君を助けるべきかどうか決めかねている。君次第だ。私には好きなだけ時間があるからな。どうなろうと、君には、私のことを思わずに目覚める朝は二度と来ない。

「一体……」
エリオットは文面を二度読み返したが、それでも意味がわからなかった。初めのうちはコーリアンが自分への襲撃を予期してこれを書いたのかと疑ったが、自分が昏睡状態になるとわかっていたわけがないし、意識不明では「好きなだけ時間がある」とは言えまい。
共犯者の存在を匂わせたことで、カウントダウンを止めたとコーリアンは確信していたようだ。何へのカウントダウンだ――裁判？　死刑判決？　どういうつもりだ。

あの男の誇大妄想を数に入れても、この手紙は「ぶっとんでる」と、ローランドならそう言うだろう。

たしかに、共犯者がいるなら——そしてその名を明かすそぶりを出せば——コーリアンにも駆け引きの余地は出てきたかもしれない。多分。

エリオットが救いを求めて泣きついてくるという妄想となると（被害者たちの頭部探し、謎の共犯者探しの助力？）まったく意味不明だ。特にその〝最後の勝負〟とやらがまさに始まったばかりらしいと考えると。

このことを、タッカーと話したかった。この手紙を見せたら、どうせタッカーの過保護さは天井知らずに高まるだろうが、それでも。タッカーはこれをはっきりと脅しとみなすだろう。たしかに脅しだ。中身よりも言い方に不気味さがある。あえて意図的に、具体的なことはぼかして書いてあるのだ。それでも気が騒ぐ。コーリアンからのラブレターはすべてそうだ。狙いどおりに。

（どうなろうと、君には、私のことを思わずに目覚める朝は二度と来ない）

何より不安になるのはその一文だ。すでに彼らの人生にコーリアンの影が大きくなりすぎている気がしていて、エリオット自身も、そしてタッカーまでも、あまりに心乱されすぎているのではないかと案じているのに。それはタッカーの捜査に加わったエリオットの責任かもしれない。あの時はそうするしかない気がしていた。罪悪感からコーリアンとの対面に応じたものの、結局はコーリアンの手中で操られただけだというタッカーの主張どおりだったのかもしれない。

また手紙を読み直した。やはり意味不明だ。

コーリアンはいつでも、自分とエリオットは生死のかかったゲームのプレイヤー同士なのだと信じこんでいた。逮捕された後でさえ、まだ心理戦が続いていると考えていたようだったし、面会に応じたことでエリオットはその妄想を育ててしまったのかもしれない。

コーリアンにとって、たとえ自分が刑務所から一生出られなくとも、エリオットが彼を忘れられないと、いつまでも心に住み着いていると知るだけで、勝利感を味わえたはずだ。

そう。きっとそれだけのことだ。

だがそれでも……心がざわついて、エリオットはコーリアンの文字の謎めいたきつい弧と迷いのない線を見つめていた。

あの面会でエリオットに立ち去られた後も、コーリアンが己を勝利者と見なしていた点が気にかかる。

どういうことだ？　何故？

コーリアンの誇大妄想を別にしても……あの面会の最後に、エリオットの知らない何をコーリアンは知っていたというのだろう？

今も知らないことを。

憂鬱な考えの最中にシェバがやってくると、要求のまなざしでエリオットを見上げた。

エリオットは手紙を下ろす。

「どうした？」

シェバは相変わらず青すぎる目でエリオットを従わせようとしている。

「腹が減ったのか？」

シェバの左耳がビクついた。

「散歩に行きたいのか？」

散歩。マジックワードだ。彼女は下がり、青い目でじっと切実に訴えかけた。

エリオットは溜息をついて犬を外へつれて行き、庭をとことこと駆け回る彼女をぼんやりと眺めた。犬の首についたプラスチックのエリザベスカラーは、まるでランプの傘に首をつっこんだまま取れなくなってしまったように見えた。

もしコーリアンに何かの計画があったとしても——今や、その計画は狂ってしまったのだ。

その考えに、もっとほっとできていいはずだった。


栗のサラダは冷やしてあるし、チーズ入りのマッシュポテトはオーブンで焼いている最中、そしてエリオットがローストビーフを下側のコンベクションオーブンに入れると、時刻は午後四時を回ったところだった。

タッカーはまだ帰ってこない。

四時半にエリオットがネットでたしかめてみても、タッカーの乗る便は定刻通りに着いていた。なら渋滞か？　空港で荷物が出てこないとか。飛行機に乗り遅れたか。タッカーは予定の時間ぎりぎりで動く癖がある。

五時にタッカーの携帯にかけたが、また留守電だった。

エリオットは短く「俺だ。今どこにいる？」とメッセージを残した。

連絡を返さなくなったことは一度あったが、あの時は四時間でタッカーの気がすんだ。旅行中に音信不通になるなんて信じられない。タッカーがそんなことをするわけがない。

金曜の夜から一言も連絡がないなんて、普通じゃないし、まともでもない。

仕事のストレスとこのワイオミングの旅への心のプレッシャーを考えても、やはりこれはおかしい。

まったく前代未聞とまでは言えないが。ワイオミングで何か嫌なことがあったのかもしれない。あまりにも事態がこじれて、少し頭を冷やす時間がほしいとか。

だがたとえそうだったとしても、タッカーがエリオットと話したい気分ではないとしても――そう思うと心が沈むがまあいい、今は置いておこう――いくつもの捜査をかかえている最中に携帯をオフにするなんて無責任なことをするはずがないのだ。特に、コーリアンが助かるかどうか続報待ちの今は。

ありえない。

いや絶対ないだろう。何かがひどくおかしい。そうでないなら、無駄にこんな思いをさせたタッカーを後で絞め殺してやる。

何の連絡もないまま六時がすぎると、エリオットはトーヴァに電話をかけた。電話が随分と長々鳴った気がした後、やっと遠くかすかな女性の声が出た。

「どうも、トーヴァ。エリオットです」

『エリオット?』

向こうの声はまるで理解していないようだった。エリオットはぼそっと、

「タッカーの友人です」

『こんばんは、エリオット』

トーヴァの口調が変わって、よそよそしくかまえた声になった。

いい兆しではない。家族の再会がうまくいかなかったのでは、というエリオットの懸念は当たっていたようだ。

エリオットはできるだけ愛想よく、非難の響きを出さないよう言った。

「いきなりかけて申し訳ないですが、タッカーがまだ帰ってこないので、出発が遅れたのかと思いまして。何か聞いてませんか?」

『タッカー?』

今回の、まるで知らない名前のようなトーヴァの言い方に、エリオットの胸に苛立ちと不安の両方がこみ上げた。

「そうです。タッカー・ランス。あなたの息子の。今日、彼は空港に向けて予定通り発ちましたか?」

おかしな沈黙があって、耳をすませたエリオットの鼓動が恐れで強く鳴りはじめた。

「何かあったんですか」と問いただす。「トーヴァ?」

『タッカーは、この週末には来てないわ』トーヴァが答えた。『金曜のディナーに来ると思って待ってたんだけれど。来なかったの』

15

その夜、エリオットは一睡もしなかった。

多くの失踪人事件に関わってきたエリオットには充分わかっていた。状況がどれほど謎めいて不安なものに見えても、九十九パーセントの場合、失踪した人間は元気に帰ってくるのだ。

わかってみれば納得のいく――少なくとも当人には――説明とともに。

パニックを起こす必要はない。というか、エリオットの最初の反応がパニックだというなら、タッカーの指摘どおり、たしかにエリオットは現場から長く離れすぎている。

だがどんな納得のいく理由がここにある？

タッカーがすべての責任を放り出し、自分を案ずる人々をわけもわからず不安にさせておくような無責任かつ自分勝手な人間だとか。

それはないだろう。

過剰反応したくはないが、事態を見くびりたくもない。航空会社にも電話をかけてみたが、ただの徒労に終わった。

「彼が搭乗したかどうか知りたいだけなんです」

応対の数珠つなぎの中、また次の無駄な窓口に回されるたび、エリオットはそうくり返した。

『申し訳ありません、その情報は申し上げられません』

録音メッセージか！　そうでも驚きはしない。

シアトルの空港でもワイオミングの空港でも何も得られず、エリオットはモンゴメリー支局長の家にかけた。

モンゴメリーはエリオットからの電話に少し驚き、さらにタッカーが帰らないことを聞くと大いに驚いた様子だった。

『今夜帰るって？　私が聞いていた予定だと、帰るのは月曜の夜だ。休みを取って、出勤は火曜からだよ』

「火曜……」とエリオットはくり返した。

あまりにも茫然として聞こえたのだろう、モンゴメリーがてきぱきと『今たしかめる』と言い、間を置いて続けた。『その通りだ。ランスは月曜まで休暇を取っている』

ＦＢＩ捜査官はタイムカードで働いているわけではないし、もしタッカーが休暇の延長が必要だと感じればモンゴメリーは承知しただろう。だが――後からの延長ではなく、タッカーはあらかじめ休暇を長く取っていた。自分が、日曜に帰らないとわかっていたからだ。日曜の午後に帰ってくるつもりなどなかった――エリオットにはその予定を教えながら……。

さっぱり理解できない。

だが唯一はっきりしていることは、タッカー――エリオットの知る誰よりも率直な男が、モンゴメリーかエリオットに嘘をついたということだ。

もしくは両方に嘘をついたか。

どちらにしてもあまりに信じがたい事態に、エリオットは自分の動揺を隠せずにいた。

「そうですか」と言う。「ちょっと行き違いがあったみたいで」

『そのようだ』とモンゴメリーが気まずそうに答えた。

「ありがとうございました」

　エリオットは電話を切った。

　窓の外を見やり、深まる黄昏に溶けていく木々の影を見つめた。

「……何が何だかわからない」

　まさに。だが、どうにか説明がつくはずなのだ。

　エリオットの口調に何かを感じたのか、シェバがキャンと吠えた。エリオットが見やると、犬はちょこんと座って器用に前足で宙をかいていた。

　ミュラー医師の言うとおりだ、誰かがお前をとても可愛がっていたんだな、とエリオットは思う。

　こうも思った——タッカーが、俺にこんなことをするわけがない。

「またトッドにかけてみよう」と犬に言った。そうでもしていないと頭が破裂しそうだった。

　トッドの陽気な声がまた『じゃ、どうすればいいかわかるよね』と教えてくれる。

　たしかに、わかった。エリオットはトッドに連絡するよう告げると、犬に餌を食べさせてからベッドに入った。そこで、続く六時間を天井を見上げてすごし、暁の中で板の節穴が少しずつ明るくなっていくのを見つめていた。


　月曜の朝、スーツを着てネクタイをしめ、シェバに薬を飲ませて手術の傷に軟膏を塗ると、水と食事、それに希望をこめて広げた新聞紙を置いた地下貯蔵室に犬を入れ、エリオットはステイラクーム行きのフェリーに乗った。

フェリーが接岸すると、タッカーがいつもエクステラを停めている駐車場へとまっすぐ向かい、新たな衝撃に愕然とした。

タッカーの車はそこに、金曜の夜にエリオットがタッカーを下ろした時と同じ場所に、そのまま停まっていた。

エリオットは自分の車から降りて、その青いSUV車をぐるりと回った。タイヤを見つめる。パンクはしていない。タッカーが車を置いていくような目に見える理由はない。

丸めた両手をつけ、スモークウィンドウをのぞきこんだ。見える範囲ではタッカーの持ち物はない——もちろんタッカー本人の姿もない。いや、そっちはいいニュースだが。

悪いニュースは、タッカーが車の鍵を開けてすらいないようだということだった。

すぐ隣のスペースに停めてある自分の車に戻ると、エリオットはぼうっとした頭で事態を整理しようとした。

自分のエクステラに乗らなかったのなら、タッカーはどうしたのだ？　タクシーを呼んだ？　誰かが迎えに来た？

どうしてタッカーは嘘なんかついた——。

とても信じられない。エリオットは金曜の朝のことを残らず思い出そうとする。タッカーの言葉と行動すべてを思い出そうと。

タッカーが車のロックを開けるところを、エリオットは見ただろうか？

いいや。少し時間が押していた。タッカーは歩き去ろうとして、それから振り向くと、最後にもう一度エリオットにキスをして、用心しろと忠告したのだった。

（たしかに今夜もな。だが……それ以外の時もずっとだ）

今にして思うと、あの時の言葉にはもっと深い意味があったのか？　タッカーは、自分がもう戻らないことを匂わせていたのか。

違う。苛々と、エリオットはその考えを振り払った。タッカーの振舞いにいつもと違うところなど何もなかった。出発までの何日、何時間、何分でも——。

たしかに、彼は少し疲れているようで、気が散っているようでもあったし、ワイオミングに行く決断に迷いも見えた。どれも芝居などではなかったとエリオットには誓える。

だが……。

額をさすった。

どうしてタッカーは、車を使う気がなかったのに車で行くふりをした？　どうして元から行っていないワイオミングに無事着いたふりをした？　どうしてエリオットには日曜に戻ると言い、上司のモンゴメリーには火曜から出勤すると言った？

最後の一つが、とどめの一撃だった。タッカーが車を使わない理由ならいくつか思いつける

——外見ではわからない車の異常だってあるだろうし——が、タッカーがエリオットとモンゴメリーに別々のことを言った理由は考えもつかない。タッカーはうっかりしたり忘れやすいタイプではないのだ。

嘘を言う男でもない。

となると……一体どういうことだ？

何が起こっている？

駐車場の車内に座ったままのエリオットの周囲で車が行き来し、出勤の人々が車に乗りこんだり降りたりしていた。普通の月曜の朝で、誰ひとりとして週末の間にすべての軌道が狂ってしまったことに気付いてすらいないようだ。

湾を渡った風がゆする車の中、エリオットはタッカーとすごした最後の二十四時間を一分一秒刻みで分析した。

何もなかったと言い切りたい——だが捜査員としての経験が邪魔をする。エリオットはあまりにもよく知っていた。あまりにも多くの事件を見てきた。安定した真面目な市民が突如として不可解に姿を消し、友や家族の心にとまどいと痛みを刻むのを。

そういうことは起きるのだ。

周囲が予期せぬ形で。

だが、タッカーが？

タッカーの携帯にかけたが、今回は何もない。もう留守電にすらつながらなかった。

裁判所に着いたのはじき八時半という頃だった。

ローランドが――ピンクのシャツにネイビーのジャケット、いつものひとくくりにした髪で――トム・ベイカーと、やはりネイビーのスーツ姿の背が高く日焼けした女性と並んで立っていた。エレベーターから出てきたエリオットに気付いて、ローランドが歓迎にくる。笑みはなかったが青い目にはほっとした光があった。

「エリオット、来てくれたか」

「やあ、父さん」

刺々しい言葉の応酬などなかったかのように、そして来ると初めから信じていたかのようにローランドはエリオットを抱きしめた。エリオットはぎくしゃくとハグを返す。

ローランドは身を引いてじっと彼を見た。

「正しい行動だとも」

エリオットの笑みが少し歪んだ。

「そうかな、そう願う」

ローランドに、ノブの支援者たちの輪の中へつれていかれる。皆、葬式前のような抑えた声でヒソヒソ話していた。

「全員知ってるな」

ローランドにそう言われると、たしかにその多くが昔よく両親の家で開かれていたランチやブランチ、ディナーに集まっていた顔ぶれだった。

今一度権力に刃向かうためにローランドが集めた仲間たちの顔は、ほとんどが上気して目が輝いていた。

トム・ベイカーが礼儀正しくうなずいてきたので、エリオットもそっけなくうなずき返した。トムはローランドから得た情報を武器に、ノビーの裁判の証人として立ったエリオットをズタズタにしようとしてくれたのだ。ノビーの弁護人として、それはトムの仕事だし、それはわかっているが、エリオットとしては自分の信用に傷をつけようとされてありがたいわけがない。父からトムへの協力と助力も。

「エリオット」

ネイビースーツの女性が右手を差し出した。アップソン刑事だ、と気付いてエリオットは驚く。タコマ市警のパインのパートナーだ。

彼女の手を握り返した。

「じゃあ、君も父さんに説き伏せられて？」

アップソンがクスッと笑った。

「ローリーったら本当に口が上手だから」

彼女とローリーの交わした目つきに、エリオットはまばたきした。ローリーが満面の笑みを彼女に返す。

父と、アップソン刑事が？

予想だにしていなかったことがここにまたひとつ。

ローランドからの視線を感じ、エリオットはできるだけ安心させるような笑みを返した。

思いどおりにはいかなかったようで、ローランドの眉がぐっと寄った。「大丈夫か、お前？」とエリオットの肩に手を乗せる。

「ああ、もちろん何でもないよ」

エリオットは明るく言い切った。

父に嘘をついたのは、覚えている限りこれが初めてだった。それでも今はそんな話をする時でも場所でもないし——またもや、何の考えもまとまらない。まだ受け止めきれていなかった。

ローランドが口を開き、正しい決断だとエリオットをまた励まそうとしたようだったが、エリオットは口早に、

「心配ないよ、父さん。うまくいくさ。随分と立派な……連合を作り上げたようだし」

ローランドはエリオットを、まだ眉を曇らせて疑うように見ていたが、裁判所の廷吏《ていり》が近づいてきて、それ以上話す時間はなかった。皆で法廷にぞろぞろと入っていく。

そして、エリオットの言葉どおり、ローランドは見事な性格証人の一団を作り上げていた。直接的な被害者の一人であるローランドからの情状酌量の嘆願はじつに雄弁で、被告人を逮捕したアップソン刑事の証言がさらにそれを裏付けた。

刑務所のつなぎ姿の痩せおとろえたノブは、証言に耳を傾け、時おり皺だらけの頬から涙を拭っていた。

ノブのために進み出て声を上げようという人々がこうして列になっているのを見ると、父がエリオットにも来いとどうしてああも強硬だったのかと、エリオットは首をひねらざるを得ない。最後の贖罪ということなのか、それとも元ＦＢＩ捜査官としての言葉の権威を求めてか？

自分の番が来ると、エリオットは証言は短くとどめ、寛大な判決を求めた。戻ってきた彼へローランドが温かくうなずいた。

勾留の日数も考慮して、ノブに下った心理カウンセリング付きの執行猶予という判決は意外ではなかった。ただ人々から上がった歓声からして、この革命集団にとってはまさに大勝利だったようだ。

エリオットはすぐにもここから立ち去りたかった。とはいえ父のせいというより、むしろ自分が今かかえている問題のせいだ。

「ありがとう」と、法廷から出た廊下で追いついてきたローランドが礼を言った。「複雑な気持ちだったのは知ってる。だが正しい行為だ」

「だといいけど」エリオットは笑顔を作った。「大体、アップソンの言うとおりだよ、父さんはその気になれば説得がうまい。父さんはノビーを信じてるし、俺は父さんを信じてるから……うまくいってよかったよ」

「皆でカフェ・フローラにお祝いに行くぞ。一緒に来ないか？」

「ありがとう、でもいいよ」エリオットは首を振った。「授業にギリギリだから戻らないと」

「木曜のディナーは来るな？」

「それは……」

おかしな一瞬、エリオットはどう返事をしていいかわからなかった。父との木曜のいつものディナーが、別世界の出来事のような気がして。日々の謎など、タッカーが一体どこから「自分の先祖はドイツ人」だなどと思いこんだのかという疑問くらいしかなかった頃の。

「どうするか連絡するよ、それでいいね？」

ローランドの眉がきつく寄った。

「お前が農場に来るのが嫌なら、別のどこかで――」

「いや、そうじゃないよ、父さん。ただ俺は今……とにかく、何日かのうちに電話する」

エリオットは背を向けてそこから歩き去った。

父が呼んだ気がしたが、判決の時まで気力を支えていた集中力も尽きて茫然とした心地だし、タッカーがいなくなったことを思うと吐きそうだ。

失踪。

それもどうやら、自分の意志で。

一体何があったのかはわからない。だが——二度とタッカーから返事が来ない可能性が高いと、その事実がじわじわと染みこんできて、エリオットは打ちのめされていた。

16

エリオットはハンビーホールの自分のオフィスでレポートの採点をしながら、一体どうして大学二年生までたどりついた人間が、奴隷制度は作り話であるなんて主張できたものかとそれ以上の疑問には頭を悩ませないようにしていたが、その時ウィル・マコーレーから電話があった。

『ランチに来られないか?』

ランチ? エリオットは腕時計へ目をやった。まだ昼の一時だなんて、どうしてそんなことがありえる? タッカーの車を駐車場で見つけてから、何ヵ月も経ったような気がするのに。

「またの機会で」

その返事は、マコーレーの耳には入らなかったようだ。

『君からそろそろ連絡があると思っていたんだがな』と言ってくる。

「何について？」

『何についてだと？　コーリアンの共犯者についてだとも。目星をつけていないとは言わせないぞ。せめて候補は絞っただろうね』

マコーレーの深いバリトンは実に愉快そうだった。

エリオットはそれにつき合える気分ではなかった。額をつまみ、絶え間ないうずきを追い出そうとしながら、今出せる一番平静な声で返す。

「あなたは誰だと見なしてるのか、教えてくれませんか？」

『いいとも、ランチに来てくれたらね』

エリオットが溜息をつくとマコーレーが笑った。その笑いには険しさがまとわりついていたが。

『わかるとも。君をうんざりさせてしまっているようだ。結構だね。君がどう思おうと、私は力になりたいだけなんだ』

一瞬の葛藤の後、エリオットは答えた。

「ウィル、その気持ちはありがたい。と思う。しかし彫刻家《スカルプター》の事件に関連する情報があるなら、あなたはＦＢＩの……ヤマグチ捜査官に、連絡を取るべきだ」

『どうしてそんな必要が？』マコーレーがピシャリと切り返した。『君も捜査班の一員だろう。その上私の友人だ。どうしてわざわざほかの人間に連絡を取らねばならない？　君のための情報があるんだ。いるのか、いらないのか？』

　エリオットは言葉を吐き出した。

「いつ、どこで？　四時から次の授業だ」

『うちの家で一時間後』マコーレーも語気を強める。それから笑い声を立てた。『そうカリカリするな、エリオット。一緒に楽しくランチをすごして、それから君の事件を片付けてあげよう。私への返礼を何にするかは、その後で考えてくれればいいよ』

「検討しますよ」

　マコーレーが笑う。気のいい態度が戻っていた。

『じゃ、また後で』


　考える時間が少なければ少ないほどいい——ローレルハーストに向かう車内でエリオットは自分にそう言い聞かせた。気をまぎらわすものは大歓迎のはずだ。どんなものでも。

　タッカーが今夜家に帰るまでは——あるいは帰らないとわかるまでは——すべてがただの憶測であってエネルギーの無駄でしかないのだ。タッカーには納得いく理由があるかもしれないし、ないかもしれない。ないのなら、その時はただじゃおかない。それだけだ。

そしてタッカーが帰ってこなかったら、その時は……。

エリオットの思考はいつもそこで途絶えてしまう。その先は不毛の荒野であって、今は禁断の地だった。

車を、マコーレーの家の前の曲線の私道に停めた。ガレージの前には赤いキャデラックのSRXが停まっていたが、ほかに車は見当たらない。

降りて、遠隔キーで車をロックし、エリオットは家までの道を眺めた。まだらな陽光が射していたが、まだ雨が降っていた。もう大雨ではなく、パラパラとした雨粒が芝生を光らせて茂みにはねている。空気は湿って、清潔で、大地の匂いがした。

バン！　という乾いた、強い音が家の中から響いて、エリオットの足を止める——それから濡れた道を家に向かって疾走した。

張り出した庇つきの玄関まで無事にたどりつき、小型のレンガのプランターの後ろへ身を屈めた。銃を抜いた自覚はなかったが、グロックを手に、エリオットは玄関扉を見つめて待った。

ドアは半開きだ。だが誰も出てこない。

家の中からはもう何の音もしない。

ひどく長い数秒が経った。

一体どういうことだ？　銃の暴発ではない、そうなら玄関扉が開いているわけがない。銃撃戦ではない、撃ち返す音がしていないのだから。

自殺か？　玄関ドアを開けたままということはないだろう。少なくとも……可能性は低い。

殺人？

未遂かどうかはともかく。マコーレーはもしかしたら今生きようと必死かもしれないし、負傷していたり囚われているのかもしれない。様々な可能性があり得る。こじれた強盗とか、家への侵入、誘拐の試み。だがさっきの一発が脅しでない限り、家にいる人間の状況はいいものではあるまい。

エリオットは携帯をつかむと、正面ドアを見張りながら９１１にかけた。

緊急ダイヤルの指令員が出ると、コード２の詳細を伝えた——緊急事態、ライトとサイレンを切っての応援要請。現場の住所、聞いた銃声の数。まだ銃撃犯がいる可能性。エリオット自身の名前と、犠牲者の可能性が高い男の名前。

指令員はさらに追加の情報を求めていたが、エリオットは電話を切り、バイブモードにすると、じっと玄関扉へ目を据えた。

銃撃の現場は常に予測不可能だ。状況は一気に悪化し、一気に終わる——大体は警察の到着によって。その到着まで十分から十五分。それはいい。ただし、人間は十分以内で失血死することもある。

外壁に近づき、窓の下に身をひそめた。よりかかった漆喰がジャケットのウール地に絡みつき、エリオットは耳をすませて拳銃をかまえた。

家の中では何の音もしない。呻き声も足音も、何ひとつ。ただ静まり返っている。

道の向こうで犬が吠えた。

エリオットは首をのばして、チラリと角からのぞきこんだ。玄関ホールの一部が見える。無人だ。

鼓動は速かったが、奇妙なほど頭は醒めていた。血圧が上がっているのも、心臓の速いリズムも、迫る危険への自分の体の反応すべてを意識できている。だが同時に、どこか他人事のようでもあった。朝から非現実的な一日だったし、これもその続きの夢の一部のようだ。

左手で体を支え、立ち上がると、逆側の壁まで玄関口を横切った。

耳を澄ます。

何も聞こえない。

敷石を見下ろした。影はない。彼自身の影は、ありがたいことに庇で遮られている。

本気でやる気か？

やる必要はない。ここで増援を待つこともできる――そうするべきだ。増援というか、警察の到着を。エリオットは捜査官ではないのだから。もう。

自問は、形だけの問いにすぎない。やるに決まっていた。

左手で玄関ドアをそっと開けると、一気にドアを回りこんで中へ踏みこんだ。拳銃をかまえて、誰もドアの陰に隠れていないかたしかめる。

クリア。

まず突入したところで、ここは戦術訓練で〝死の漏斗《じょうご》〟と呼ばれる狙い撃ちされやすいポイントになる。ヘマをやらかして撃たれでもしたらタッカーに――いや駄目だ、タッカーのことは考えるな！

今から十分間は誰のことを考える暇もない。この場を乗り切るだけだ。迷うような余裕はない。

無人の廊下を銃をかまえてチェックし、左の壁に沿ってリビングのほうへ素早く動き、無事に次の角へたどりついた。

クリア。

安全という気はまるでしてこないが。誰かいる気がしてならない。緊張でエリオットの頭皮がざわつき、シャツの腋が湿って感じられた。数回、深い息を吸う。壁に張り付き、リビングの入り口へ移るとちらりと中をのぞきこんだ。ブラインドは一部上がっているが、雨空からの光はくすんで水っぽく、影や動きの幻を作り出している。

単独でこれをやるなんて、悪夢のような最低の作戦だ。

目の前の部屋に集中しながら、視界の周辺にも意識を向けておく。静止したぼんやりした影が見える。家具。鉢植え。ブラインド。

ここまでは悪くない。誰もいない。

だが本能が油断するなと、気をつけろと叫んでいる。もうこの建物に入って一時間以上経つ気がした。実際には数分だろうが。

硝煙の匂いが鼻を刺す……何か焦げ臭い匂い……そして血。ああ、この鋭く金属的な臭いは間違いない、大量の血だ。

心の中で毒づいた。

シュッ、と何か音がしている。水漏れ？　いや、これは沸いた湯がガステーブルに滴っている音。

エリオットを昼食に誘ったのだから、事態が起こった時にマコーレーがキッチンにいた確率は高いだろう。

エリオットはまた廊下を渡り、リビングの開口部をさっと横切ると、キッチン入り口の横に背をぴたりとつけた。リビングへ目を据えながらキッチンの状況を耳で探る。

鍋からの吹きこぼれはあふれて音を立てつづけ、何か低いブザーの音が鳴っていた。冷蔵庫のドアが開けっ放しなのか。

永遠にこの家にいるようだ。警察はどこだ？　サイレンなしのコード2だろうと、やってくる車や人員、機材すべてでかなり騒がしいはずなのに。だが道のほうからは何の気配もしてこない。低い無線のノイズも、拳銃のスライドを引く音も。

エリオットはさらに深呼吸をくり返すと、ドア口から頭を出して、キッチンに敵を探した。

一瞥では、キッチンは無人に見えた。

エリオットの視線が、シンクから部屋中央のアイランドキッチンまで広がる血だまりと、うつ伏せに倒れているがっしりとした禿頭の姿を捉える。

畜生が――くそ、駄目だった、遅すぎた。

エリオットは銃をかまえ、アイランドキッチンへと向けた。

角を回りこみ、狙いをつけたまま、入り口からカウンターの裏側へと進む。

チェリーウッドと白のカウンターの裏に誰も屈んで隠れていたりはしなかった。通りすぎて広い部屋全体を周り、テーブルの下や付属の小部屋や掃除用具入れにも誰も隠れていないのをたしかめる。

沸き立つ鍋の蓋がガタガタと音を立てはじめた。

パントリーのドアに手をかけた時、目のすみで何かが動き、振り向くと、軽食用の小部屋の窓から、黒いパーカーのフードをかぶった男がのぞきこんでいた。

白人。男性。粗削りな顔つき。黒い目。口周りにひげがあるか。

その刹那エリオットに見えたのはそれだけで、彼が銃を上げると男がさっと屈み、それを追って窓下の月桂樹の茂みが揺れた。

エリオットは小さなテラスへのスライドドアからとび出し――やっと自分の膝のことを思い

出して――湖へ向かう階段を駆け下りた。

黒ずくめの人影は湖めがけて走っていく。湖というか、むしろモーターボートが停めてある船着場めがけてか。エリオットは猛追した。

「そこで止まれ！」

男は止まらない。右に折れ、今度はボートハウスのほうへ向かった。

またこの追っかけっこか、とエリオットは思ったが、この手の追跡のほうが家の中での忍び足ハンティングよりずっといい。むしろ家から出られてほっとしていた。いつ銃で撃たれるかと神経を尖らせつづける凄まじい緊張感から解放され、アドレナリンがまた湧き上がって、エリオットは前との距離を詰めていく。

犯人はボートハウスに着くと両開きのドアを引き開けにかかった。だがドアはびくとも動かず、彼は小屋に背を向けると、パーカーをめくり上げて拳銃のようなものをつかもうとした。

エリオットは身を投げ出し、濡れた芝生に伏せて、両手でグロックを支えた。

「やめておけ」とそっと言う。

犯人に話している、というのとも少し違う。何しろ相手はもうやるつもりだ。それは止められない。暗いものに導かれるように男は拳銃を上げ、それをエリオットへ向けた。

そのパーカーには〝モルドール・マラソン〟というロゴが描かれていた。

エリオットは発砲した。

自分の銃の耳をつんざく轟音しか聞こえなかったが、ほぼ同時にエリオットの三十センチほど右側の芝生を弾丸がえぐった。

エリオットの一発は正確に的を捉えていた。男は木のドアへ背中から倒れこみ、そして横へ崩れた。

エリオットは芝生にバタリと顔を伏せ、ひんやりした青臭い空気を数回喘いだ。

頭を上げた時、芝生に列に並んだ制服警官達が、銃を手に迫ってくるところだった。

17

雨粒が、防弾ガラスの窓を叩いていた。

「あなたを入れたのは間違いだった」とモンゴメリー支局長が言っていた。「その責任はすべて私にある。でもあの決断は間違いだった。明らかな判断ミスだ」

五分前にエリオットはこのシアトル支局に着いた——サードストリートのビルへ、タコマ市警に解放された身でまっすぐやってきたのだ。もう月曜の午後六時で、これで『映画に見る南北戦争』の授業を無断ですっぽかしてしまったことになる。今日、出られなかった授業は二つ目だ――エリオットの抱える中でも一番些細な問題。

「死んだセレブに加えて、死んだ元捜査官まで出るところだった」

モンゴメリーが続けた。

「最高じゃないか？　局長はさぞ喜ぶだろう、勇気ある行為で表彰されたこともある元局員が、コンサルタントとして私が採用した後に射殺されるとかね」

「俺は必要な武力を行使しただけです」エリオットは隠された問いの核心に答えた。「選択の余地はありませんでした」

すでに、タコマ市警とシアトル市警との管轄争いで一揉みされた後である。シアトル市警の取調室に――あるいは拘置所に――引き止められずに済んでいるのは、ひとえにパイン刑事がエリオットからの電話で即座に動いてくれたおかげだ。パインは、マコーレー殺しは彫刻家《スカルプター》の捜査と関連ありとして、捜査の主導権をタコマ市警にもぎ取ったのだ。

「あんた頭でもイカれたのか、ミルズ？　どうしてコーリアンの共犯者の正体を知っているというマコーレーの主張のことを誰にも話さなかった？」とパインは、二人きりになるとエリオットを怒鳴ったものだ。

その時パインに言ったのと同じことを、今、エリオットはモンゴメリーに告げる。

「ランスに言ってあります。俺も彼もマコーレーを信じなかったけれど、金曜のパーティーに俺が顔を出してみようかという話にはなった。で、行きました。三十人くらい客が来ていて、ダノン保安官補と、それに――じかに会ってはいませんが――ウォール署長がいた。今日の犯人はそこにはいなかった」

「どうしてそう言い切れる？　パーティーの間ずっといたの？」

「いいえ。でもかなりの時間は」

「見逃しただけかも」

「俺が到着する前に帰ったなら、ありえますね」

「有名人の金持ちとしゃべるのに忙しくて相手に気がつかなかったということは？」

「俺は、遊びに行ったわけじゃないので。共犯者像に当てはまりそうな人間を探してました」

「その相手は、マコーレーの話じゃ、あなたが来る前に帰ったと」

「ええ」

「そんなパーティーに行くべきじゃなかった」とモンゴメリーは、パインと同じことを言い出していた。「そもそもランスは……」

それは続けずに唇をぐっと引き締める。だが次の瞬間、彼女はまくしたてた。

「それにこの昼食への招待だ。一体何を考えてたの？　どうしてマコーレーがその情報を持ってることを誰かに報告しなかった？　一体全体、どうして一人で向かった？」

すでに一度答えた話だが、モンゴメリーはエリオットの答えを耳に入れようとしなかった。まともな答えがあるとははじめから期待されていないせいかもしれない。

「その言葉が真実だとは信じてなかったからです」エリオットは答えた。「俺を呼び出す口実だと思ったので」

「でも行った。わざわざ行った。信じてなかったならどうして行った？」

エリオットは怒鳴り返していた。

「ただじっと座って連絡を待っているだけなんて耐えられなかったからだ！」

その叫びに続いて落ちた寒々しい沈黙は、激発そのものよりなお悪かった。エリオットは自制を取り戻す。モンゴメリーにはわからないだろう、当然だ。タッカーが休暇でいないだけだと思っていて、エリオットが捜査班のコンサルタントになって図に乗っているだけだと考えているのだ。

モンゴメリーの目の横の筋肉がピクッと動いた。彼女が言う。

「マコーレーは何か――」

「いいえ」とエリオットはぶっきらぼうに言った。

「ヒントとか、手がかりは何も――？」

「何も」

「情報源については？」

「いいえ。情報源が実在したのかどうかも疑わしい。マコーレーは、俺が来る前に共犯者は帰ったと言いましたが、はっきり言ってうさんくさい話だ。コーリアンの共犯者が誰だと思っているのか、ほかには何も言っていなかったし、コーリアンに共犯者がいるという噂を撒き餌として使っていただけじゃないかと、俺は考えてます」

「何のための撒き餌？」

　エリオットはそれに抑揚なく答えた。

「俺を自宅に招くための。誘われたのはあれが初めてじゃなかった。マコーレーはゲイですから──でしたから、保守派でホモセクシュアルであることで、様々なハードルに出会うと前に言っていた」

「ハードル？」モンゴメリーの顔に理解の色が宿った。「つまり、彼はあなたに言い寄ってたということ？」

「そういうことですが、俺への興味はむしろ法執行機関への執着から来たものでしょう。マコーレーは、俺とアイラ・ケインとの銃撃の詳細にこだわりを見せていました。まあほかにも色々と」

「いい話だね」モンゴメリーは苦々しく言った。「熱狂的ファンとは。死んだファン」

「マコーレーの個人的興味と、それに──」エリオットは用心深く言葉を探した。「彼のからかい好きの性格からして、コーリアンの共犯者を知っているという彼の発言を、俺はあまり重く受け止めませんでした。金曜のパーティーでも、そんな候補が客の中にいると感じるようなことは起きなかった。マコーレーを殺した男もあの場には来ていなかった」

「だがあなたはパインに、あれは見覚えのある男だと言ったな？」

聴取されるというのはいい気持ちのものではない。エリオットのすべての決断が勘ぐられ――そしてすべての証言が疑われる？　不快感と苛立ちを抑えこみ、エリオットは自分はもう捜査官ではないのだと言い聞かせねばならなかった。正直、捜査官らしい行動も取れていない。警察やモンゴメリーに問いつめられても仕方ない。

「見覚えはある。でもパーティーでではありません。木曜の夜、俺の車のタイヤにペンナイフを刺した者がいます。相手の顔をよく見たわけではありませんが、マコーレーを撃った男と体格がそっくりです。それに前と同じか、よく似たパーカーを着ていた」

「その事件は警察に届けたの？」

「もちろん。大学のセキュリティとタコマ市警に」

タコマ市警があのペンナイフから指紋を採取できたとは思わないし、鑑識の結果もまだだろう。数ヵ月かかることもあるのだ。だがせめて、車への損壊行為については届けておいてよかった。

モンゴメリーは、今日の発砲についてまた細かくエリオットに説明させた。エリオットは慎重に、そして正確に答える。

ノー、マコーレーが撃たれる現場を見たわけではない。

ノー、自分の身分を通知はしなかった。捜査官だと名乗るようなこともしていない。

ノー、先に発砲したのは彼ではない。

イエス、９１１のオペレーターからの警察が来るまで待てという指示には従わなかった。

イエス、マコーレーの命が危険にさらされていると考えてのことだ。

イエス、発砲は正当防衛だった。

モンゴメリーへの内線が鳴った。男の声が報告する。

『ランス特別捜査官はまだ電話に応答しません』

「最高の上に最高だな」モンゴメリーがぼやいた。エリオットをにらむ。

エリオットは無表情で見つめ返した。

「それで、あなたがランスの居場所を知らないと、それを私に信じろと？」

「彼がどこにいるか知りません」

「ランスが携帯をオフにするわけがない。コーリアンが裁判まで生き延びられるかどうかの瀬戸際だというのに、その知らせも聞かずに音信不通になるなんて」

「はい」

「昨夜うちにかけてきた電話――ランスに何かあったと本気で思ってるの？」

「はい」エリオットは答えた。「何かあったに違いない」

朝からここまでで、エリオットの気持ちはそう変化していた。朝は茫然として混乱し、タッカーからだまされたと、信じたくない気持ちと裏腹に信じていた。だが直感には反していたし、彼の知るタッカーとも一致しない。エリオットの愛するタッカーとは。タッカーは、彼にこんな仕打ちはしない。こんなふうに傷つけるわけがない。

結末がわからないことが何より残酷な結末だと、タッカーは誰よりよく知っているはずなのだから。

「でも言い切れるものではないだろう。今日まで休暇を取っていたのだし」

「そのとおりです」とエリオットは答えた。

「人間というのは予想を裏切るものだと、我々はよく知っている。たとえランス特別捜査官のような人間であってもね」

「ええ」

事実エリオット自身、嘘をつかれたと認めたくなくてタッカーの身に何かあったと思いこもうとしているのではないかと、それを恐れて何時間も葛藤してきたのだ。

もうそれも済んだ。迷いは消えた。

無情な事実は、誰だろうと被害者になり得るということだ。タッカー・ランスのようにタフで物慣れた人間でさえ、状況によっては被害者となり得る。

時には、悪いタイミングで悪い場所に居合わせたというだけで。

エリオットが認めたことで、モンゴメリーの怒りがいくらか鎮まったようだった。彼女は言った。

「彼が正式に、実際に、行方不明だとわかるまでは、我々に捜査はできない。旅行の予定変更や自宅への連絡不備、仕事場からの電話を受けないことは法に反しているわけではないから。人が姿を消すのも犯罪ではない――当人が自ら消えたなら」

　エリオットは疲れきった声で答えた。

「わかってます。よく知っている。俺は、絶対に、タッカーが自分の意志で俺からの連絡を無視したり約束の日に帰らないようなことはしないと信じていますが、でも明日タッカーが帰らないとわかるまで誰も助けてくれないのも知ってます」

「キツいな」とモンゴメリーが、いきなり人間臭い口調で呟いた。

　エリオットは肩をすくめる。疲れすぎていたし、感情が擦り減っていて、とても礼儀を取りつくろえる気分ではなかった。

「ミルズ、この状況は気の毒だとは思ってる。本当にね。しかし何かの根拠がなくては、ランスのプライバシーを侵すことはできない。明日、彼が戻らなければ、ＦＢＩが総力を挙げて支援すると約束します。彼が見つけられたいと思っているなら、我々が必ず見つけ出す」

「ありがとうございます」

　エリオットの声に気持ちがこもっていないことに気がついたのかどうか、モンゴメリーは表情を変えなかった。ファイルを開く。

「とりあえず今は、これがタコマ市警がマコーレーの殺害について我々によこした情報だ」

大した量ではなかった。死んだトーリン・バローには前科があったが、どれも軽微な犯罪だ。迷惑行為。器物損壊。不法侵入。公共の場での発砲。彼は二十七歳で、レイブンズデールの既婚の姉の家に住んでいる。フルタイムのクリーム技士としてメイプルバレーのフリーズ・フレイムで働いている。

「クリーム技士って何ですか？」とエリオットはたずねた。

「よくわからない。おそらく液体窒素を使ってアイスクリームを作るようなことだと思うが」

「つまり、この男はアイスクリーム屋で働いてたってことですか？」

「そのようだ」

「庭師とかガーデン業者のところで働いていたという話は？」

モンゴメリーはファイルに目を通した。首を振る。

「いいや。彼はPSUに少し通っていたが、五年前のことだし、心理学専攻だった。美術ではなくね。彼とアンドリュー・コーリアンの間に関係があったのか、どんなつながりなのかはまだわかっていない。それを言うならウィリアム・マコーレーとのつながりも」

「コーリアンとは無関係かもしれない」エリオットは呟いた。「マコーレーの殺人者コレクションは、趣味としては危険なものだ。たとえ、いわゆる〝コレクション〟の誰かが自分がマコーレーに気に入られた理由に気がつかなかったとしても、そばに集めるにはリスクの高い人間たちだ」

「その意見に同意したいところだが、ただ車に手出ししてきたのはこのバローだろうと、自分でも言っただろう？　調べていけばコーリアンとのつながりがきっと出てくるさ」

「コーリアンの容態は？」

「変化なしだ。まだ重体。そして意識不明」

　エリオットはうなずいた。

　モンゴメリーが突如として、気短に言った。

「コーリアンに本当に共犯者がいたかどうかすらわかっていない。あの男ははっきり断言したわけじゃないからな。匂わせただけだ。ただのほのめかし。大体、はっきり宣言したところで真実だとも限らない」

　この瞬間まで、コーリアンから届いた手紙のことを、エリオットはすっかり失念していた。この二十四時間であまりに色々ありすぎた。

「そういえば、コーリアンが俺を脅してきた、と思います。タッカーの失踪もこの脅しとつながっているかもしれないと、俺は見ています」

　エリオットは手紙について思い出せる限りのことをモンゴメリーに説明し、それからまた彼女の激しい叱責にじっと耐えた。

「その手紙が関係あるってすぐ思わなかったのか！」

「関係って、何にです？　コーリアンは夏中ずっと俺に手紙をよこしてました。珍しいことじゃない。文面に明確な害意もない。ただ、いつもの……さあゲーム開始だ、というようなたわ言ばかりで。タッカーが帰ってきたら手紙を渡すつもりでした。何時間かで帰るはずだったから」

そこで言葉を切るしかなかった。このままいくとエリオットも怒鳴ってしまう。大体、何を言い争うことがある？　どう見えようが、エリオットは異常きわまりない状況下でずっと正式な手順を踏もうと努力してきた。

「それは勝手に決めていいことじゃないだろう！」とモンゴメリーが言い返した。

エリオットは深い息を吸い、できる限り抑えて言った。

「コーリアンの最後の脅しが具体的なものを指していたなんて、後から気がついたことです。あいつが本当に何かを企んでいたと。計画が、存在したと。コーリアンは共犯者の存在を匂わせた時、その計画を実行に移したんです。面会の後すぐ、俺に手紙を出した。それを俺が読む頃には何かが起きているか、起きる予定だったんでしょう。手紙を読めば俺がすぐ理解すると思っていた。でもそうはならなかった」

モンゴメリーは目をとじ、両手でこめかみを押してゆっくりと深呼吸をくり返した。三回。

エリオットは黙って見つめた。

モンゴメリーが目を開いた。

「いいだろう、ミルズ。私も、自分の判断を悔やんでも遅い。もうすぎたことだ。その手紙を明日ヤマグチに渡せ。今からあなたは、彫刻家《スカルプター》の捜査には一切関わらないものとする。以上、異議は？」

「ありません」

彼女はまだ眉を寄せてエリオットを見ていた。

エリオットはたずねた。

「もう帰ってもいいですか？」

「ああ」

エリオットは立ち上がった。

「これを言いたくはないが――」とモンゴメリーが言った。「選択の余地がなかったのはわかるから。しかし、もしバローがコーリアンの共犯者で、ランスの失踪の裏にコーリアンがいたなら、我々はランスの居場所を知る唯一の人間を失ってしまった可能性が高い」

「わかってます」エリオットは答えた。「昼からずっと、それを考えていましたから」


本土にあるタッカーの部屋に泊まろうとしたが、すんでのところで家の地下貯蔵室に犬を入れっぱなしなのを思い出した。

ステイラクームの船着場へ急いだこともグース島への最終フェリーにとび乗ったことも船旅

そのものも、さっぱり記憶にない。だがガレージからキッチンへ入っていって留守電の赤いライトが点滅しているのを見ると、不意の希望に鼓動がはね上がった。

地下からの鳴き声や吠え声を放って、エリオットはメッセージを再生した——というか早送りでざっと流した。

タッカーから連絡はあったかとたずねるトーヴァの電話、ニュースで銃撃のことを聞いたローランドからの数本の、次第に心配をつのらせていくメッセージ、マスコミからの取材の申し込み、それから困った様子のドナ——歴史学部の庶務係——からの、夜のゼミには来るのかと確認する二本の電話。

タッカーからの連絡はなかった。

あると思っていたわけではない。それでも、少しずつ血が流れ出していくような気持ちだった。望みも希望もすべて吸い取られてしまうような。

タッカーが自分から去ったのではないのだと、さらなる証拠が必要だとするなら、これこそまさにそうだった。

たとえタッカーがいきなり、不可解にもエリオットとの別れを決めたとしても、撃ち合いがあったと知れば必ず電話をかけてくる。そういう男なのだ。別れた恋人のアダムにだって、彼が誘拐事件をしくじったとして上から吊るし上げられていた時には電話をかけていた。今日だって、エリオットの無事をたしかめに必ず電話してきただろう。

今さらもう証拠など、エリオットには不要だが。そう、他人のことを完全に理解するのは不可能でも、エリオットはタッカーのことを可能な限りよく知っているつもりだ。二人が築いてきたものに自ら背を向け、捨てるようなことはタッカーはしない。我を失ったり、精神的に追いつめられてエリオットの人生から姿を消したりするようなこともない。

その事実には、いい面も悪い面もあった。なにしろタッカーが自ら消えたのでないなら、誰かに誘拐されたということだからだ。

そしてもう——目をそむけるわけにはいかない——タッカーは死んでいるかもしれない。

そう考えているわけではないが。そう考えたくもないが。だからといって、ありえないとは言い切れない。

地下貯蔵室のドアを開けたエリオットを、シェバは何年も待ちわびていたかのように出迎え、腕の中にとびこんでエリオットの顔を舐めた。あのプラスチックのエリザベスカラーは外してしまったらしく、どうやら上方の窓から出ようとがんばった時に自分の水入れと棚の缶詰の列をひっくり返していた。

それ以外は、彼女も地下貯蔵室も問題なく見えた。

エリオットは上に犬をつれていくと餌をやり——ドライフードのボウルは癇癪を起こした囚人が投げつけたように床に散らばっていた——、父の携帯に伝言を入れた。ローランドと直接話すのを避けるにはこれが一番いい手だ。

シェパが遅い夕食をガツガツ食べ終わると、エリオットは上着と伸縮リードをつかみ、犬を散歩につれて出た。

雨は霧雨にまで弱まっていたが、たとえ土砂降りでも同じだ。今のエリオットには気にならないし、気がつかなかったかもしれない。エリオットは犬について森の中へ入った。雨の後で森は深く香りたち、どうしてか太古のような匂いがした。

スティーヴン・ロケが昔住んでいたコテージの明かりが煌々と輝いている――新しい住人が引っ越してきたばかりなのだ。

エリオットの思考は堂々めぐりに入っていた。銃撃の時のことをくり返し、くり返し考えている。そしてタッカーの身に起きていそうなことを、くり返し、くり返し。

そう、誰だろうと被害者になり得る。だがエリオットの車から降りて自分の車に乗ろうとするまでのほんの数秒間で、タッカーがどうやって被害者になるというのだ？

まるでわからない。何ひとつ筋が通らない。

どうして誰も目撃していない？　届け出ていない？

それにマコーレーは……どうして彼は、月曜にエリオットがコーリアンの共犯者の「目星をつけて」いると予期していた？

思えば……マコーレーには、エリオットの鈍さをおもしろがっていたような様子があっただろうか。

それとも単にエリオットが、マコーレーの言葉に余計な感情や意味を読み取ろうとしているだけなのか？　色々とありすぎて、あの昼食の誘いが大昔の話のようだ。ほとんど思い出せない。

まあいい、何でもいいから。何か思い出せ。

マコーレーの言葉の感情面を見るなら、あの電話には脅されてかけていたような気配はなかった。身の危険を感じていた様子はない。むしろ真逆だ。毎度の、少々鼻につくいつものマコーレーだった。

マコーレーのことはいい。タッカーが出かけるまでの一、二日、先の運命を予感させるようなヒントが彼の行動にあっただろうか？　少し気が沈んでいるように見えたが、エリオットはそれをワイオミング旅行が近づいて神経質になっているだけだと見なしていた。

別の何かがあったということは？

タッカーは打ち明けてくれるだろうか、何か心配事があって、怯えているとして？

いや、怯えなどなかった。というか、怯えはタッカーにまるで縁がない要素だ。ただ彼は……沈んで見えた。

少しの気落ちだ。強い鬱感情ではなく。自滅的なほどのものではない。

違う。エリオットが車で去った直後に湾に身投げしたわけではない。

タッカーのスーツケースはどこだ？

おそらくは、タッカーの居場所にある。彼の携帯電話と一緒に。携帯。モンゴメリーに言ってタッカーの携帯の位置を調べてもらわないと。

……そんなこと、モンゴメリーが自力で思い至らないわけがない。

歩けば歩くだけ、思考がぐるぐると回っていく。頭上の月は灰色で輪郭がにじんで見えた。溶けかかった古い石鹸のように。

オールド・ロードの小さな木の橋を渡り――エリオットの靴音が静かな夜に驚くほど響き渡る――次にビッグ・ブリッジへさしかかった。下の方では見えない水が轟々と岩を流れていく。

マコーレーの家で、何かがおかしかった。

まあたしかに、死体があったのだし。ただ、家の中を見て回っていた途中、エリオットは何だか……。

何かを感じていた。

ほかにも誰かいる、という感覚。

いや実際、人はいたのだ。バローが、あの家にいたのだから。

違うか?

あまりにもバローの行動は急展開すぎる――。

タイヤをパンクさせて、次には殺人。その間に何もはさまず？　それともタッカーに起きた何らかの事態が、パンクと殺人をつないでいるのか？

タイミングもおかしい。映画じゃあるまいし。マコーレーはコーリアンの共犯者の名をエリオットに明かす直前に殺された。犯人の名は……バン！

あんなことはそう起きないものだ。

ただし、起きたのだ。ということは――。

シェバに引き綱をぐいと引かれて、エリオットははっと我に返った。振り向くと、犬は道のど真ん中に座りこんでいた。

「ほら、おいで」

そっと綱を引いたが、シェバは逆らった。

「こっちにおいで、シェバ」

シェバはエリオットの言語が理解できないかのように小首をかしげた。

「おいで」

綱を引かれても踏ん張っている。

エリオットはおもしろがりながら、腹立たしくもあった。

「一体何のつもりだ？　抗議の座りこみ？」

たしかに何かの反抗ではあったらしい。引き寄せようとした綱の力にシェバは前足を突っ張らせて逆らい、首を蛇のようにのばすと、まさに熟練の動きでするりと首輪から頭を抜いてしまった。

「おい！」

エリオットは首輪と犬を回収しに向かう。

犬はといえば、さっさと動き出し、とことこと元来たほうへ道を帰りはじめていた。

逃げようとしているわけではない。止まると、キャンと鳴いてエリオットを図太く急かしてくる。ラッシーの真似事でもしているように。

「一体どういうつもりなんだ」とエリオットは問いただした。

どういうつもりなのかははっきりしている。シェバは家へ帰るつもりだ——エリオットがどうしようと。

腕時計の夜光文字盤を見下ろすと、午前二時をまわっていて、エリオットは愕然とした。もう何時間も歩きづめだ。

シェバは家へと歩きつづけている。首のタグが夜気の中で涼しく鳴った。

突然に、エリオットは濡れそぼって冷えきり、疲れ果てた自分に気付いていた。

これ以上逃げてはいられない。空っぽの家に帰らなければ。空っぽの寝室、空っぽのベッドに。

思い出と向き合わなくては——恐怖とも。

踵を返し、エリオットは犬について月光と影の中を歩き出した。

18

シャーロッテ・オッペンハイマー、ピュージェット《P》サウンド《S》大学《U》の学長が言っていた。

「ただね、あなたにとって教職が天職なのかどうか考えると迷ってしまうということなのよ、エリオット」

火曜の昼近くで、二人はオッペンハイマーの家のくつろいで洗練された雰囲気の居室に座っていた。張り出し窓から青々と整えられた大学の芝生が見える。

オッペンハイマーは五十代後半で、知的かつ有能、如才ない。大学の学長としては重要な資質だ。常にお洒落に装って髪を美しく整えていたが、こっちが面食らうほど誠実で地に足が付いた人柄だ。少なくとも、ほぼ一生を学問の象牙の塔の中ですごしてきたと言っていい人物にしては。

エリオットは「どう見えるかはわかってます」と答えた。事実だ。

「うちの講師の一人が、学外での発砲事件に関わるなんて」

オッペンハイマーが恐ろしげに目を見開いた。

大学内での銃撃戦の方がよかったとでも？　もちろんエリオットはそれを口にしなかった。オッペンハイマーがぞっとするのも当然だ。そして当面、事態はもっと悪化しそうだ——今朝エリオットがのぞいた新聞の見出しからいくと。

「言っても仕方のないことですが、俺は銃を撃ちに行くつもりなどありませんでした。昼食に行っただけです」

「ええ、でもそれが問題なの。トラブルは——暴力は、あなたについて回っているように見える。まずはじめはあの……アンドリューの嘆かわしい行為」

「あれは、俺の責任ではないはずです」

「ええ、もちろんそうね。アンドリューが、じつは……その……」

「連続殺人犯《シリアルキラー》だったことは」

オッペンハイマーが溜息をついた。

「ええ。それはもう、一年前に起きたあのことで誰もあなたを責めていやしないけれど、その後もあなたが事件に関わろうとしているのが不安なの。そこに来て、またこれですよ。またもあなたは捜査に深く関わっている。これは保護者たちが求める状況ではありませんよ」

「ですね。俺は解雇ですか？」

「いいえ！　そんな、まさか、違うわ」彼女は心底憂いているようだった。「あなたが休暇を取りたいというのは、状況からして無理もないですし。大学の皆が心を寄せてますよ。あなたがＦＢＩの捜査官として成し遂げた貢献には敬意を抱いていますし――もちろん、言うまでもなくあなたの指導にもね。あなたはいい教師です。それにほら、ローランドの息子でもある。私が言っているのは、ただ……」

彼女がそっと息を吸いこんだ。

「人によっては――教育者のほとんどが、こんな時には、仕事の中に安らぎと……癒しを求めるものなの。それはね、あなたの場合は、捜査に関わる知人を実際に手伝えるわけだから……状況は違うけれども。ただ私が思っているのは、あなたは休暇の間、教師が自分の天分かどうかじっくり考えてみたらどうかしらっていうこと。大学にいたいからいるのか、あの時はそうするべきだと思ったから今もいるのか？」

エリオットは間を空けて「わかりました」と答えた。

「正直に、自分と向き合うことをお勧めするわ。それだけよ。ただ、あなたに幸せでいてほしいだけなんですから」

「ありがとうございます」

「何であろうと、きっとすべてうまくいきますとも」

「ええ」

この面会の一番厄介な部分を乗り越えた今、シャーロッテの表情が明るくなった。職員を叱責するのは苦手なのだ。こんな優しい忠告を〝叱責〟と呼べるなら。

「クッキー、もっと食べる?」と彼女が勧めた。

この二十四時間何も食べていなかったし、掃除したてのカーペットに倒れるのも失礼だろうと、エリオットはクッキーを食べて紅茶を飲んだ。また礼を述べ、今言われたことを考えると約束する。それから心配と励ましに対しての礼も述べた。

ついに解放されると、ハンビーホールへと歩いて戻った。周囲の人々に目を向けず、学生からの挨拶には自動的に応じながら、顔と髪にかかる秋の雨を気にもとめず。

シャーロッテは正しい。本人が思っている以上に正しかった。

エリオットの〝捜査に関わる知人〟は彼の助力など求めていない。彼らの立場だったなら、エリオットも民間人の介入など歓迎しなかっただろう。それも最悪の民間人——私情が絡んだ一般人だ。まさにそれでタッカーと、数ヵ月前に争った。もしタッカーがいれば、関わるなとエリオットに言っただろう。自分の仕事にだけ専念し、事件は捜査官たちにまかせろと。

タッカーが正しいのだろう。エリオットだってそうしようとした。首を突っ込まないようにした。三時間ばかり。今朝だって、心を入れ替えるつもりで大学にやってきたのだ。ただ、モンゴメリーからタッカーが出勤してこないと、今や正式に行方不明の扱いになったと聞いて、エリオットの決意はほころびはじめた。授業が始まって二十分で、リンダ・マーコビッツがマーティン・ルーサー・キング・ジュニアが奴隷を解放したなどと言い出すのを聞きながら、こんな状況にはあと一日も耐えられないとわかった。

何もしないでいることにも。

別に教師の仕事が、何もしていないとは思わない。以前の世界の一面においては、子供たちに公民権運動や南北戦争について教えるのは重要なことにも思えたものだが、この新たな現実でエリオットに考えられることは、今この瞬間にもタッカーは彫刻家《スカルプター》の共犯者の手に落ちているかもしれないということだけだった。

まだ生きているなら。

タッカーの車を見つけたあの時から、息がまともに吸えていない気がする。胸が重みで押しつぶされているような、心臓も肺も残酷な一瞬ごとにじりじり絞り上げられていくような。

タッカーがどんな悲惨な目に遭わされているかもしれないと、そんな想像に溺れないようにするだけで精一杯だ。エリオットはあの犯罪現場の写真を見た。コーリアンの目の中の残忍さと狂気も見た。

そんな想像に屈したら、エリオットは誰の役にも立てない。特にタッカーの役には。

かわりに、エリオットは自ら捜査するために大学に休暇を願い出た。すべての能力を使ってタッカーを見つける力になるために。

タッカーが生きているチャンスはまだあるのだから。

たしかに、失踪から四十八時間の重要な時間はすでにすぎている。だが時には……それを越えて生きのびる人間もいる。そしてタッカーには生きのびる能力がある。

ハンビーホールに入ると、廊下の奥でアン・ゴールドと話しているローランドの姿が目に入った。

アンは美術史の教師だ。以前はエリオットとも仲が良かったものだが、エリオットが彫刻家《スカルプター》の捜査に関わってからは距離を置かれている。大体の同僚がそうだった。別に周囲がエリオットを非難しているわけではなく――おそらくはその逆だ――ただ彼の一連の行動によって、引退していようがいまいが、エリオットがまだＦＢＩ捜査官のように考えたり時には振舞ったりしていると皆が意識しただけだろう。エリオットの忠誠は、つきつめれば、同僚や大学を超えたところに向けられているのだと。

「エリオット」とアンが、近づいたエリオットに挨拶した。「ただ、あなたに何もなくてよかったと言いに来たの。昨日はひどい目にあったんでしょう」

「ありがとう」

撃ち合いで死んでいたかもしれないと思っても、タッカーを失うことほど恐ろしくはないのが不思議だ。

「ウィル・マコーレーとあなたが友人だとは知らなかったわ」

それを聞いたローランドが憤った息をつき、エリオットはアンに答えた。

「友人未満だったよ。昨日あそこに居合わせたのは、単にタイミングが悪かったんだ」

アンの笑みはやや勘ぐるようだった。

「あなたにはよくあることね。そうじゃない？」

「ああ、まあね」

彼女にはとてもわかるまい。

アンはローランドの頬にキスをすると、心のこもったさよならを言い、ポンとエリオットの腕を叩いた。

「あなたがたミルズ家の男の子たちは危ないことに近づかないこと、いいわね！」

彼女が自分の教室に入った瞬間にローランドの手がエリオットの肩に乗り、子供の頃そのままの仕草でエリオットをオフィスの中へつれこんだ。

「よし」オフィスのドアがバタンと閉まると、ローランドが始めた。「昨日、怪我がないと電話で知らせてくれたのはありがたかったが、しかし一体どうなってる？　どうしてお前が、よりにもよってウィル・マコーレーの家なんかで銃撃に巻きこまれた？　はじめのうち、ニュースじゃお前が逮捕されたみたいな口ぶりだったぞ」

エリオットの溜息は、むしろ呻きのような響きだっただろう。

「問題ない、父さん。大丈夫だ。何も――」

「いいや、大丈夫なわけがあるか」ローランドがさえぎった。「どこからどう見ても問題だらけだし、お前は全然大丈夫なんかじゃない。昨日裁判所で見た時すぐにわかった」

父の顔を痛みに似たものがよぎった。

「話してくれ、エリオット！」

（どうして俺にそこまでわかると思う、ミルズ教授？　俺のお前への気持ちもそっくり同じだからだよ……）

その不安と優しさ、深い心配が、エリオットの胸を衝く。七歳の頃に逆戻りしたように。何があろうと父ならすべて何とかしてくれた頃。そしてそのギリギリの一瞬、エリオットは自分が泣き出してしまうのではないかと恐れる。

だがなんとか、揺れない声を押し出した。

「色々あったんだ。ただ、一言で言うと……タッカーがいなくなった」

ローランドの目が、聞き間違いを疑うように細められてから、大きく見開かれた。エリオットをぐいと猛烈に抱きしめ――父はあらゆる危機と正面切って向き合うのだ――エリオットはまたあやうく泣き崩れそうになった。

「全部話すんだ」

ローランドが、固く張り詰めた声で命じる。

それでもう限界だった。本当にはタッカーのことを大好きというわけでもないのに、ローランドはそう言ってくれる。そのせいでさらにこみ上げるものがあった。

エリオットは身を引き、さっと目元を拭った。

「全部と言ってもそう多くはないよ。タッカーは金曜にトーヴァとエドに会いにワイオミングへ向かう予定だったけど、向こうに着かなかった」

「本当に着かなかったのか？　彼らが嘘をついてる可能性は？」

キリスト教右派への本能的な嫌悪感から言っているのだ。ローランドは多分、タッカーがさらわれて転向セラピーにかけられるところを想像しているのだろう。

「ないはずだ」エリオットは答えた。「電話で話した時、トーヴァは怒ってたし傷ついているようだった。それにタッカーの車が、金曜に俺が降ろした時そのままの場所に停まってた。今朝は、そこを警察が犯罪現場として調べている」

すべてを父に話した。話し終える頃にはまたエリオットの声は平静さを取り戻し、一方のローランドは見たこともないほど暗い顔になっていた。

「お前の仮説では、タッカーはそのバローというコーリアンの共犯者に誘拐され、お前は昨日その男を撃ち殺した。そういうことだな？」

「仮説のひとつだ。タッカーが扱った、別の捜査の報復という可能性もある」

「だがお前はそうは思わない？」

「山ほどの状況証拠が、一つの方向を指してるんだ」

ローランドはじっくりと考えこんだ。苦々しく言う。

「野郎一人だけでタッカーを倒そうとしたって、うまくいかないだろうな」

「ああ」

父がありがたいのは、適当なことを言って安心させようとしないところだ。根拠のない慰めや保証は決して言わない。

「お前は逮捕されなかったんだな——今後も——？」

「ああ。少なくとも——監査が入って、検察が俺を訴える可能性はまだあるけど、そういうことにはならないだろう。皆も起訴はないと考えてる」

正直エリオットにはどうでもよかった。眠りを奪うあらゆる恐怖の中で、自分が殺人で起訴されることなど一番些細なものだ。

それに、きっと一番心配いらないことでもある。

ローランドは雨が点々とついた窓から、傘を手にコートの襟を立てて授業に急ぐ学生たちを眼下に見下ろした。その父を見ながら、エリオットは言った。

「別の仮説としては、俺が保険金狙いでタッカーを殺したというものもある」

ローランドの瞬間的かつ最大級の憤激を見られただけで、ほぼ言った価値はあった。

「一体どこのどいつがそんなことを？」

きっと廊下の先のアンまで聞こえただろう。エリオットはくたびれた笑いをこぼした。

「心配いらないよ、父さん。仮説ってほどのものじゃない。ただ、タッカー失踪を調べてる刑事の一人がためしに俺の反応を見ただけだ。いろんな可能性があり得る、ってだけの話さ。彫《スカ》刻家《ルプター》の事件はタッカーが担当している捜査の一つにすぎない。進行中の捜査でもないし、というか、なかったんだ。主な目的は、裁判で検察が確実に有罪を勝ち取れるようにすることだった。捜査というよりもう整理に近い段階だった」

「タッカーのほかの担当事件の誰かが、彼を排除しようとする可能性はあるのか？」

エリオットは夜中の三時に起き出し、タッカーが家のオフィスに置いていたすべてのファイルとメモに目を通して対象を絞り込もうとしてきた。それほど量があったわけではないが。タッカーは書類に関する局の規則を遵守して、滅多にファイルを持ち帰らなかった。例外は二〇〇一年のロバート・ダイス・トンプソン連邦検事補殺害に関するファイルで、それも元々エリオットの担当事件だったことをタッカーが知っていたからだ。

十年以上昔の、未解決のまま逃げおおせている殺人犯が、いきなり担当の捜査員を消そうと思い立つとは考えにくい。

だが……。

「ああ。これだけの初期段階では、どんな可能性もあり得るんだ」エリオットは大きく息を吸った。「もし我々が――FBIが、バローを尋問できてたら……でも、俺がその機会をつぶした」

そんなに苦々しく言うつもりではなかった。

一瞬置いて、ローランドが言った。

「今俺から言えることは、タッカーならお前にああ行動してほしいと思っただろうということだ」

　エリオットはうなずいた。たしかにタッカーなら、エリオットの命が大事だと言うだろう。エリオットだってタッカーの命が大事なのだ。事実、撃った瞬間、バローの肩を狙うという考えも頭をよぎっていた。だが失敗した。腕もなまっていたし、きっと的に当たったのが幸運だったくらいだ。

　とにかく、その部分は誰にも話せない。父にも。

　てきぱきと言おうとした。

「ＦＢＩは――ヤマグチは――捜査の進行状況をすべて教えると約束してくれた。警察が俺を捜査から締め出したから」

「そりゃ当然だろう」ローランドが言った。「タッカーが絡むことではお前は公平にも客観的にもなれない。誰だって関わらせたがらない。お前だってそうするはずだ」

　携帯が鳴り出し、エリオットは椅子に電流が流れたかのようにとび上がった。ポケットを探してから、ドア裏に掛けたコートへと走る。携帯を探し出すのにやたら時間がかかった。通話を押す。かけてきたのが誰なのかすら見なかった。

「ミルズだ。もしもし？」

『パインだ。進展があった』とパイン刑事の声が言った。

　心臓が凄まじい勢いで鳴り出す、たのむ、お願いだから、死んだなんて言わないでくれ。それだけは。

「どんな」と絞り出す。

『ランスとは無関係の話だ』

ほっとしたあまり頭がくらくらして、ほとんど吐きそうだった。

「……それで？」

『バローの銃の旋条痕を調べた』

エリオットの鼓動が正常な範囲に戻ってくる。

「それが？」

『マコーレーを撃った弾丸は、バローの銃から発射されたものじゃなかった』

エリオットの沈黙へ、パインが続けた。

『こいつを言えてほっとするが、あんたの銃から発射されたもんでもなかった』

「俺の銃？」

エリオットはおうむ返しにしていた。だがそれはそうだ。当然、警察はエリオットの銃の旋条痕を調べて、バローとマコーレー双方を撃った弾丸と比較しただろう。銃を預かったのはただの形式ではない。

『調べないとでも思ってたか？』パインは陰気におもしろがっているようだった。『マコーレーは22口径で射殺されてる。ほぼ至近距離からの一発だ。弾丸は心臓を貫通して背骨で跳ね返り、肋骨内を跳ね回った。解剖で弾丸が出てきたよ。バローのほうはハイポイントのセミオートマティックを持っていた』

「45口径」

『正解だ。あんたの銃と同じ。同じじゃないのはあんたはグロックなんか持ってて、奴のほうは二百ドル足らずで地元のウォルマートで買える銃だったってことだ』

それは言いすぎにしても、ハイポイントはたしかに手が届きやすい値段のメーカーだし、よく見かける。

「バローが予備の銃を持ってたということはないのか?」

エリオットのように。

『ああ、そいつは忘れてたね』パインが嫌味たらしく言った。『なんてな、そこもたしかめたさ。バローが殺しに使った銃を捨てた可能性もゼロじゃないが、あいつはその頃あんたの頭を吹っ飛ばすのに忙しかったわけで、わざわざそんな手間かけるか?』

たしかに。どうしてわざわざ?

『てわけで、俺から聞きたいことがある。あの家の中に、ほかに誰かいなかったか?』

19

エリオットは、しぶしぶと認めた。

「いたかもしれない」

『冗談だと言ってくれ』とパインが毒づく。

冗談であってほしいものだ。だがマコーレーの家に入った時、たしかに誰かいるような嫌な感じがあったのだ。何かを見逃しているような。もう一人侵入者がいたなんて、実に重大な見逃しで、そんな大ポカをやったと認めたくもない。

「屋内をすべて見て回れたわけじゃない。外にいるバローに気がついて追跡したからな。だから、そう、ほかに誰かいたとしてもおかしくない」

『そいつぁマジで……』パインは最後まで言わなかった。『あいつら二人組だったのかよ！』

「誰かバローの写真を、コニー・フォスターに見せに行ったほうがいい。コーリアンの隣人の」

その発言は、当然、エリオットが何のためにコーリアンの家に行って隣人とおしゃべりしていたのかの長々とした説明に続くことになった。エリオットは申し訳なさそうな目を父へやったが、ローランドは最新刊の『CHARGE!』をめくりながら聞いていないふりをしていた。

『で、ランスはそのフォスターって女の証言は信用できると思ってたのか？』とパインが聞いた。

そうだっただろうか？　エリオット自身、フォスターの証言を完全に信頼しているとは言い切れないところがある。まともな証言のように思えたが、庭師については間違っていた。

「はっきりとはわからない」

二人目の犯人の存在で、色々と辻褄が合う。だがもし二人目があそこにいたのなら、エリオットがバローを追った後、どうしてそのエリオットを追ってこなかった？

パインも同じことを考えていたようだった。

『その二人目の悪役に背中から撃たれなくてラッキーだったよ、あんた。そいつはあんたがバローを追っかけてる間にずらかったに違いない』

「もしフォスターが、バローのことをコーリアンの庭師だか便利屋だったと証言できれば、足掛かりにはなる。ただ、彼女を誘導しないよう気をつけてくれ。こっちが聞きたいことを親切心から証言してしまうタイプの証人だ」

『そいつはありがたいね』

「現時点では彼女が頼みの綱だ」エリオットは咳払いをして聞いた。「ランスに関して何か新情報は?」

『いいや。タコマ市警はあの駐車場に関わる人間に片っ端から話を聞いてる。手順は知ってるだろ。車を調べ、目撃者になりそうな面子をかき集め、友人や家族に事情を聞く』

そう、エリオットは手順を知り尽くしていた。ローランドにも言ったように、エリオット自身、朝一番で担当の刑事から事情を聞かれている。ファリス刑事はきっと有能なのだろうが——でなければこんな重要な捜査をまかされまい——エリオットの印象はあまり良くなかった。エリオットが保険金目当てにタッカーを殺したのではないかなんて言い出したせいだけではなく。

「監視カメラは——」

『録画が七十二時間で上書きされるやつだった』

息が失せて、エリオットは返事ができなかった。

『悪いな』パインは言いにくそうだった。『だがあんたがこれはおかしいとはっきり気付いた頃には、これに関しちゃもう手遅れだったんだ』

さらに数分話したが、それもパインが慣れない励まし役を不器用にやろうとしているだけで中身はない。すでに必要な情報は話したし、パインには無駄話の暇はないとわかってはいたのだが、それでもエリオットは電話を切ると、命綱がぷっつり切れたような気がした。

傍観者として見ているだけなんて、耐えられない。何が起きているのかも知らされず。

ローランドの声が思考を断ち切った。

「お前はこれからどうするつもりだ？」

父の存在を、エリオットはほぼ忘れていた。顔を上げ、父を見つめる。

「それ、どういう意味だ？」

ローランドの眉が上がる。首をかしげた。

「つまり、お前はこれからどうするつもりだ？　お前のために俺ができることは何かないか」

「俺は、何日か休暇を取って……」

その先はわざわざ続けなかった。計画自体がまだできていないのだ。ただ、考えつくことを何でもすべてやる気だった。戦略としては貧弱なものだ。

だがローランドは、完璧に納得がいったかのように、当然の方針を聞けたかのようにうなずいて、言った。

「俺からシャーロッテに話して、お前の授業を代理で受け持とうか？」

エリオットはまじまじと父を見た。

「俺の授業を？　え、どうやって……父さんは引退しただろ。そんなこと、できるのか？」

ニヤッと笑ってローランドは親指で自分の胸を指した。

「俺はとても人気のある客員講師なんだぞ、言わせてもらうとな。授業の代打に親父を引っぱり出せるのは教師生活の特権だぞ」

胸に湧き上がってきたのが笑いなのかほかの何かなのか、エリオットにはよくわからなかった。

「それは助かるよ、父さん。ものすごくありがたい」

「ならシャーロッテとひとつおしゃべりしてこよう。ほかにできることは？」

エリオットはシェバのことを考えた。犬は、今朝また地下貯蔵室に入れられて、エリオットが出かける時も人狼のような勢いでドアを引っかいていた。

「父さん、犬を飼いたくない？」

ローランドの眉が上がった。

「どこの犬だ？」

エリオットがシェバの救出について手早く説明すると、ローランドが溜息をついた。

「どこかで聞いたような話だな。お前ももう捨て犬を拾ってくる歳じゃあるまいに」

「だから、父さんが飼わないかと思って。元の飼い主を見つけられなかったらの話だけど」

「どこまで真面目に探した？」とローランドが辛辣に聞いた。

それはまあ、一理ある。ローランドがシャーロッテ・オッペンハイマー学長との〝おしゃべり〟をしに出ていくと、エリオットはノートパソコンを開いて検索にかかった。首輪にあった電話番号から〝トッド・ライス〟が見つかったので、次にはベリンハム在住のトッド・ライスを検索する。

フェイスブックから取りかかり、難なく標的にたどりつく――トッド・ライスは数々いたが、目当てのトッドがシェバの写真をアバターに使っていたおかげだ。

やはり、彼がエリオットからの連絡を無視するわけがない。

エリオットはトッドの、やたらと詳しいプロフィールページを眺めた。

BPチェリー・ポイント製油所勤務
ベリンハム技術大学卒
イースト高校卒
恋人募集中
ワシントン州ベリンハム在住
ユタ州ソルトレイクシティ出身

知り合いかも？　とフェイスブックが聞いてくる。彼が友人にシェアしている投稿を見るには、友達申請を送りましょう。

メッセージを送ろうかと迷ったが、どうやらトッドのフェイスブックにはこの二週間、新規投稿がないようだ。嫌な感じがする。トッドはなかなかいい奴のように見えたが、彼のプロフィールページのアイドルはシェバだ。数枚の、じつに愛らしい犬の写真が載っていた。

トッドの私生活はハイキングと犬で占められているようだった。フェイスブック上に十二人の友達がいるが、全員がユタに住んでいる。

勤務先のBPチェリー・ポイント製油所の誰かが、トッドが行方不明になれば気がつくだろうとは思うが、どうもハイキングから彼が帰らなくても騒ぎ出すような地元の友人や家族はいないように見えた。

いくつかの検索エンジンでトッドの電話番号を検索し、サドンバレーの住所にたどりついた。ひとまずここから始めるのがよさそうだ。

その日の授業を終えると、エリオットは本と、来週要り用になりそうな書類をつかんで、ベリンハムへ向かった。

トッドが住んでいる通りはロスト・レイク・レーンだ。小ぶりの、レッドウッド色の家で、よく茂った木々に囲まれている。ぐるりと長いデッキから急傾斜の川が見下ろせた。

エリオットは落ち葉だらけのドライブウェイに車を停め、玄関先まで歩いていった。ノックし、ドアベルを鳴らす。

誰も応答しなかった。

雨が庇から淋しげに落ち、ポタン、ポタンと音を立てる。

ブラインドは上がっていたので、細いデッキを歩いていって窓の一つをのぞきこんだ。ガスコンロのライトは光っていたが、ほかに人の住んでいる気配はない。エリオットの立つところから見る限り、ごくごく普通のキッチンに見えた。コンロには蓋付きのフライパン、シンク上の窓の前には枯れたバジルの鉢。

家の裏へ歩いていくと、スライド式のガラスドアから続きのダイニングとリビングがよく見えた。テレビは消えている。コーヒーカップとXｂｏｘのコントローラーの横に新聞が置かれていた。やはりなんでもない光景だ。

デッキを見回すと、カバーのかかったバーベキューグリル、木のベンチに、二つのステンレスのペット用ボウルがあった。どちらのボウルにも雨水が溜まっているようだ。

もう一度、エリオットはガラスドアを叩いてみたが、家に誰もいないのは明らかだった。しばらく、誰も帰っていないのは。

デッキを去ると、エリオットは左側の家に向かって木立ちを抜けたが、途中で昔風の郵便箱が並んでいるのを見かけてそちらへ足を向けた。

トッドの郵便箱にはチラシとカタログが詰まっていた。公共料金の請求書も数枚入っている。これで決まりだ――明らかすぎるほどに。どこに消えたにせよ、トッドにはもともと留守にする予定などなかったということだ。あふれかえる郵便物とガレージのドアにもたれかかるほど積まれた新聞が、はっきりそれを示している。

左隣の家にはまだ大人は誰も帰宅していなかったが、なんだか託児所のように見える家を仕切っている十代の姉妹が、もう何日もトッドのことは見てないと教えてくれた。そのダイアンとカーリによると、トッドは引っ込み思案で音楽の趣味が最悪らしい。姉妹はその情報を、別の部屋から爆音で轟くテイラー・スウィフトメドレーに負けないよう怒鳴ってくれた。

「トッドが、緊急の連絡先を君らの親御さんに渡したりはしてないかな？」

「なーい！」と合唱する。

「トッドが旅行に行ってる間、花に水をやったり郵便を回収しておくための鍵も？」

二人に笑われてしまった。トッドは、どうも遊び回るタイプでもないし、ここの親に鍵を預けるなんてことはまるでしていないらしい。

「トッドはどんな車に乗ってる？」

ダイアンとカーリが話し合い、それからカーリが黒いジープ・チェロキーだと教えてくれた。ナンバーは不明。

次に、エリオットは右隣の家をあたってみた。

ハワード家の二人、マシューとジェイムはごく親切な、仕事を引退したカップルで、お菓子の家を思わせる家に——庭に置かれた小人の人形まである——住み、焼きたてのチョコレートチップクッキーとコーヒーがあるからとエリオットを誘いこもうとした。エリオットは断りつづけ、ついに根負けした二人は、トッドを最後に見たのは十六日前の土曜の朝だと教えてくれた。シェバをつれていて、レイバー・デーの三連休、ソーヤー湖でのキャンプに出かけて行ったと。

二人は週末と祝日をポートランドにいる娘夫婦のところですごしたので、トッドが行方不明になっていることに次の水曜まで気付かず、その頃になるとトッドの同僚の一人が安否を案じて訪ねてきた。三人がかりで探してもトッドの影も形も見つからず、警察に連絡したが、警察の反応は芳しくなかった。というか、ほとんど無礼だった——二人のことをお節介がすぎる隣人だと思ったらしい。なんたる非礼！

残念ながら二人もトッドの家の鍵は預かっていなかったが、トッドの車のナンバーは教えてくれた。

エリオットはマシューとジェイムに感謝し、そこを去った。

20

ヘイスバート家の電話はただ延々と鳴りつづけた。オデルとエレン夫妻の家だ。

コーリアンの養父母に、エリオットはずっと連絡を取ろうとしているのだが、土曜の夜から時々かけてもヘイスバート夫妻はまるで電話に出ないばかりか、留守番電話を持っていないようだった。

切ろうとした時、思いがけず、カタンと受話器を上げる音がした。

女性の声が恐る恐るたずねる。

『はい？』

「ミセス・ヘイスバートですか？」

『ええ……？』

その声はますます疑り深くなった。

「俺の名はエリオット・ミルズです。今週、どこかでお話をうかがうことはできませんか？」

彼女が、少しだけ近くなった声で答えた。

『エリオット・ミルズ？　誰なの、聞いたこともない』

「俺は捜査班の一員として捜査に――」

『どうして放っておいてくれないの！』その叫びに、エリオットは口をとじた。『あなたたちまだこれ以上ひどいことをするつもりなの？』

「すみません、一体何の――」

『夫は死んだのよ！　おかげでね！　あんたたち全員地獄で朽ち果てるといい！』

ガシャンと電話が叩き切られた。

エリオットは受話器を下ろした。

まあいい。少なくとも電話番号はまだつながるとわかった。エレン・ヘイスバートに少し落ちつく時間を与えてから、また電話してみよう。

家の外へ行くと、彼はシェバ用の犬小屋のパーツ組み立て作業に戻った。

トッド・ライスの家に行ってみて、シェバが家に帰れる望みはしばらくないとわかったし、シェバは地下貯蔵室に閉じこめられるのを快く思っていない様子だったので、エリオットがタッカーに関する情報を追いかけ回している間、居心地のいい当座の居場所を作ることにしたのだ。

シェバをずっと飼うつもりはないが。ただ、何かしていないと気がおかしくなりそうだった。

木曜の朝がすぎ、これでタッカーが消えてから六日たつ。彼を生きて発見する可能性がもうどんどん低くなっていると、エリオットにもわかっていた。

(死んだなら、わかるはずだ)

嘆く親たちや伴侶が同じことを言うのを一体どれほど聞かされた？　それどころか、一年ちょっと前にはポーリン・ベイカーが行方不明の息子についてそう言うのを聞いたのだ。

タッカーに二度と会えないなんてありえないと否定し、タッカーは死んでいないと否定することは、生存を知ることとは違う。

一日すぎるごとに、タッカーが無事に帰還するチャンスは急激に減っていく。それは統計的事実だ。確率は彼らの敵で――そして日々、さらに悪くなっていく。

それを認識しているのはエリオットだけではなかった。留守電にはアダムから――オレゴンにいるタッカーの元恋人――のメッセージが入っていて、何だろうと必要な助力は惜しまないと言ってくれていた。アダムはまだお悔やみを口にはしなかったが、その手の電話もいつ始まることか。

　コーナーの脚をジョイント金具で装着する作業で手を止め、エリオットは額の汗を拭った。本来なら二人がかりの仕事なのだ。だがそもそも人生は二人がかりの作業だ。シェバのほうを見ると、タッカーのハンモックの下に寝そべった彼女が尻尾を振って応援してくれた。

「ここに飛び降りたらお前とのつき合いもそれまでだぞ」とエリオットは警告した。

　犬はただ、無言で犬っぽく笑っただけだった。

　昨日の水曜は、いくつもの捜査機関をつつき回し、まずベリンハム警察相手にトッド・ライス失踪を捜査するべきだとの説得に成功した。進展があったかどうかは何も言ってこないが、そもそも大きな期待はしていない。そこのところは森林局とブラック・ダイヤモンド警察署のウォール署長の双方がたよりだ。そのウォール署長にもエリオットは電話をかけ、コーリアンの家の裏手の森でトッド・ライスの犬を見つけたことを伝えてあった。

　そこで、ウォールとエリオットの意見が食い違った。シェバがその森で見つかった意味についても、この件についてどこまでウォールが責任を持つべきかも。

　ウォールの指摘のとおり、コーリアンの家があるブラック・ダイヤモンドは何千エーカーもの森林公園と自然に囲まれている。失踪した男の犬が収監中のシリアルキラーの家の近くをうろついていたからといって、その飼い主とシリアルキラーに関係ありとはすぐに言えない。特に、その男性の失踪がシリアルキラー逮捕からほぼ一年後ときては。

「ただ偶然が重なったにすぎないと思ってるんですね？」とエリオットはたずねた。

ピュージジェット湾を越えて、ウォールの溜息が聞こえてくる。

『我々の管轄で、毎年何人のハイカーが行方不明になってるか知ってるのか？』

「ええ」エリオットは答えた。「この五年間ではゼロだ。二十四時間以内に消息がつかめなかった人間に限るなら」

一瞬の沈黙の後、ウォールが言った。

『君は暇つぶしにキング郡でのハイカーの行方不明者数をリサーチしているのか？』

それならもっとタッカーのために努力したほうがいいんじゃないかというほのめかしなのか、そう聞こえてしまうのはエリオット自身の罪悪感と怯えのせいか。

エリオットはぴしゃりと言い返した。

「キング郡全域じゃなく、トッド・ライスがキャンプするはずだったエリアだけだ。せめて、トッドの車を探すくらいはできませんか？」

ウォールの口調は冷え切ったものになった。

『よかろう、ミルズ教授、それなら君が、消えたハイカーについて入手した情報を聞かせてくれ。ブラック・ダイヤモンド警察署にどんな協力ができるかそれから考えるとしよう』

エリオットはダノン保安官補とも話してみたが、ほぼ似たような反応をもらった――ただしダノンはエリオットの考えを、ウォール署長よりもっとおもしろがって受け止めてくれたようだったが。

『あのコーリアンの架空の共犯者がキャンプ中のミスター・ライスをかっさらってぶち殺したと思ってるのか？』

　小馬鹿にされているのはわかるが、ダノンの声はどこか楽しそうでもあった。

「架空の共犯者？」とエリオットはくり返す。

『その共犯者が実在するという何らかの証拠が、根拠が、どこかにあったかい？　コーリアン自身、はっきり明言したわけじゃない。あれこれ言葉を弄して匂わせただけだ。俺の故郷じゃ、あれは証拠とは言わないね』

　故郷ってどこだ。西部時代か？

　だがエリオットはぐっと口をとじ、またひとつ情報源の機嫌を損なわないようこらえた。捜査班のほかのメンバーとの関係はもはやあやういものだったし、ここでまた敵を作るわけにはいかない。

　彼の沈黙へ、ダノンが続けた。

『どうしてその共犯者野郎が、あんたの言ってるミスター・ライスを襲う？　なんか特別な男なのか？　もしその哀れな男がたまたま運が悪かったっていうだけの話なら、ブラック・ダイヤモンドは今頃行方不明のキャンパーを山ほどかかえてんじゃないか』

それに対する当然の――少なくともエリオットの脳内では――解答は、トッド・ライスがハイキングの途中で何か決定的なものを見てしまったから、というものだった。彫刻家《スカルプター》の共犯者に関する何かかもしれないし――コーリアンの家のへの近さからして考えに入れる必要があるだろう――それ以外の何かかもしれない。

エリオットは、あまり自分の考えを明かしたくはなかった。あのパーティーに彫刻家《スカルプター》の共犯者が本当にいたというマコーレーの主張を思えば。まあ、マコーレーはその共犯者がエリオットの到着前に帰ったとも言ったし、それならダノンを疑う必要はないのだが。だがおいそれと他人を信用できる気分ではなかった。

マコーレーが持っていたのは共犯者の正体についての仮説だ。仮説と真実は違う。

「はっきりこうだったと、結論があるわけじゃないんです。ただ気になる偶然だという話で。大人が一人、おそらく危険な状態で行方不明になっているのはたしかで、誰もそれを気にかけていない」

ダノンが、はっきりと嘲りを声に出して言った。

『じゃ、あんたの今の心配はこのライスって男のことか？　そういうことなのかい』

「それ以外の心配事もありますよ、たしかにね。ただ彼がいなくなったのに誰も探そうとしないのが気になるんです」

『わかったわかった。ごもっともだよ、教授さん。俺も何か出てこないか見ておくよ』

タコマ市警もファリス刑事も、タッカー失踪についての進展をエリオットに報告することになってはいるのだが、エリオットと彼らの〝報告〟の解釈が合っていない。だがここではせめてＦＢＩの人脈が物を言った。ヤマグチ特別捜査官はタッカーの捜査を細かく追っていて——ＦＢＩはモンゴメリーの言葉どおり警察にあらゆる協力を惜しんでいない——そのヤマグチが捜査の進展、あるいは進展のなさを毎日報告してくれる。

進展なし、とヤマグチ自身は決して言わなかったが、そうとしか言えないものだった。とは言え、努力が足りないせいとは言えない。

携帯電話会社は、ＦＢＩからの圧力を受けてタッカーの携帯記録を開示した。携帯の最後の位置情報発信はキャピトル・ヒルで、その後に電源が切れた。

「誰か、ホノリア・サリスを聴取したのか？」とエリオットはヤマグチに聞いたのだった。

「彼女はまだキャピトル・ヒルに住んでるだろう」

ヤマグチは忍耐強く、コーリアンの前妻のサリスは事情聴取されており、タッカー失踪について完全に疑いは晴れたと説明した。

「駐車場周辺の店については？　監視カメラ映像を探せるだろう？」

『ええ、今、駐車場のカメラ以外からの監視映像がないか探してます』

「パインか誰か、バローの写真をフォスターに見せてくれたか？　彼女の知ってる顔だったのか？」

『ええ。パイン刑事がバローの写真をフォスターに見せました。最初、彼女は知らない相手だと言った。その後、もしかしたらこの男がコーリアンのところで働いていた男かもしれないと言い出した』

ヤマグチの声の抑揚のなさに、彼女の意見がはっきりとにじんでいた。

証人としてのフォスターのたよりなさはエリオットの危惧のとおりだった。だがエリオットはさらに追及する。ほかに何の手がかりがある？　彼らに、エリオットに――。

「彼女はあの失踪したハイカーの顔を知っているかもしれない。俺がウォール署長とダノンに話した――」

そこでヤマグチがさえぎった。

『ええ、ミルズ教授。ダノン保安官補から、トッド・ライス失踪についてのあなたの意見はうかがってます。ウォール署長がフォスターと話した。彼の写真も見せた。彼女の知らない顔でした。ただ、飼い犬のことは見たことがあると』

ウォール署長がそこまでしてくれたことにエリオットは少し驚いたが、思えばウォールは、キャリアのどこを切り取っても有能かつ誠実としか言えない人物だ。

沈黙したエリオットへヤマグチがかけた言葉には、本心からのいたわりがあった。

『もしほかにも何か違う視点が浮かんだら、私に知らせて下さい、ミルズ教授。必ずきっちり調べますから』

問題なのは――タッカーからも幾度も指摘されたことだが――コントロールフリークであるエリオットには、自分ほど綿密な捜査ができるとは他人を簡単に信頼できない点だ。だが、ここは微妙なラインだ。今のエリオットはただの一般人よりは多くの情報を手にできる立場にあるが、あまりに強引に出たり捜査に手出ししようとしてると見られたら、たちまち締め出されかねない。

だからエリオットは、コーリアンの養い親、ヘイスバート夫妻の追及に専念してきた。ほかの誰も夫妻のことを気にしていないようだったし、今でも持論は変わらない、もしコーリアンに義兄弟がいたのなら……ならどうだというのかは、まあはっきりしないが。とにかく答えがほしい。

だがヘイスバート家は何も話さない。それどころか、ミセス・ヘイスバートはもう一生口をつぐむつもりでいるようだった。

そこでエリオットは別の方向から取り組んだ。公式記録から。福祉保健局の児童管理部に電話をかけたし、北西部養子縁組協会にも、ワシントン州の里親協会にも、養子斡旋州間協定にも連絡を入れた。

水曜と木曜を費やして大勢の人間と話をした――そしてくり返し、ＦＢＩの威光なしで役所や組織から情報を引き出すのがどれほど難しいことか、思い知らされつづけていた。

ローランドのところへディナーに出かける前にシャワーを浴びていた時、エリオットの携帯が鳴った。

ディナーをキャンセルしようとはしたのだ。ノブとの同席も気が重かったが、それだけでなく、タッカーの失踪と関係ない物事に意識をうまく向けられない。その上、一度に一時間かそこらしか眠れずに、エリオットは心身ともに疲れ果てていた。

だがローランドはかなりしつこかったし、エリオットとしてもやっと取り戻した父との調和を失いたくない。加えて、この一、二週間の授業計画をローランドに渡さなければ——父はどうせ使わないだろうが。エリオットが復帰する頃、学生たちが怒れる革命家集団に変貌していないことを祈ろう。

教職に復帰するのだろうか？　今は想像もできない。また普通の暮らしに戻ることができるなんて、とても……。

エリオットはシャワーを止め、シャワーブースのドアを開けてシンク上の携帯を石鹸まみれの手でつかんだ。パイン刑事からのテキストで〈メールをチェックしろ〉とあった。

腰にタオルを巻き、エリオットはノートパソコンに向かった。心臓が、新たに押し寄せた不安で胸の中を跳ね回っているが、パインが悪いニュースをメールでよこすような真似はしないのはわかっていた。なんだろうと、最悪の知らせではない。

キーボードに雫を落とさないよう気をつけて待つ。受信したメールには謎めいた〈Ｒｅ：追加のデータ〉というタイトルがついていた。

何のデータの追加だ？　エリオットはメールをクリックした。本文には〈俺はこれを送ってないぞ〉とある。

了解。読んだらこの手紙は燃やせ、か。パインはスパイ映画の見すぎだ。

動画が添付されていた。エリオットはその動画ファイルをダウンロードし、開いた。

再生が始まる。

どうやら、映っているのはタッカーがいつも車を置いている駐車場のようだった。近くの建物からの監視カメラの映像の端には、タッカーらしいぼやけた人影が映っていて、近くのキッチンカーからコーヒーを買うと数口飲み、駐車場端のゴミ箱に紙コップか紙ナプキンを放りこんで、自分の車へ戻っていった。数瞬後、タッカーのエクステラの横に黒いバンが停まった。

そのバンにさえぎられて、次に何が起きたのかはまるで見えない——ただ、その車が走り去るとタッカーの姿は消えており、彼のエクステラは同じところに停まったままだった。

それだけだ。四分にも満たない、最悪の惨事。

エリオットは動画をまた再生した。もう一度。さらにもう一度。またくり返す。幾度も幾度も。その監視カメラ映像を百回は見たかもしれない。再生するごとに、タッカーのぼやけた姿が遠く、さらに遠くなっていくようだった。

21

「しんどいな。そいつはしんどい」

トッド・ライスの失踪についてわかっていることをエリオットから聞き終わると、ローランドが重々しく言った。

「もし辺りを見回るのに一緒に行ったほうがよければ、俺たちにも声をかけてくれ」

ローランドはマッシュルーム、人参、赤ピーマンを刻んでいるところで、オスカー・ノブの塗り直されて片付いたキッチンで、ベジタリアン版シェパード・パイを作っている最中だった。ノブはテーブルの端に座ってクロンバッハのノンアルコールビールを飲みながら、じっと押し黙ってエリオットとローランドの会話を聞いていた。

エリオットは、シェバがノブに慣れておいた方がいいんじゃないかという漠然とした思いつきから犬をつれてきたのだが――シェバに新居が必要だったりノブにローランド以外の友達が必要な場合のために――シェバはノブになつかなかった。今はテーブルの下にもぐりこみ、エリオットの足にずっしりともたれかかっている。エリオットは上の空で犬の頭を撫でた。耳の後ろの小さなくぼみをくすぐられるのが大好きなのだ。

「また行く気になったら知らせるよ」とエリオットはあくびをしながら答えた。「自然保護官から保安官事務所まで、ほとんど総出でライスを探してるし、俺が行ってもできることはあまりなさそうだ」

だが、トッド・ライスに何が起きたかつき止めようとすることで、タッカーへの心配でおかしくなりそうな気をまぎらわすことができていた。

ローランドは古めかしいミキサーに野菜を放りこむと、粉々にして、思案顔で聞いた。

「アンドリューは――コーリアンは、まだ昏睡状態か？」

「ああ」

「彼の捜査は終了か？」

エリオットはグラスに口をつけた。ノンアルコールビールは小麦と青リンゴのいい香りがした。

「捜査というか、もともと裁判までに細部を詰める程度のものだったんだ。こうなると、裁判そのものが無期延期だ」

「ほかの共犯者はまだ野放しなんだろ？」とローランドが聞く。

エリオットはゆっくりと答えた。

「そのように見える」

「お前はそうは思ってないのか？」

エリオットは首を振った。否定ではない。なにしろ正直なところ……わからないのだ。何もかもおかしなことばかりだ。

会話中にパインが放った「バローがコーリアンの共犯者だってのか？」という口ぶりを思い出す。エリオットと同じぐらい怪しんでいる声だった。どうしてだ？　どんな相手を予想していた？　もっと誰か——コーリアンのように、堂々として威圧的な人間？

コーリアンほど強烈な人格の持ち主だったなら、殺人ごっこの間もおとなしくこき使われたままではいられなかっただろう。

エリオットが調べ上げた限りでは、バローには野望も人生の目的もなく、コーリアンに簡単に感化されてしまいそうな流されやすいタイプの人間だった。

ただ……。

バローは、手先として使うにもあまりにも貧弱すぎるのだ。

エリオットが読みこんだ限りでは——またもやフェイスブックの恩恵だ——バローの興味はトールキン作品と、暗殺者ごっこで遊ぶコミュニティへの参加で占められていた。姉によれば虫も殺せない弟で、今回もただ警察の暴力の犠牲になっただけだという。

まあ姉がどう考えるのも自由だが、バローはエリオットへ銃を向け、発砲したのだ。

マコーレーの家には、あの時二人の銃撃犯がいた。そしてタッカーをさらうのには二人以上の人間が要る――タッカーの誘拐がほかの事件のとばっちりではなく、コーリアンの計画によるものだったとして。つまり共犯者は二人存在したことになる。

そう、ほかにもまだ野放しの犯人がいる。

「そいつはお前を尾《つ》けていたのかもな」とノブが、突然テーブルの端から言った。

エリオットとローランドは顔を見合わせ、それからノブを見た。

「俺を尾けてた？」エリオットはくり返した。「どうしてそう思うんだ」

「聞いてるとそういう感じがする」

随分と謎めいたことを言う。もっともオスカー・ノブが軍で特殊任務についていたことを思うと、ある意味普通か。

「どんなふうに？」とエリオットはたずねた。

ノブの色あせた緑の目に、珍しく生き生きとした光がともっていた。

「何故その男は家の外を嗅ぎまわっていた？　何故逃走した？　家の中の銃撃犯と連携して動いていたようには見えない。犯人と協力していなかったのなら、そもそも男は何故そこにいた？　そりゃ、お前を尾けていたからだ」

エリオットは背中がピリピリとざわつくのを感じた。

「なら、何故彼は逃げた？」と問い返す。「どうして銃を抜いた？」

　ノブはあっさりと答えた。

「お前を恐れていたからだ」

　エリオットはローランドを見やる。ローランドは肩をすくめた。

　エリオットは言った。

「随分な偶然に思えるな」

「いいや」ローランドが否定した。「彼がお前を尾けてたなら、偶然とは言えない。筋が通っている」

　通っているか？

「しかしどうして彼が俺を尾けるんだ？」エリオットは反論した。「知らない男だ。車をパンクさせられるまで見たこともない」

「そいつは、誰かに雇われていた」とノブが、まるで神託のような口調で告げた。

　エリオットは顔をさすった。日々の不眠のツケがそろそろ回ってきて、ほとんどぽかんとしていた。

「雇うって誰が？　何のために？」

　ローランドとノブがじっと彼を見つめ返していた。ローランドの表情は寒々しい。ノブは微笑んでいたが、どこか不吉な笑みだった。

「それが問題だな」と彼は言った。

エリオットはオスカー・ノブの家に泊まるつもりなどなかった。だがローランドが皿を片付ける頃には、ボリュームのある——ここ数日のほぼゼロに近い食事に比べれば——食事と睡眠不足にあえなく屈していた。

もっとも、そう仕向けられていたのか。

「ノンアルコールビールじゃないんだな、これ？」

エリオットは手のグラスをローランドのほうへ掲げた。琥珀色の中身にランプの光がきらめく。

「ああ」とローランドが答えた。

「俺の飲み物を、ビールとすり替えたのか」

「そうだ」

夜が更《ふ》けるうちに、ノブは姿を消し、シェバは眠りこんでいた。犬はテーブルの下で自分も一杯飲み過ぎたかのようにのどかにいびきをかいている。

エリオットは言った——完全に明瞭とは言えない口調に憤りをこめて。

「息子を酔っ払わせようとするなんて、普通の父親のすることじゃないだろ」

「お前は酔っ払っちゃいない。リラックスしてるだけだ。今のお前には必要な時間だよ。大体それを言うならな、普通の息子《ガキ》はFBIになんか入らないもんだぞ」

「ガキじゃない」エリオットはもそもそ言った。「FBIでもない」

「FBIのほうに言ってやれ」

ローランドが暗澹《あんたん》と応じた。

エリオットはリビングの、でこぼこしているが居心地は悪くないソファで毛布にぬくぬくとくるまってつぶれてしまった。毛布はマリファナの匂いがした。そして、認めるつもりはないが、じつによく眠れた。深々と、夢も見ずに。

目を覚ますと顔にシェバの息がかかっていて、ローランドが大学の客員教授の仕事に出かける支度をする静かな音が聞こえていた。

ローランドは悪びれもせずエリオットを迎えると、コーヒーと自家製のパンはどうかと聞いた。

エリオットはきまり悪く父の歓迎を受け、コーヒーだけもらった。

「まだ昨夜のシェパード・パイがあるぞ。お前と犬がまともな朝飯を食うなら」とローランドが告げた。

「この犬はベジタリアンじゃないよ、父さん」エリオットはさらにつけ足した。「俺もね」

「わかってるさ。だが俺がそれであきらめると思うのか」

エリオットは笑い出し、そんな自分に驚いた。

ローランドの目の奥にもごくかすかな笑みがあった。エリオットに言う。

「いいんだよ、それで。それでもお前を愛してるさ」

一晩のまともな睡眠、そしてあるいは、客観的視点を持つ二人の人間との対話のおかげで気持ちが持ち直し、金曜の朝にノブのオーガニック農場を出ると、エリオットはシアトルのキャピトル・ヒルへ向かった。

タッカーの携帯が発した最後の位置情報はキャピトル・ヒルの携帯電話基地局内からだ。キャピトル・ヒルの目抜き通りはブロードウエイで、そこはパイク／パインに近い。コーリアンが初期の犠牲者を物色していた、ゲイの集まる地域だ。

さらにキャピトル・ヒルには、コーリアンの前妻ホノリア・サリスが今もまだ住んでいる。それが偶然とはとても思えなかったが、誰もがそう言い張っている。

サリスの家は、シルバーグレーの羽目板とジョージアン様式の白い窓枠や建具で、カール・グールドが一九一二年に建てたものだ。このキャピトル・ヒルでも名高い家のひとつで、壮麗な庭と西側からのユニオン湖の眺望で知られている。

エリオットはゲートで塞がれた敷地の入り口で止められ、説明してやっと通されると、カーブした堂々たるドライブウェイと屋根付きの車寄せへたどりついた。ここでも執事か何かに止められる覚悟をしていたが、実際に扉を開けて出迎えたのは、邸宅の女主人だった。

ホノリア・サリスは、エリオットの予想とはまるで違っていた。勝手に、ぼってりした野暮ったい、コーリアンよりずっと年上の女を想像していたのだ。アンドリュー・コーリアンのような人を食い物にする男に、人生に失望した年増女が虜《とりこ》にされた筋書きがすっかり頭の中で出来上がっていた。

蓋を開けてみれば、ホノリア・サリスは四十代そこそこで——コーリアンより軽く十歳は若い——ぼってりもしてなければ野暮ったさとは程遠い、洒落て華やかな金髪女で、エリオットはハリウッド女優を連想した。化粧品を売って第二のキャリアを成功させているタイプの。

「それじゃあ、あなたがついに彼を捕まえた人なのね」

苦笑を浮かべて、サリスが手を差し出した。

エリオットはその手を自動的に握り返した。

サリスは彼を招き入れると、高々とした天井の廊下を抜け、大理石の円柱やウォルナットの床の向こうにある、富豪のサリス家が数世代にわたって集めた物や美術品であふれた書斎へ案内した。インドネシアやアフリカの儀式用の仮面にエリオットの目が留まる。インディアンの彫像、マオリ族のトーテムポール。おそらくはアメリカ以外の博物館に所蔵されるべき物品たち。

「アンドリューについての知らせがあるのでしょう」

ユニオン湖を臨む天井までの窓を前に、ベルベットのソファに落ちつき、サリスが切り出した。

「まず何か一杯お飲みになる?」

午前十一時なので、オレンジジュースのことかもしれない。エリオットは断った。

「結構です。残念ながら、あなたの夫の容態については特に新たな情報はありません」

「元夫よ」

サリスが微笑んだ。その歯は見事にそろい、鼻を横切ってごくかすかな金の雀斑《そばかす》があった。

「ではどうしてわざわざおいでになったの、ミルズ教授?」

エリオット自身、自分に問いかけてきた問いだ。ひとつにはこの家を——そして彼女を——じかに見たかった。誰もが、ホノリア・サリスはコーリアンの殺人計画にまったく関与していないと確信しきっているようなのだ。こうして家を見ると、木立に囲まれた半エーカー以上の敷地は、どんな犯罪だろうと隠しきるほどに広く、隔絶されているのがわかった。

問題は、この広さでは家を切り回すのに大勢のスタッフが必要だということで、それはいささか厄介な障害になる。

それにホノリア・サリスは、人に感化されやすかったり意志薄弱なタイプにも見えなかった。いいように使われる女ではない。もし彼女が加担していたなら、対等のパートナーとしてだろう。

しかし彼女が殺人に加担している姿もどうにも想像できなかった。

そうではあるが、彼女は一目でエリオットが何者か見抜いたのだ。そしてエリオットがもうFBI捜査官ではないこと、彫刻家《スカルプター》の捜査班には加わっている――いた――ことも知っていた。

「ミルズ教授」と呼んだのだから。

単に情報通なのか、それともサリスはコーリアンの事件に興味を持って詳細を知り尽くしているのか。

まあ興味があって当然か。後ろめたい理由などなくとも。

「あなたはご存知ですね、捜査班の主任捜査官が――」

「あなたのパートナー、タッカー・ランス特別捜査官ね」彼女がなめらかに口をはさんだ。「ええ、聞いてるわ。お気の毒に。お悔やみ申し上げます」

エリオットの心臓が凍りついた。彼女の涼しげな青い目を凝視する。

サリスが言った。

「すでにあなたの同僚に話はしたけれど、好きなだけご質問をどうぞ。何も隠すことはないから」

彼女の哀悼の言葉が、エリオットを不意打ちしていた。心臓に叩きこまれた衝撃から立ち直るのに少しかかった。

エリオットはたずねる。

「二〇〇八年に離婚してからもなお、あなたはコーリアンと交流を続けていますね？」

「ええ。それが不思議なんでしょう？」

「有《あ》り体《てい》に言って、そうです」

サリスが小さく、苛立ちの息を吐いた。

「あなたが納得するようなお答えを返せるかどうかわからない。彼のしたことを弁護する気はないわ。ただアンドリューを、世間の一般的な尺度で測ることはできない。芸術家というのは私やあなたと違う人間なの。芸術的な気性というものは――」

「ほとんどの芸術家はコーリアンのようなことはしない」

彼女が冷笑した。

「ほとんどの芸術家は、天才ではないから。何についても言えることね。ほとんどの芸術家は、そこそこの存在よ。身を立てることはできているけれど、それ以上のものではない。ほとんどの人間は、そこそこなのよ。仕事でも、趣味でも、遊びでもね。恋ですらそう。あなたの知る中でひとつでも何かに卓越した人間なんてどれほどいるかしら？　あるいは、すべてに秀でた人間が？」

「つまりコーリアンは天才であって、天才は大目に見られるべきだと？」

抑えようとはしたが、自分の声が鋭くなっているのはわかっていた。

それを聞きとり、サリスは申し訳なさそうに微笑んだ。

「そうね、社会が殺人をどのくらい大目に見てくれるものか私にはわからないわ。あなたが、彼を止めなければと思った理由はわかります。でも結局のところ、残るのはアンドリューの芸術だけなのよ。彼は卓越した、まさに天与の才を持つ芸術家として記憶される。百年後には、彼が殺人を犯したことすら、美術書の中の興味をそそる添え書きになるだけ。カラヴァッジオのようにね」

これにはエリオットも、心底、何の返答も思いつかなかった。

「あのような天才であることには代償が伴うものなの。その代償の一部は天才が自ら背負い、一部は社会が背負う」

サリスがそう微笑んで立ち上がった。

「さて、そろそろ失礼しないと、昼食の約束に遅れてしまうわね」

22

「彼女にはアリバイがある」とパインが言った。

「ああ、でもそのアリバイはもう一度チェックしたほうがいいかもしれない」

エリオットはそう返事をして、パインの本棚にコーヒーカップを置いた。

ステイラクームのフェリー乗り場へ向かう途中、タコマ署に寄ったのだ。パインには——エリオットを見てうれしそうな顔はしなかった——すぐ帰ると、シェバを車で待たせているからと断ってあった。パインはそれを聞いてほっとしたようだったが、エリオットの言いたいことを聞いた今はもうほっとした様子はなかった。

「ミルズ……」そこでパインは言葉をこらえた。見るからに自制しながら、「あんたは捜査員だと人に勘違いさせて、勝手に事情聴取して回るわけにはいかないぞ」

「そんなことはまったくしていない」エリオットは、パインの分別くさい口調に倣おうとした。「彼女は俺が何者か知っていて、向こうが俺と話したがったんだ。あそこには何かある、もっと調べたほうがいい」

パインは目をとじた。その姿がエリオットにふとモンゴメリー支局長を思い出させる。もっともパインは深呼吸まではしなかった。

エリオットは言った。

「俺の客観性や判断が、私情で曇っていると見ているのはわかっている。俺が言いたいのは、彼女はどこか妙だということだ」

パインが目を開けた。

「妙に決まってる」と言う。「あの女はまだあのサイコパスを愛してるんだぞ、あの野郎がサイコパスだとわかってもな。だが彼女のアリバイはガチガチに固いんだ。ランスが誘拐された時は十二人と一緒にヨットでお出かけだ。自宅の捜索にも向こうから同意した。ランスはあそこにはいない」

エリオットは黙っていた。

「すまんな」パインが言う。「気持ちはわかるが……」と溜息をついた。「いや、わからないな。だが俺たちもできることはすべてやっている。ていうかな、厳密に言えばできないことまでやってる。やっちゃいけないことまで」と意味ありげに付け足した。

エリオットは、パインから送られた監視カメラ映像のことを思い返す。うなずいた。それでもこらえきれずに言っていた。

「今日で一週間だ」

「わかってる」

パインの目には沈痛な理解の色があった。話題を変える。

「あのな、あんたにいいニュースもあるんだ。マーケッシが、あんたの発砲の監査を終えて、起訴しないことに決めたぞ」

エリオットはうなずいた。

「もう少しほっとした顔をしてもいいだろうよ」とパインに言われる。

「ほっとしてるさ」

「そうかい。ま、もう今年は誰も撃つなよ、いいな？　一般市民なんだからそれくらいでやめとけ」

それからパインはマコーレー殺害に話を戻した。

「あんたの情報で、あのパーティーの客のリストを、不完全かもしれないが、とにかくまとめてな——」

客への事情聴取は現在進行中。ケータリングスタッフとバーテンダーはすでに聴取が済んで問題なし。

パインの報告を、エリオットは意識の半分だけで聞きながら、じっくり考えこんでいた。父とノブとの会話を思い出して、たずねる。

「あの娘については？」

「どの娘だ？」

「黒髪の、金曜のパーティーで俺とすれ違いに出ていった娘だ。話しただろ。慌てているようだった」

「言ってたけどな、特に重要な娘だってふうには聞いてないぞ」パインは手早く手帳をめくった。「未確定だが、ジョーダン・ペリギーだと見ている。ＰＳＵの学生で美術専攻の」

「ということはまだ聴取はしてないのか」

「ああ、まだだ」

「至急で彼女から話を聞くべきだと思う」

パインが目を細め、口を開けたが、思い直してとじた。

「オーケイ、教授。ジョーダン・ペリギーを最優先に上げておく」

「ありがとう」エリオットは礼を言った。「それに、すまない。俺が……君の……友情にたよって、無理を言っているのはわかっている」

パインがニヤッと、苦い笑みを浮かべた。

「ありがたいことに、あんたとは元から友人なんかじゃないからな、今さら幻滅もしないさ。マコーレーから情報源に関するヒントは、ほかに何も聞いてないのはたしかか？」

エリオットは首を振った。「君のほうが俺よりまだ答えに近いと思う」

この謎についてもすでに議論は尽くした。すべての問題に議論を尽くした。

パインの話では、あの駐車場の監視映像はＦＢＩに送られたが、拡大処理を行ってもあの車のナンバープレートを読み取ることはできなかった。

できることはすべてやった。

それでも足りない。

帰ろうとエリオットが立ち上がると、パインが言った。

「マコーレーとの最後の電話で、あいつは、あんたがもう共犯者に目星をつけてるはずだと思ってたよな？」

「ああ、そうだ」

「てことは、誰かすぐわかる相手ってことか?」

「マコーレーにとっては。彼の推測が当たっていたとは限らない」

「そうなんだよな」砕けた調子でパインが続ける。「地獄みてぇな図じゃねえか。捜査班のうち三人があんなパーティーに出てて、数日後にマコーレーが死んだんだ。嗅ぎつけたら新聞が何て書くか楽しみだね。マコーレーがあんたとのランチに、共犯者だと踏んだ相手を招いてた可能性はあると思うか?」

エリオットは鋭いパインの目を見つめた。

「マコーレーは二人きりのひそかなランチ気分だった、と俺は思っているが、はっきりしたことはわからない。あの男は大物狩りが趣味だった。追跡のスリルに取り憑かれてた。だから、俺とのランチに謎の共犯者を招くのがおもしろそうだと彼は考えたか? それは充分ありえる」

「好きになれねえ男だったな。あいつのラジオが大嫌いだったよ」

エリオットは肩をすくめた。彼もマコーレーのことは好きではなかったが、その死にはどうしても一抹の責任を感じる。

「で、どうだ?」といきなりパインが聞いた。

「何が、どうだ?」

「わかってんだろ。コーリアンの共犯者、ダノンかウォールかもしれないとは思うか？」

誰かその可能性に思い至るだろうか、とエリオットは疑問を抱いてきたのだった。嫌な可能性ではあるし、否定できるものならしたいが、警察官が連続殺人犯《シリアルキラー》になった例はこれまでもある。

それに、警察官の関与があったなら、コーリアンがこれほど長く捜査の手を逃れて殺人を続けられた理由の説明にもなる。

「二人について何を知ってる？」

エリオットはそう聞き返した。すでにエリオットはかなり詳しく調べ上げていたが、法執行機関所属の仲間の捜査員を告発できるほどの材料はひとつもない。

「そんなには」とパインが、エリオットの考えを読んだように言った。「それに俺たちが同じ警察の同志を調べてるってバレたら、どうなるかあんたにもわかってんだろ」

俺たち。パインは自身の身を危険にさらしている。間違いなく。

「わかってる」エリオットはうなずいた。「本格的に調べるのは俺のほうがいいだろう。俺ならもうどの捜査機関に属しているわけでもないし、誰に毛嫌いされようとかまわない」

「あんたがそう言うならな。念のためだが、ランスみたいな男を制圧するのは簡単なことじゃない。ただし――」

「ただし、知り合いなら別だ。彼が信用し、味方と見なしている誰か。ああ、その点は考えた」

「そうだろうと思ったよ」とパインが呟いた。

パインにはああ見栄を切ったが、午後に家へ帰り着いたエリオットは、ウォール署長やダノンについての追加捜査にはすぐ取り掛からなかった。シェバをつれて、とても長い散歩に出ると、帰ってきてからはタッカーが作ったデッキに座り、秋の森と青い海をただ見つめていた。

何かが起こっていた。エリオットの中から戦意の一部がこぼれ落ちていた——ホノリア・サリスがあの涼しい笑みと声でお悔やみを口にした、あの瞬間から。

彼女に言われたことなど、とうにわかっていたことだけだ。タッカーがさらわれた瞬間からカウントダウンは始まっていた。むしろそんな時計自体、希望的な思いこみだったのかもしれない。タッカーが消えた瞬間、残り時間はゼロになった可能性が高いのに。

彼を生かしておくどんなメリットがある？　生かしておけばリスクも高いし手間もかかる上に、どんな利がある？

身代金の要求もないのだ。ほかの何の要求もない。

もしかしたら、タッカーの失踪が彫刻家《スカルプター》事件につながっているとエリオットが信じたいのは、そうなら自分にもできることがあると思いこめるからなのかもしれない。コーリアンがどんなゲームをしているのか、つきとめられさえすれば……。

くり返し読み返したコーリアンの最後の手紙は、今では一言一句、エリオットの脳裏に刻まれている。

当初の計画がどんなものだったにせよ、その予定はきっともう狂っている。それがタッカーの有利に働くかもしれない。

だがコーリアンのあの手紙だって、謎の、もしかしたら存在しない共犯者の引き渡しをほのめかしているだけだと読むほうが正確ではないだろうか？　死刑の免除と引き換えに共犯者を差し出すつもりだったとか。

可能性を言うなら、タッカーの運命は彫刻家《スカルプター》とは無関係で、ほかの捜査で追い詰められた人間の仕業ということだってまだありえる。あるいは、マコーレーだってその政治的主張で反感を買って殺されたのかもしれない。あの洒落にならない誘惑がこじれた挙句とか。

この一週間で起きたすべての出来事が、ほかのシナリオでもそれぞれ二通り以上には説明がつくのだ。

エリオットとトーリン・バローの撃ち合い以外は。多分。

あの件はまだ引っかかっていた。バローがエリオットを尾行していなかったと考えてみよう。その場合、マコーレーが一大暴露をしようという丁度その場にどうやって現れた？　エルフの超感覚？

シェバがやってきてエリオットの膝に顎をのせ、じっと彼を見上げた。エリオットはその頭を撫でてやり、指でなめらかな毛を梳き、ピンと立つ耳をなでつけた。

「いい話は聞けそうにないよ」と呟いた。

タッカーのことを言っているのか、トッドについてなのか、自分でもわからない。どっちだろうと、いい知らせが聞ける気はしなかった。


電話をかけるには遅い時間だったが、それは有利に働くかもしれない。

こんな夜中にかけてくるのは家族だけだ。家族か、凶報を知らせる使者か。エレン・ヘイスバートにとってエリオットはまさに凶報なのだろう。

電話が二回鳴って、それから受話器が上がった。警戒が満ちる沈黙へ、エリオットは話し出した。

「ミセス・ヘイスバート、切らないで下さい。俺は記者ではない。いくつか質問をしたいだけです。二つ、質問をさせて下さい」

電話の向こう側から彼女の息が聞こえたが、まだガチャンと切られずにすんでいるし、それだけで充分だ。コーリアンの養母にかけたこれが十七本目の、やっと会話と言っていいものに近づけた電話。

「二つだけ」エリオットは張りつめた、息づかいの響く沈黙へ早口にたたみかけた。「それだけです。あなた方がどんな目に遭ってきたかは知っている。何を失ったか。それ以上つらい目に遭わせたいわけじゃない。信じて下さい」

それは本心だった。金曜日の残りを、エリオットはヘイスバート家についてのあらゆる記事を探して読むことに費やし、今では、彫刻家《スカルプター》が彼らの養子だとわかるやマスコミが容赦なく夫婦に群がったことを知っていた。

エリオット自身、同じ体験をした。ただしマスコミからは〝ヒーロー〟扱いで、ヘイスバート夫妻はシリアルキラーの親であったから、そこは大きく違う。それに、FBIとローランドがエリオットの盾になってくれた。ヘイスバート夫妻にはお互いしかおらず——そして夫は心臓発作を起こして死んだ。

妻はそのことでマスコミを非難し、エリオットには——数本のニュース映像を見て——彼女が的外れだとは言い切れなかった。ヘイスバート夫妻にはどこかしら、その不格好な服装や分厚いレンズの眼鏡、奇妙でおどおどした所作など、人の——世間の——最悪の反応を呼び覚ましてしまうところがあった。夫妻は奇人や変人に見え、そしてひどく脆そうなところもあって……それが、二十年もお互い平和にすごしてきた隣人たちの中にすら、残酷な衝動をかきたてた。

『どうして私につきまとうの？』

彼女の声は震えていた。年老いた、かぼそい声だった。彼女自身も老いて、脆い。

『どうして放っておいてくれないの？　話なんかなにもない。何も知らないもの。アンドリューには三十年も会ってない。なのにどうしていつもいつもいつも電話をかけてくるの？』

「すみません。本当に――」

『記事が書きたいだけでしょ。人の気持ちなんてどうでもいい。真実がどうかもどうでもいい』

「俺は記者ではないんです。誓って違う。俺は真実が知りたい。あなたの助けが必要なんです。助けて下さい」

またも長々と、震える沈黙が落ちた。エリオットは受話器を握りしめて祈った。

たのむからこれだけは。これだけでいいから。手がかりをくれ。ひとつでいいから――。

あるいはエリオットの必死さを聞き取っていたのか、ミセス・ヘイスバートが揺れる声で言った。

『ほんとに誓う？』

これにはエリオットも虚を突かれた。高い、子供っぽいほどの声。今になっても、そんなに怯えて傷ついていてさえも、彼女は人を信じたいのだ。エリオットの言葉は真実だったが、嘘であってもおかしくないのに。

「誓います」

彼女が哀れっぽく言った。

『誰もが私たちを責めるけれど、私たちのせいじゃないの。同じように育ててきただけ。彼が、違ってた。最初から、違ってた』

彼が誰なのかは、言わなくてもわかる。

「どう違ってたんです？」エリオットは反射的に聞き返した。彼女に話を主導させなければ。どこに話が向かおうと。

『彼は、自分は特別だと思ってた。まるで王子のようだった』

その手の発言がヘイスバート夫妻への非難を呼んだのだった。世間はそれを、夫妻がアンドリュー・コーリアンを王子として扱っていたと受け取った。だがコーリアンを知るエリオットにはその真意がわかる。威風堂々とした態度。まるで生まれついての特権であるかのような横柄かつ傲慢な。

どんな表現を使おうとも、コーリアンにはいつも自分を特別視しているところがあった。自分の運命を。

エリオットは慎重にたずねた。

「あなたの言った『同じように育ててきた』というのは、ほかにも養子がいたということですか？」

それは何より大事な質問。今週、エリオットが思いつく限りありとあらゆる児童福祉組織からどうにか聞き出そうとしてきた情報。ヘイスバート夫妻には何人の養子がいましたか――。

息をつめ、返事を待った。

一瞬のためらいの後、彼女が言った。

『私たちの間には実の息子がいたわ。クレイル。あの子は死んだの……私たち、どちらも分け隔《へだ》てなく育ててきた』

激しい落胆だった。ここに突破口があるはずだと、エリオットは確信していたのだ。だが駄目だった。ここも行き止まりだ。

その時エリオットは、彼女が答える寸前のためらいに気付いた。その口調が変化していたことにも。

何かを、守ろうとして。

息子のクレイルを守ろうとしてではない、もう死んで、傷つく心配のない子供だ。

エリオットは言った。

「でもあなたたちには、ほかにも養子がいたんですね」

電話が切れた。

23

二階へ上って寝室へ向かう頃には、すっかり遅くなっていた。

ライトを点《つ》け、一瞬、寝室を見つめる。

フランツ・シェンスキーの海景のカーボンプリント、のびやかな黄金の葉の模様がついたボトルランプ、茶とクリームの縞のカバーがかかった新しいベッド。どうして何もかもこう……いつもどおりに見えるのだろう。

タッカーのスリッパが、ベッドの下から半分はみ出していた。ドア裏には彼のバスローブがかかっている。予備のサングラスがドレッサーの上に置いてある。半分まで読んだデストロイヤーシリーズの十一巻『キル・オア・キュア』がタッカーの側のベッドサイドテーブルにのっていた。

エリオットはクローゼットを開けると、立ち尽くし、きっちり並んだタッカーの皺ひとつないスーツの列を見つめて、うっすら残るアフターシェーブローションの香りに衝撃を受けていた。

タッカーお気に入りのネイビーのジャケットの肩に手を乗せる。奇妙な一瞬、やわらかなウール地の下にある木のハンガーのカーブが、まるで人の体にふれているかのようだった。

「こんな思いをさせないでくれ」と囁いた。

やっとベッドに入って明かりを消すと、エリオットはただカーテンの隙間から外を、鋭い銀の月が空から消えていくまで見つめていた。


階下で犬が吠えていた。

エリオットははっと目を開ける。体を返し、ベッドサイドテーブルから予備のグロックをつかんで、ベッドから転げ出した。

シェバはまだ、深い、威嚇するような大きな吠え声を立てていた。その声に、裸足で降りていくエリオットの首筋の毛が逆立つ。

ライトは消したままにしたが、玄関の前でかまえて毛を逆立てているシェバの青い影は見えた。憤怒と恐怖を放っている。

一体何だ？

これは、無鉄砲なアライグマとか命知らずの野良猫に対する反応ではない。本物の、差し迫った危機のしるしだ。

エリオットは窓の端に寄り、身を隠したまま玄関ポーチをうかがおうとした。

ドアの前ははっきりとは見えないが、ポーチのほとんどは見えているし、無人だった。横の影に誰かが身をひそめていない限り。

シェバが咆哮をやめてエリオットに駆け寄り、尾を必死に振ってクンクンと訴え、ほとんど苦しそうに呻いた。エリオットは犬を撫でながら、まだ耳を澄ましていた。

「いい子だ」と囁く。

窓から離れ、正面ドアの前に行くのを避けて――わかりやすい床板のきしみからドアごしに撃たれたくはない――キッチンへ向かうと、裏口の鍵を開けて静かに開き、湿っぽい秋の夜へ歩み出た。シェバが出てこないようドアを閉める。

それは失敗だった。シェバがドアをガリガリと引っかいて吠え立てはじめたのだ。

エリオットは家の角を回りこみながら、銃を低くかまえ、石や小枝を踏むたびにひるんだ。裸足で外にとび出したのは愚かだったが、もう動き出してしまっている。

家の横に沿って歩いていくとポーチの端までたどりつき、角から顔を出してチラッとのぞいた。

ポーチは無人だった。完全に。誰も影に隠れたりしていない。

シェバが、まだ吠え回りながら、今度は正面ドアを引っかいていた。

エリオットは物陰に身を隠したまま、無人の引き込み道とその向こうの森を見つめた。

動くものはない。

目をとじ、集中したが、犬が騒ぎ立てる音のせいで何も聞こえなかった。

小雨が降っていた。ほとんど霧雨に近いが、地面は濡れているし空気がヒリリと冷たい。裸の肩と背中に鳥肌が立った。パジャマのズボンがひどく薄っぺらく、たよりない。

シェバ、静かにしてくれ――。

シェバはまだ引っかいて吠えつづけていて、聞こえるかもしれない音までかき消している。

エリオットは向きを変えると家を逆回りにたどった。こわごわした足取りで、足の裏に何か刺さるたびにビクッとしながら。

少なくとも、シェバの立てる音はエリオットの動く音もごまかしてくれている。

誰かがいる気配はまったくなかった。

窓やドアをこじ開けようとしたような痕もない。

数分経った頃には、馬鹿らしい気がしてきた。それにとても寒い。

誰かいたとしてもとっくにいなくなっているし、侵入未遂を疑う根拠はシェバの様子だけだ。そもそも、シェバがどのくらい神経質な犬なのかエリオットはよく知らないのだ。この時点まではシェバは、あんな目にあったことを思えば感心するくらい落ちついていたが、この家も周りの森も彼女にとってはなじみのないものなのだから。

裏のステップまで戻り、裏口から入った。シェバが後足で立ち上がって彼を出迎え、前足でバタバタと引っかいてきた。

「わかった、わかったよ。外には誰もいない。大丈夫だよ」

シェバは横をすり抜けてドアのところまで行くと、じっと耳を澄まし、それから戻ってきてエリオットの周りをぐるぐる回ったので、キッチンへ向かうエリオットは蹴つまずきそうになった。

「シェバ、やめろって」

拳銃をカウンターに置くと、グラスに水道の水を注ぎ、エリオットはシェバを眺めた。まだ落ちつきがない。見るからに。

自分も犬も、今から眠れる気はしなかった。土曜なのでフェリーの始発は六時十五分。電子レンジの時計によればもうじき五時だ。

この間、同じ時刻に目を覚ました朝のことを覚えている。タッカーの腕の力強さを、唇のやわらかさを。あの朝タッカーと一緒にデッキで飲んだコーヒーのことを思った——そしてタッカーが、非捜査官としてFBIに誘われるかもしれないという爆弾を落としたことを。

もう、どれも意味がない。痛みをこらえて数回深い息を吸った。タッカーの思い出が、いつかみぞおちへの一撃のように感じなくなる日が来るのだろうか？

(彼が死んでるわけがない。死ねば、絶対にわかる)

エリオットの人生で最長の、一番つらい一週間だった。自分が撃たれて、もう仕事の最前線には戻れないと宣告されたあの日々も含めて。タッカーを失うより、毎日膝を撃たれたほうがずっとマシだ。

もしタッカーを救えなければ、エリオットは人生をかけてタッカーを奪った犯人をつかまえ、必ず報いを受けさせてやる。

だがそれでさえ……自分へのそんな誓い——嘘——は、真実から目を背けているにすぎない。あらゆる殺人者が逮捕され裁かれているわけではないと、エリオットは誰よりよく知っているのだ。彼の母を轢き逃げした犯人は捕まっていない。そしてエリオットは未解決のトンプソン事件をかつて担当し、結局はそのままタッカーへ引き継ぐしかなかった。

今や、トンプソン事件はまた別の捜査官に引き継がれるのだろう。

時に殺人犯は逃げおおせる。残酷な事実。

シンクの上の時計が刻むカチカチという音に、エリオットは耳を傾けた。そう、立ちはだかる者がいなくては、奴らは逃げおおせる。

エリオットは拳銃を手にした。

「おいで」と犬に声をかける。「ここに座って、いつまでも見つめ合ってはいられない」

ニッサン車はタイヤの下の砂利をきしませ、コーリアンの家の前に停まった。前庭の〝売家〟の立て札に一羽のカラスが止まった姿は、気の早いハロウィンの飾り付けのようだった。

エリオットが車を降りて助手席のドアを開けると、カラスはつやつやした羽を広げて飛び去っていった。

「おいで」

呼ぶとシェバが車からとび下り、ふさふさした尾を振りながら砂利を嗅ぎはじめた。

「トッドはどこだ？　トッドを探せ」

理解しようとするように小首をかしげてから、シェバがはじかれたように森めがけて走り出した。

エリオットも早足で追いながら、詮索好きの隣人が見ていないか目を配り、銃声がしないか耳を澄ませた。鹿狩りのシーズンなのだ。

黄色い葉がゆったりと舞い落ちる。コーリアンの庭を横切って、森へ入った。

前の方で犬が茂みをガサガサと折っていく音が聞こえたが、シェバの姿は見えなかった。引き綱は持ってきたものの、彼女を誘導したり気を散らしたりしたくはない。ボーダーコリーは特に利口な犬だと言われているし、死体捜索犬が見つけられなかったものでも見つけられるかもしれない。どっちにせよシェバは、エリオットにとってほぼ一番の重要参考人と言っていい存在だ。

シェバはしきりに駆け戻ってきては、まるでエリオットがついてきてるか確かめるようにして、また先へ走っていった。

古い連絡道路をふさぐゲートまで来ていた。シェバは横向きになってゲートの下にもぐり、くぐり抜ける。エリオットは上を乗り越えて、とび下りた。ふたりは青々としたシダが鬱蒼と茂る細い道なりに歩き出した。

密だが、高すぎるほどの茂みではない。

その道は、もう一年かそのくらいは使われていない様子だったが、その前には行き来があったのかもしれない。今のところ、エリオットの頭の隅で育っているひどくあやふやな仮説に反するものは何も出てこない。

ハイカーにとっては天国のような道だった。古い道を歩いているのに世界は真新しく、自然そのものにつつまれていくようだ。頭上を覆う古木の樹冠から射しこむ光の筋が葉を金に染め、葉の先端が輝いて見えた。金緑色の影の奥から、流れる水の音が聞こえてくる。岩に囁きかける流れの音。

とても静かだった。エリオットと犬のほかに、聞こえる音は鳥のさえずりとせせらぎだけだ。また引き返してきたシェバがエリオットの周囲で跳ねまわり、これが遊びなのか仕事なのか決めかねているようだった。

「トッドはどこだ？　シェバ、トッドを探せ」

エリオットがうながすと、シェバは言われたとおりまたすっ飛んでいった。

まだコーリアンの敷地内なのか？　よくわからない。家からはもう五キロ近く、森深くまで来ていた。多分遺体捜索犬チームはこのあたりであきらめたのだろう。

その判断が間違っていると言える根拠は今のところ見当たらない。コーリアンがこの道を使って死体を運び、さらに森の奥へ向かった可能性は皆無とは言えない。だがどこまで？　どうしてわざわざ？　死体やそのパーツを捨てるのにもっと適した――間違いなく楽な――場所がいくらでもほかにあるのに。

前方で、シェバがクンクンと鳴いた。

エリオットの胸に希望がこみ上げる。

いや、希望なんて言葉では表せないような――。

犬の声を追って茂みをかき分け、たどりついてみると、小さな空き地があり、朽ちて積もった松葉の中からシェバが何かを掘り出そうとしていた。

何か、固い物体を引っ掻いている。犬の爪が金属を擦るかぼそい音に、エリオットの背すじがぞっと冷えた。

シェバのところへ行き、枯れ枝をどかして、古い警告板をまじまじと見下ろした。

〈危険。侵入不可。関係者以外立ち入り禁止〉

その薄れた赤と白の板が、どっしりした金属に固定されているのに気がついて、エリオットの心がさらにざわついた。重く、丸い……何か。

一体これは何だ？　まるで、土に埋めたマンホールのように見えるが。

膝をついて、よく見た。たしかに、土の中に埋まっている。地表に置かれているだけでも、どこかから――どこから？――森の中に落ちてきたものでもない。どうやら、土の中に作られた何かの構造物の上に設置されているようだ。

「シェバ、待て。駄目だ」

ずっしり重い鉄蓋の周りを引っかいているシェバを、エリオットは押し戻した。

「俺が見る」

シェバはクンクン鳴いてエリオットに寄ると、顔に鼻を擦りつけようとした。

「わかってる。大丈夫だよ」

大丈夫？　そうだろうか。

その構造物は間違いなく人工のものだ。こんな森のただ中に地下貯蔵庫なんか作る理由があるとは思えない。なら別の何かなのだろうか。何か、なんでもない、害のないもの。

たとえば……？

鉱業地帯ではあるが、採掘坑にしては細すぎるだろう。こんな人里離れたところに井戸を掘るとも思えない。井戸でなくとも。

防空壕でもない。

安全のために封鎖された洞穴の縦穴かもしれない。それならまだわかる。

そう、ハイカーたちへの潜在的危険の予防。単にそれだけのことかもしれない。

だがシェバはそれだけではないと確信しているように、またクンクン鳴きながらその円盤を引っかいていた。

そして犬を見ながら、エリオットも彼女が正しいのかもしれないと心を決める。これはただの蓋やカバーではない。これは、入り口だ。

手袋を外すと円盤の縁をそっと手でなぞり、重い鉄蓋が下にどうはまっているのか調べにかかった。やっと、取っ手のようなものを見つけ出す。円盤を時計回りに回して、重い板を持ち上げ、外すことに成功した。

蓋を置き、中をのぞきこむ。

じめついた、饐《す》えた空気が吹き出して、エリオットの胃がよじれた。気分のいい匂いではない。

どこまでの深さがある？　底はまるで見えない。地中へまっすぐのびた暗黒のトンネルをのぞきこんでいるようなものだった。

洞穴。はじめの勘は正しかった。

だがその壁をじっと眺めると、不規則な間隔で横棒が――金属のバーが――取り付けられ、手や足が掛かるようになっているのがわかった。あまり普通の洞穴で見るものではない。どこかの時点で誰かがこの天然の洞穴を幾度も、出入り用の梯子を取り付けるほど日常的に、使っていたのだ。

シェバが身をのり出し、精一杯匂いを嗅ぐと、首をのけぞらせて咆哮した。エリオットのうなじの毛を逆立てる痛ましい叫び。

「よしよし、しーっ」

エリオットは犬の口に手を回し、じっと耳をそばだたせた。

木々をざわつかせる風の音。ほかには何も聞こえない。

犬を放し、携帯を取り出した。

電波は入っている。バーの数は少ない。弱い電波だが繋がってはいる。

シェバが土台の縁を掘りはじめた。やわらかい土が負け、土くれと小石が撒き上がる。地面をかきむしりながら犬が前のめりになった。エリオットはぐいと引き戻す。

「待て《ステイ》」

今日は、ちょこんと後ろ足で座ったり目を覆ったりなんて芸当はしなかった。シェバの耳は後ろにぴたりと伏せられ、淡い目の中で瞳孔は大きく開いている。神経質に口元を舐めた。

「ステイ」

厳しい声でくり返し、エリオットはこの得体の知れない穴の底まで無事降りる手段を考えるのに戻った。

悪い判断だというのは、はじめからわかっている。助けを呼ぶのが利口だ。電話で……ウォール署長かダノンにかけるのだ。ただ、ウォールもダノンも今は信用できない。疑心暗鬼に陥っているのかもしれないが、今のエリオットの精神状態はまさにそこだ。パインに連絡してこの朝のハイキング中の発見について知らせることはできるが、パインの管轄ではないし、パインが官僚主義の壁を乗り越えて増援と駆けつけた頃には……。

いや、今さら大した差があるだろうか？　この穴の底にはまるきり何もないかもしれないのだ。それとも、もしエリオットが疑っているものが本当に底にあったとしても、数時間の差は何も変えない。

（利口にやるんだ）タッカーの囁きが耳の中にはっきり響く。（安全にいいや。説明はできないが、ここでためらえば、助けが来るまで待てば、穴底にある何かの証拠が消え失せてしまうという気がしていた。降りていって、自分の目で確かめるしかない。

短いテキストメッセージをパインに送って自分の居場所と今から何をするつもりか知らせると、エリオットは返事を待たずに降りはじめた。

一歩目に一番苦労した。草を握りしめ、その不安な支えだけをたよりに足で宙を探り……空振りし……もう少し下へと――やっと足裏が狭い梯子の段を探り当てた。

安定感はある。

横棒に体重をかけ、慎重に体の向きを変えた時、入り口のフレームのすぐ下にある取っ手に気付いた。それをつかんで、さらにもう一段下へ降りようとしたが――その足が空振りした。

空気はひんやりしているのに、エリオットの額に汗がにじむ。

さらに下へ足をのばしても、まだ足がかりが見つからず、胃に嫌なものがこみ上げた。ロープか縄ばしごが必要だったのだ、こんなのは——まさに愚行だとしか——。

おっと。あった。二段目のバー。

バーは穴の壁に何の規則性も計画性もなく打ち込まれていて、それでも存在を知っていて、上り下りに慣れた者なら——やはり危ないか。

人の立ち入りを防ぐにはぴったりだ。まともな神経の持ち主なら、必要に迫られない限りこんなところを降りたりしない。

次の段を用心深く、迷いながら体重をかけて試したが、ぐらつきはなかった。

さらに一段下へ、足で探りながら降りる。

エリオットは閉所恐怖症ではない。暗闇も怖くはない。高所も平気だ。

だが、この状況には神経を削られる。

シェバがまた降りようとしはじめた。石と土が降り注ぎ、エリオットは片腕で頭をかばった。

「駄目だ！」怒鳴る。「シェバ、ノー！」

シェバはまた下がり、エリオットは苦労しながら下降を続けた。

くそう、肌寒く、空気はどろりとよどんでいる。一段ごと、慎重な一歩ごとに、心臓が恐怖に打ち鳴らされた。

下へ。

下へ。

もっと下へ。

どれだけ深いというのだ、これは？　上の入口を振り仰いだ。

およそ二階建ての家くらい来たか。六メートルくらい？

細い横棒をつかむ手が汗でぬらついてきた。足を止め、バーンコートの袖のキャンバス地で念入りに手のひらを拭ってから、先を続けた。

膝がこわばり出している。一息ついて、上を見上げた。

シェバがまたこちらを見下ろしていて、とびこもうかと自問しているかのようだった。

「ノー！」とエリオットは命じる。

その墜落はシェバの命取りになる――きっとエリオットの命取りにも。

十五メートル。

一体、エリオットは何をしている？　こんなのはどうかしている。ここでやめるべきだ。上に戻って応援を呼ぶのだ。

何のための応援を？

今のところわかっているのは、地面にとても深い穴が開いているということだけ。

ひどい臭いの不気味な穴が。

また一段、下へ。

さらにもう一段。

もう一段。

信じられない、どこまで続く？

三十メートルくらい来ただろうか――。

あてずっぽうだったが、見上げると太陽が遠い懐中電灯の光のように小さかった。

さらに一段下がったところで、エリオットの足が固い地面にぶつかって、よろめきそうになった。底に着いたのだ。

エリオットは梯子を離すと、ライト機能を使おうと携帯に手をのばした。

何かがドンと体に叩きつけられて、エリオットは激しく倒れていた。密な地面に頭を打ち付け、目の前がチカチカする。携帯を落とし、腕を上げて、次の一撃から頭を守った。

背中の中心を蹴りつけられる。次のキックは尾てい骨を蹴った。

その肝心な一、二秒、エリオットには何が起きているのかまったく理解できていなかった。この冒険の果てにはまるで違うものが待っているだろうと思っていたのだ。生きて蹴りつけてくる相手というのは予想外すぎた。

ごろりと転がって離れ、拳銃に手をのばした。トンネルの上から響くシェバの吠え声が意識の隅に聞こえている。

大きく凶暴な襲撃者は、不気味に押し黙ったまま、エリオットを引きずり上げて荒い岩肌に叩きつけた。エリオットの手が岩にぶつかって拳銃が落ちる。這いつくばって拳銃を手探りしながら、背中や肩へ降りそそぐ殴打を防ごうとした。

手が拳銃のグリップをつかんだ。相手の重く、苦しそうな息が聞こえている。銃を上げたエリオットの脳裏に、途方もない考えが浮かんだ。

「タッカー？」

24

次の一撃は来なかった。必死の、震える喘ぎが聞こえ、どこかエリオットの上のほうからしゃがれた声がした。

「……エリオット？」

エリオットは拳銃を捨て、頭上にそびえる黒い影にとびついた。

「タッカーなのか？」

両腕をタッカーの体にきつく回す。暗闇の中でも、タッカーだとわかった。前より痩せた。

体の線や胸の周りは少しばかり、不安になるくらい前と違っていたが、それでもタッカーだ。それは間違いなく、確実に、タッカーだった。

タッカー。生きていたのだ。

激しい安堵が突き上げてくるその瞬間まで、エリオットは自分がどれほど望みを失いかかっていたのか自覚していなかった。

「タッカー。ほんとに……」

それ以上の言葉が出ない。なんという奇跡。薄闇の中でどうにかタッカーの顔を見ようとした。どうしても見たい。

「お前、どうやって——どうして——一体……」

そのタッカーの言葉はくぐもって、舌が回っていない。エリオットを潰れんばかりに抱きしめて——それは同時に自分を支えるためか。タッカーは震えて、少しよろめいていた。

二人とも同時にしゃべっていた。

「てっきり死んだと思ってた——」

「お前、どうやってここに……」

「二度と会えないんじゃないかと——」

自分が落下して頭を打ったんじゃないかという気がする。これは夢か、幻覚か？　悲嘆のあまりついにエリオットの心が限界に達したか？

「現実だよな?」

そのタッカーの言葉は、エリオットに問いかけられたものではなかった。タッカーは自分の心の中にある何かの基準に問い合わせているかのようだ。心配そうで、どうしても己にくり返したしかめなくてはいられないという様子だった。

「現実だよ」エリオットは答える。「俺が夢を見てるんじゃなければな。俺は、ここに――」

そうは言ったが、何を探してここまで来たのか、もう自分でもはっきりしない。タッカーを探してなかったなら、どうしてここまで?

「……俺は、犬について来てみたんだ。それで入り口を見つけた。何の穴なのか全然わからなくて」

「ああ。お前も見てくれ」タッカーの言葉はかすれて聞き取りづらかった。「ここだった。全部ここにあったんだ。お前も見ないと。知らないままでは危険だ」

エリオットを壁のほうへ押していくタッカーの口調は、なんとも、いささかまともじゃない感じだった。

「何も見えないよ」とエリオットは言った。

「そのうち見える」

「ちょっと待ってくれ」

エリオットはタッカーを離すと自分の携帯電話と拳銃を探した。見つけ出して、ライトをつける。タッカーの姿が見えた——ボロボロになった服をまとって、奇妙に、怖いくらいにしなびて見えるタッカーが、よろよろと壁に寄ったかと思うとふっと消えた。

「タッカー！」

暗闇から汚れた手がほの白くつき出て、エリオットを招いた。

「こっちだ。いいから見てくれ」

エリオットはその手招きを追って、先が小さな岩室に続いていることに気付いた。自然の造形なのか人が作ったものかはわからないが、岩壁に取り付けられたたいまつ受けは間違いなく人工物だ。

「何があった？ どうやってここに？」エリオットはたずねた。「車がやってきたのは見た。誰に襲われた？」

質問が止められずに答える隙も与えず、一週間分の混乱と恐怖とがただあふれ出すかたわら、エリオットはタッカーの状態を見定めようとした。

言葉のもつれ、ぎこちない動き、突飛な行動。ショック状態から低体温症まで、タッカーに様々な症状が出ているのは間違いない。エリオットとしては一刻も早く外に出してまともな手当てを受けさせたいが、タッカーは地上まで登れるだろうか？

たった一、二時間であってもタッカーをここに残していくなんて、考えるだけでも耐えられない。

二つ目の岩室からの臭気が、エリオットの足を凍りつかせ、言葉を奪った。天然の冷蔵庫と言っていいくらいのこんな地下でなければ、真実にもっと早く気付いていただろう。

それでもタッカーについていかなければならなかった。タッカーは臭気にまるで気付かぬ様子でひょいと頭を下げ、姿を消す。

エリオットも身を屈めて岩をくぐったが、バケツをひっくり返してしまい、中の何かがバシャッと岩床にとび散った。

岩室の中は、立つだけの高さはあった。エリオットは携帯のフラッシュライトをタッカーへ向け、衝撃に息を呑んだ。

タッカーは痩せ衰え、すっかり汚れていた。目は血走り、唇が割れて剝がれ、顔は白茶けている。手首には擦れた傷があって、それでも顔の痣は治りかけだった。

光をさえぎろうと、タッカーが片手を上げた。

エリオットは唇を開け、何か言おうとした――多分また同じようなことを。誰にやられた？　どうしてお前が？　奴らの計画は？

だがエリオットの視線は、一瞬遅れて、タッカーの背後の白い岩壁に吸い寄せられていた。

口がカラカラに乾く。

それは白い岩ではなかった。少なくとも、すべてがそうではない。突き出た岩の一部は頭蓋骨であった。

ぽっかり空いた眼窩《がんか》で、ニヤつく骸骨たちがエリオットを見つめ返している。まるで骸骨たちの列が壁から抜け出てくる途中のように見えた。

「見たか？　わかるか？」とタッカーが暗澹とした声で聞いた。

「ああ」

そう答えてから、タッカーが言っているのが壁の頭蓋骨のことではないと気付く。タッカーは、二人の足元近くにわだかまる何かを見下ろしていた。

エリオットも下を向くと、胃が間一髪、まったく予想外の吐き気で痙攣した。

死体を見るのは初めてではない。だがこの死体が――ここにあるかもと予期していても――森の奥深くにコーリアンが築き上げた地下墓地《カタコンベ》の奥に横たわっている図は、ひどく気味が悪かった。

この青いパーカーと、赤い縞のマフラーを覚えている――フェイスブックに載せた無数の写真でトッド・ライスがこれを着ていたのを。

「彼を……知ってる」

「俺が来た時からここにいた」とタッカーが、奇妙な気軽さで答えた。

状況の異様さに呑まれていたが、段々とエリオットもしなければならないことがあるのを思い出す。現実的な対処。タッカーをここから出すのがまず一つ目。ここにいることはパインに知らせてあったが、どこまではっきり伝わっただろうか？　増援や手助けが必要になりそうだとは、エリオットのほうもまったく言わなかった。

　この犯罪現場を保全したり守る手だてはない。もう一度この場所を見つけられるかどうかすらあやしいが、そこはきっとシェバがたよりになるだろう。今のエリオットにできるのは、トッドの遺骸と、壁にはめこまれた頭蓋骨の写真を何枚か撮ることだけだった。

「もういい、充分だ。行かないと」タッカーが言った。「エリオット」

「わかってる」

　エリオットはもう一枚写真を撮る。

「奴らが戻ってくる前に――」

　心臓が凍った。タッカーの形をした影に顔を向ける。

「奴ら？　戻ってくるって、どういう意味だ？」

「奴らは二度戻ってきた。きっとまた来る」

「襲った犯人の顔を見たのか？」

「見た」

　タッカーは壁に寄りかかり、携帯のフラッシュライトを避けて目をとじていて、もう立っている力もないかのようだった。

「なあ、タッカー」エリオットはタッカーへ寄った。肩に手をのせる。「上まで三十メートルはある。お前の力で……登るのは危険かもしれない。俺が助けを呼んでくる。拳銃を渡しておくから――」

タッカーの目がパチッと開いた。

「冗談じゃない！」と吠えた。「俺はもう一分たりともこの穴蔵でじっとしてる気はないぞ！」

くるりと向きを変え――壁を支えに体を転がすように――タッカーはよろよろと岩室を出て天井の高い穴の方に戻った。そのまままっすぐ壁に向かい、登りはじめる。

「タッカー、おい、せめて俺が先に行くよ」とエリオットは追った。

タッカーはそれを無視した。一つ上の段に手をのばしながら荒い息で苦しげに唸ったが、それでも登りつづけた。

エリオットは口の中で毒づいた。だがこのほうが安全かもしれない。エリオットを待つ間に犯人が戻ってきたら、たとえ拳銃があろうと、タッカーの身が危険だ。

だが、落ちたら――。

思うだけで冷や汗がにじんだ。

ただどちらかといえば、降りるよりは登る方がまだ楽だ。それに、タッカーが行き詰まっても、エリオットがどうにか落下だけは食い止められるかもしれない。

無理かもしれないが。それでも、もう選択肢はない。エリオットもタッカーを追って登り出した。

「限界だと思ったらそう言ってくれよ」

それに対して、タッカーが何かもそもそ呟いた。ほとんど必死の勢いで登っていく。

「上が近くなったら俺のサングラスを使えよ」とエリオットは声をかけた。

「雨だ」タッカーが声を上げる。息を切らして、だがうれしそうに。「感じるか？」

始めの、怒りからくる瞬発力が切れてしまうと、タッカーの進みはのろくなり、見ていられないくらい痛々しかった。しきりに動きを止めて息を整え、あるいはバランスを取り直し、そのたびにエリオットはそばまで登っていってどうにかタッカーを支えようとした。

タッカーの筋肉の震えが伝わってきて、強固な意志の力ひとつだけでまだ登りつづけているのだとわかる。

タッカーに、襲撃者が知っている相手だったか、容姿を説明できるか聞きたかったたし、ほかの誰かであれば情報を聞き出す前に梯子を登らせるような真似は許さなかっただろう。だがエリオットはとてもタッカーを問いただす気にはなれなかったし、念のために先に情報を聞いておくなんて、その行為の意味すら考えたくない。そしてタッカーを止めずに登らせてしまった以上、もう気を散らせるわけにはいかなかった。タッカーの息も、エネルギーも、わずかたりとも無駄にはできない。

半分をすぎた頃には、のろい進みはさらに遅くなっていた。

「大丈夫か？」とエリオットは呼ぶ。

タッカーは答えなかったが、また次の段に手をのばし、足をかけた。

四分の三まで来たころにはもう這いずるようなスピードまで落ちていて、はらはらするエリオットの心臓が口から飛び出しそうだった。

「あと七、八メートルもない」と声を張る。「もうすぐそこだぞ」

タッカーの動きが止まった。

「何が要る？」エリオットは声をかけた。「俺にできることは？」

自分の声が恐怖でとがっているのがわかる。タッカーにも聞こえただろう。

意外なほど落ちついた返事があった。

「サングラスをくれ」

「今すぐ」

エリオットは壁にもたれると、冷えて濡れた岩のにおいを吸いこみながらサングラスを探り、それから伸び上がって、タッカーの氷のような手に押しこんだ。

「お前は大丈夫か？」

タッカーに聞かれる。あまりにも以前と変わらない過保護ぶりに、こんな時だというのにこみ上げてくるものにエリオットの目が沁みた。

「ああ。ばっちりだ。頑張ろうぜ」

少しの時間の後、タッカーはまた登りはじめた。

ついに二人は上までたどりつき、最後の劇的な苦闘の末、入り口の縁から外へと体を引っ張り上げた。

　タッカーが顔からドサッと土に倒れ、背中で大きく喘いでいる。その間、シェバが二人を頭から爪先までふんふんと嗅いで回っていた。

「よしよし」エリオットは顔を嗅いできたシェバをぎゅっと一瞬抱きしめた。「いい子だ、シェバ。お手柄だ」

　もしシェバがいなかったら――この間の土曜日にエリオットがまた森にやってきてシェバを助けていなかったら――。

　ぞっとするような考えを、タッカーの声がさえぎった。

「うちに、いつから犬が？」

「その話をすると長い」

　エリオットは膝立ちで体を起こし、耳をすませた。今、遠くからライフルの銃声がしたか？

「ここから離れたほうがいい」と言った。

　タッカーに手を貸して立たせ、腰に腕を回す。本当に、タッカーは痩せた。だがそれでも大きな男で、エリオットにはとても運べない。片膝が駄目になったこの足では。

　シェバを呼んだ。反応しない。

「ああ、くそ。待っててくれ」

　タッカーを木にもたれさせて、エリオットはシェバのところへ戻ると、首輪に綱をつけた。

「おいで、シェバ」

シェバは抵抗こそしなかったが、エリオットはタッカーを支えつつシェバも引っ張って歩かねばならなかった。

次の、またもや長く、神経をすり減らす道行き。だが少なくとももう墜落の心配はない。とはいえ、少しずつ近づいてくるライフルの音にエリオットは不安を覚えていた。口には出さなかったが。タッカーはすでにすべての力を振り絞って立っているのだから。

サングラスの下でタッカーの目はとじ、エリオットに半ば導かれ、半ば引きずられて、ほとんど夢遊病者のような歩みだった。

エリオット自身、穴に着地した時にタッカーから受けた殴打の痛みを今ごろになって感じはじめていた。タッカーに殴られた片目は腫れて、顔がズキズキうずく。

かまいはしない。タッカーの帰還という奇跡のためなら、数発のパンチくらい、喜んで。

車までの歩みにさらに二時間かかったが、ついにたどりついた。助手席に押しこまれるとタッカーはずるずると崩れて、土気色の顔が汗でぎらついていた。だが意識はある。口元に、チラッと笑みがよぎった。

「俺のローストビーフは、まだあるか？」

「悪い、犬が食った」

エリオットはタッカーのシートベルトを締めてから、後ろに回ってシェバのハーネスを留めた。やっとエンジンをかけ、田舎道を猛スピードでとばして安全な文明のもとへと逃げ帰る。

少なくとも、そんな気分だった。エリオットがどれだけ神経質になっていたかは、迷った末にＦＢＩ支局に近いシアトルの病院を目指したことからもわかる。別に、誰かが病院からタッカーをさらっていくなんて本気で考えていやしないが、どんなリスクも減らしたい。

道中でモンゴメリー支局長とパインとヤマグチと病院に電話をかけたが、話の中身はほとんど覚えていない。

救急外来につくと、タッカーは割当ての処置室まで歩いていくと言い張り、歩き切った末にベッドに崩れて意識を失ったようだった。

「いいえ、大丈夫ですから」と医療チームの一人がエリオットを安心させた。「眠ってるだけみたいですよ」

そこからは物事が一気に転がり出した。あっという間にタッカーはいろいろな機械につながれて点滴で水分と抗生物質を流しこまれ、その間にエリオットは書類と承諾書にせっせとペンを走らせた。

「あなたはどうですか？　手当てした方が良さそうですけど」

親切そうな看護師に聞かれたが、タッカーのことで頭がいっぱいだったエリオットは自分に話しかけられていると気付くまで少しかかった。

看護師に首を振る。

「俺は大丈夫」

実際、大丈夫だ――タッカーが無事なのだから。

一時間としないうちにタッカーの個室は刑事とFBI捜査官であふれ返り、そのほとんどが病院のスタッフからまた追い出された。

タッカー誘拐事件の捜査主任であるファリス刑事が、隙を見てこっそり戻ってくると、襲われた朝の話をタッカーから聞き出すのに成功した。

「キッチンカーからコーヒーを買った」

とタッカーが説明した。すでにさっきより元気になり、集中力も戻ってきている。ただ顔色は悪く、目の下の隈はまるで紫色の痣のようだった。

「自分の車へ戻る途中、バンがすぐ隣に停まった。助手席の人物――女性――が俺に、ポイント・デファイアンス動物園&水族館までの道をたずねた。地図で説明してほしいと」

「知ってる女でしたか？　どんな外見か説明できますか」

「知っている女だった」タッカーが答えた。「ウィグをかぶっていたが、誰だかはわかった」

「誰です？」

「コーリアンの隣人だ。フォスター」

「コニー・フォスターですか」

ヤマグチが強い口調で確認した。タッカーが半分眠っているようにうなずく。

「俺が彼女と話している間に、ドライバーの男が降りてきて後ろに回られた。一発殴ったが、女が俺に何か刺した。あれで意識がなくなった」

モンゴメリーがパインに言っていた。「あのフォスターって女を――」

パインはすでに部屋から出て行くところで、肩ごしに「今すぐ！」と投げた。

「男のほうは？」ファリス刑事が聞いた。「顔はよく見ましたか」

「白人、二十代半ば、茶色の目。フード付きパーカーを着ていた」タッカーの視線がエリオットへと流れた。「気がついた時にはあの穴にいた。財布、拳銃、携帯電話を奪われていた」と目をとじる。

ヤマグチとモンゴメリーの二人がエリオットを見ていた。エリオットはうなずく。今の描写はトーリン・バローに合致していた。

「二人は、何か言いましたか？」ファリスがたずねた。「どうしてあなたを監禁するのか言っていませんでしたか」

「計画の一部だ、と」

「どんな計画です？」

「二人がそこまで知っていたかどうか……」

「それはどういう意味？」とモンゴメリーが聞いた。

タッカーの瞼が重く下がり、それから震えて、開いた。

「休息が必要だ」と医師が言った。

「いや、先にさっさと終わらせたい」とタッカーが言うと、個室に混み合って立つ刑事と捜査員たちがほっとした顔になった。

「あともういくつかだけ。その計画とは?」とモンゴメリーがさらに重ねて聞いた。

「わからない……」

エリオットは冷静に聞いていた。少なくとも、努力はしていた。タッカーが詳細な情報を出せれば、フォスターをさっさと拘束できる可能性がそれだけ高くなるのだ。タッカー以外の誰かなら、エリオットは間違いなく、つらいだろうが起きたことと向き合わなければ、と言っただろう。タッカーのこととなると……いや、タッカーがどんな目に遭ったか、その想像に心を奪われるわけにはいかない。完全な闇の中で目覚めた恐怖、トッド・ライスの死体の発見、そして自分がどこにいるのか、何が起きたのかをゆっくりと理解していく時間。それを思うだけでエリオットの頭は少しどうかしそうになるし、そんなていたらくでは誰の役にも立てない。特にタッカーのためにならない。

ベッドのそばに残っている医療スタッフや、滞在を許可された捜査員たちの邪魔にならないようエリオットは個室の壁によりかかり、疲れて痣だらけのタッカーの顔から目を離さずにいた。

「奴らは俺を生かしておくつもりだった……とにかく、しばらくの間は。水の入ったバケツとパンが一塊あって……手は縛られていたが、昨日やっとほどけた。だが何も見えなくて……」

聴取はさらにしばらく続いたが、タッカーにはそれ以上答えられるようなことは残っていなかった。

一時間ほど見ていたが、エリオットはそっと抜け出すと、シェバを散歩させに駐車場へ向かった。病院に戻ってきたパインと出くわす。

「彼女をつかまえたか？」とエリオットは聞いた。

パインの表情は苦かった。

「駄目だ」と答える。「どうやらフォスターはずらかったぞ」

25

「大丈夫か？」

タッカーの静かな声に、エリオットははっと我に返った。

「おはよう」と手をのばし、タッカーのさし出す温かな手に握られる。

もう土曜の夕方になっていた。ノブのオーガニック農場にシェバをつれて行って預かってもらい、戻ってくると、タッカーは処置室から病室に移されて一人でぐっすり眠っていた。エリオットは窓際の椅子に陣取り、この一週間の事態のどこにどうフォスターの存在がはまるのかと頭を悩ませていた。

コーリアンが女性に及ぼす誘引力を勘定に入れても、コニー・フォスターはプロファイルに当てはまらない。コーリアンの好む女は若くて可愛らしく、おとなしいタイプだ。フォスターはどれにも合致しない。エリオットの知る限り、どのプロファイル分析にもフォスターは合わない。だがどう見ても、彼女は今回の事に関与している。

全貌はどうあれ、トッド・ライスはその渦中に踏みこんでしまい、代償を払ったのだろう。フォスターがシェバを撃ち殺そうとしたのも当然だ。あの犬は犯罪現場の周りを、被害者の電話番号を首輪につけて走り回っていたのだから——これ以上ないほどの直接的なヒント。

「俺のことは心配しなくていいから」とタッカーが言った。

「心配？　誰が？」

タッカーがくたびれた微笑を浮かべてエリオットの手を握り返した。

医者の話によれば、ありがたいことにタッカーの体にさしたる異常はなく、水分と栄養をとって数日間休養すれば回復するだろうとのことだった。病院はタッカーの猛烈な抗議を押し切って彼を一晩入院させた。抗議に失敗したタッカーはそのまま深い、とても深い眠りに落ちていった。

今のタッカーは、随分と彼らしく見えた。顔色も戻り、目のどんよりした曇りもない。

「とにかく俺は家に帰りたいだけだ」とタッカーが言った。「もう何年も帰ってない気分だよ」

たしかに永遠のようだ。エリオットは答えた。

「医者の話では、明日退院できるだろうと。念のための入院だよ。いいことだ」

「家に帰るほうがもっといい」タッカーが目をとじた。「どうしても、まだ夢を見てるんじゃないかって疑ってしまうんだ」

エリオットの喉が詰まった。必死で自制を保つ。楽ではなかった。

また眠ったのかと思っていたが、不意にタッカーが聞いた。

「誰も俺に言いたがらないのは、何の話だ？」

「わざわざ今話さなくてもいいことだけだよ」

タッカーが目を開けた。

「後回しにする必要はない。話してくれ。知りたいんだ」

エリオットも話したかったが、タッカーの回復が優先だ。だからかわりにたずねた。

「どうして日曜に帰ってくるなんて、俺に嘘をついたんだ？」

「何の話だ？」

「俺には、日曜に帰ると言ったろ。でもモンゴメリーには月曜まで休むと言ってあった」

タッカーが低く呻いたが、苦悩というより、きまり悪そうな顔をしていた。

「何でだ?」

タッカーを問いつめたくはないが、この矛盾にはずっと悩まされてきたのだ。

「お前に嘘なんかついてない。俺は、日曜に帰るつもりだった。夕食を楽しみにしてたんだ。本当だぞ、食うはずだった夕食を何日も夢に見た」

「でも、ならどうしてモンゴメリーに嘘を言ったんだ?」

「嘘というわけじゃ――」タッカーが言葉を止めた。深い息を吸いこむ。「お前と、なかなか一緒にすごす時間が取れないだろ。お前は月曜は遅出だし、なら俺も一日休暇をのばして、二人でゆっくりできたらいいサプライズになるかと思ったんだ」

エリオットは目をとじ、呆然とした笑いをこぼした。信じられない。この半分だけの真実にどれだけ苛まれたことか。

タッカーが言っていた。

「何だと思ったんだ? お前どうして――本当に俺が嘘をついたと思ったのか?」

「そうじゃない。たしかに、最初はどう考えていいのかわからなかった。ただ驚いてしまって。俺は……」

「不安になったのか?」タッカーがうっすらと微笑んだ。少し同情するように、そしてかなり得意げに。「傷心か?」

「そんなようなところだ」エリオットは肩をすくめた。「お前は、俺に隠し事をしたことがあったろ。今回もそういう話かと思った」

タッカーの笑みが消えた。黙りこむ。やがて言った。

「だがお互い話し合って、俺はもう、お前に隠し事はしないと決めただろう。お前を傷つけるようなことであっても」

「ああ、そうだったな」

「それでもお前は――」

「タッカー、あの時の自分の気持ちとか考えを、とても説明なんかできない。論理的なものじゃなかったんだ。頭が真っ白になったみたいで。あの時は――何だか、世界が足の下で崩れたみたいな気分だった」

「ほら」タッカーの声は優しかった。「もういい」

エリオットは首を振った。苛々と、空いている手で目を拭う。

タッカーが起き上がり、その動作でいくつかの電極をちぎりながら、エリオットを病院のベッドの上に引っ張りあげようとした。狭くてどうにもならない上に、心配顔の看護師までがどうなっているのかと部屋をのぞきこむ。タッカーは手を振って彼女を追い払うと、エリオットにキスをした。

あんな出来事をくぐり抜けてきたというのに、タッカーのキスは力強かった。その唇は温かく、エリオットを抱きしめる腕は安心するほどきつい。何か優しい、ほとんど聞きとれない言葉を耳元に囁かれ、エリオットはもう二度とこのありがたみを忘れまいと誓う。

とにかく、ここで感情的になるなんて愚かだ。全部うまく片付いた今になって。きっと睡眠不足のせいだ。相当量の眠りが不足している。エリオットも、タッカーも。なにもタッカーに罪悪感を――ローランド風に言うなら――おっかぶせたいわけではないのだ。結局どれひとつとしてタッカーのせいではなかったのだから。

二人は少しの間、黙っていた。

やがて、タッカーが思いふけるように言った。

「お前には議論でとてもかなわない、エリオット。だから時々、俺はお前に話す前に、まず自分の考えをまとめたり整理する時間を取ることはある。それだけのことだ。隠そうとしてるわけじゃないんだ。俺は、お前に嘘はつかない。旅行の予定も変えない。誕生日にサプライズパーティーを仕込んだりもしないし――」

それに笑い声を立てると、エリオットは顔を上げ、またタッカーの唇を求めた。


ほぼ液状の夕食をとっているタッカーに、エリオットは少し雑用を片付けてくると告げた。

タッカーは自分のライムゼリーをにらみつけるのをやめて、視線を上げた。

「帰ってくるんだよな?」

「ああ。二時間ぐらいで戻るよ」

「お前にゼリーを取っておいてやろう」

「いや、そこはお気遣いなく」

「逆にお前が俺にバーガーを買ってきてくれてもいいんだぞ」

エリオットは同情の笑みを投げた。

「そうはいかないだろ。お前が医者から太鼓判を押されるまでは」

「別に、俺は絶食させられてたわけじゃないんだ。からからのパンをひと塊恵まれてたんだからな」

「ならミルクでも飲んでおくか？」

「いいな。ミ、ミ、ミルク」

タッカーが呟く。ウインクした。

エレベーターに乗りこむ時も、まだエリオットは一人で微笑んでいた。


エレン・ヘイスバートは今でもアンドリュー・コーリアンが育った家に住んでいた。それを大した根性だと見るか、まともな防衛本能の欠如と見るか。

その家はありきたりの、よくある郊外の住宅で、いささかくすんだミントグレーに塗られていた。庭はほぼ死にたえている。すっかり色褪せたヒマワリのウインドチャイムが玄関ポーチに下がっていた。ベージュのカーテンの向こうで、正面の部屋に明かりがついているのが見えた。


エリオットは、玄関のスクリーンドアをノックした。

犬が甲高い声でキャンキャン吠え出した。数秒後、ドアの錠が開く音がする。

それがしばらく続いた。いくつも錠を開けないとならないようだ。たしかにこれは、家族の帰還を恐れて暮らしてきた者の家のように見えた。

ついにドアが開き、ドア枠に囲まれてヘイスバート夫人が立っていた。ピンクの部屋着とピンクのスリッパ。肩までの髪は薄くなり、白くかぼそかった。分厚いレンズの、不格好な丸眼鏡をかけている。

「はい？」

彼女がスクリーンドアから不安そうに外をのぞいた。

「ミセス・ヘイスバート、俺はエリオット・ミルズです。この間の夜、電話で話したでしょう」

正直、もうそれが何日前の夜なのかエリオットには思い出せなかった。ずっと遠い昔に思える。今日は大変な一日だった。

彼女ははっと息を呑んだが、その後も何も言わず——何もしなかった。ただそこに立ち、家の中からエリオットをのぞいている。よくいるオフホワイトのモップのような犬がスクリーンドアの下側をせっせと嗅いでいた。

「中に入っても？」とエリオットは聞いた。

一呼吸後、彼女がスクリーンドアの鍵を外し、後ろに下がった。

エリオットはスクリーンドアを開け、中に入った。犬が今度は彼の足首を嗅ぎはじめ、ヘイスバート夫人について居間に入るエリオットに小走りでピタリとついてきた。家の中は消臭剤と消毒液の匂いがした。

テレビはついていて、シェフ同士の料理対決番組が映っていた。

「何が聞きたいのかわからないわ」

ヘイスバート夫人が言った。見知らぬ部屋を見るように、どうやってここに来たかわからないように、居間を見回す。

「全部、話したでしょう？」

「そうではないでしょう。じつのところ、あなたは全部は話していない」

「話すようなことなんて何もないもの！」

鵜呑みにすることはできなかった。彼女は、エリオットを家に入れたのだ。エリオットが扉を蹴破って入ったわけではない。エリオットは優しく語りかけた。

「何か言いたいことがあるんじゃないですか。俺の知っている限りだと、あなたもあなたの夫もマスコミからかなり不当な扱いを受けたでしょう」

それはまさに彼女の心を射抜いたようだった。

夫人は顔を歪め、声を振り絞った。

「そのとおりよ！　あんなひどいことを言うなんて。誰もが、私たちがアンドリューを怪物に変えるようなことをしたんだろうって信じたがった。私たちのせいなんだって。でも何もしてない。あの子たちに手を上げたりなんか、絶対――」

そこで言葉を切った。

エリオットはあの子たちという雄弁な言葉に気付かなかったふりをした。複数形。彼は言った。

「世間は、生まれつきああいう人間がいるということを信じたがらないんです」

ヘイスバート夫人が語気荒く言った。

「ええ、世間はむしろ、夫が子供を性的虐待していて私が見て見ぬふりをしてたと思うほうが好きなのよ」

「本当にお気の毒です。あなたたちとコーリアンの関係が表沙汰になった後、大変つらい事態になったことは知ってます。ニュース映像をいくつか見ました」

「オデルはそれで死んだのよ。世間が私たちに何て言ったか。何年もつき合いのある人たちまでも。アンドリューを虐待するですって？　本当のことを聞きたい？　私たち、彼が怖かった。

私たち皆が、彼を恐れてた。まだ小さな子供の頃から、彼には……優しさがなかった。理屈も通じなかった。私たち、頑張ったのよ。彼を手放さなかった。ほかの里親にはできなかったことよ。誰だってあきらめたわ。でも私たちは彼を育てた。精一杯……」

「コーリアンはここに引き取られるまで、ほかの里親たちの家庭で暮らしてきたんですか？」

「そうよ。うちに来るまでに三回里親から戻された。三回。皆、彼を引き取れなかった。誰も耐えられなかった」

「あなた方はどうして彼を引き取ったんですか？」

「それが正しいことだからよ！」彼女は叫んだ。「彼は何回も見捨てられてきたから。実の母親から始まって。いいえ、実の父親のほうが最初ね。私たち、愛と忍耐できっと変えることができると信じてた。本当に、信じてたの」

ヘイスバート夫人は、その思い出に苦しめられるかのように額に手を当てた。

「……間違ってたのよ。彼が家出した時、ほっとしたわ。私たちにとって最高の出来事だった。心配だったのは、いつか彼が戻ってくるかもしれないってことだけ」

夫人がエリオットをまっすぐ見つめた。その丸眼鏡のせいで彼女は小さな、困り果てたフクロウのように見えた。

「わからないでしょう」と言った。「どんな感じか、絶対にわからない。子供相手に怯えるなんて。そうしたら、世間から責められるなんて。私たちが彼に何かしたですって！　彼はオデルの飼ってた亀を殺したのよ。六十歳の亀を。ハムスターも殺した。飼ってた猫も殺した」

エリオットは彼女を信じた。当時を思い出すヘイスバート夫人の恐怖には、真に迫るものがあった。

「彼をセラピーに通わせたりは？」

夫人が少しヒステリックな笑いを立てた。

「したわ！　セラピストが彼に怯えてた」

「ほかの子供たちが心配ではありませんでしたか？」

「ええ！　それはもう！」

彼女が唇をぐっと噛む。エリオットはまたそれを流した。

「彼は、ここを出た後に連絡してきましたか？」

「いいえ。一度も」

「ほかの里親と連絡を取っているようなことは？」

彼女は首を振った。

「いいえ。する気もなかったでしょう。捨てられたんだから」

「ほかの子たちはどうです？　あなたの、ほかの子供たちには？　彼から連絡が来たりするようなことは？」

夫人は答えなかった。

エリオットは、テレビを収める棚の上に乗った写真の額へひとつうなずいた。

「見ても？」

許可を待たずに歩いていって、額入りの人物写真を見ていった。昔のオデルとエレンの、ヒッピー時代の写真が数枚。幼い子供たちの学校の写真、野暮ったい髪型と矯正中の歯と眼鏡の――この年代の子どもたちは似たり寄ったりに見える。

「彼は写ってないわ」

エレンが背後から言った。

たしかに、いない。コーリアンは家族の集合写真から切り取られたり、その姿の上に星や花や宗教的なマークに切り抜かれた紙がベタベタ貼り付けられていた。これはいささか……異様だ。とは言え、連続殺人犯《シリアルキラー》を――ぼやけた輪郭であっても――家族写真の中に残しておくほうが異様だろうか。何とも言いがたい。

写真に残った二人の子供――両方とも男の子だ――は歳は近いが、目の輝きと白い歯の笑顔以外に似たところはなかった。一人は、見るからにヘイスバート家の血筋だ。もう片方は……そのえくぼと緑の目には、どこか見覚えがあった。

「これは誰です？」とエリオットは聞いた。

「ク……クレイルよ」

「そうじゃなく、もう一人の男の子のほうです」

ちらりとエレンを見やる。眼鏡の向こうで彼女の目は恐怖に凍りついていた。

「つき止めるのはそう難しくないことですよ」

そう、エリオットは警告した。とは言っても、ここまで調べるだけで大変だったのだが。普通じゃありえないくらい難しかった。もっとも彼女はそれを知る由もない。

エリオットはじっくり、ゆっくりと写真コーナーを見ていった。クレイルという男の子は高校の途中で家族写真から姿を消していた。同時に、エレンとオデルの目からも多くの光が消えた。もう一人、緑の目とえくぼの少年は、その後の写真にも写っていた。顎がっしりし、口元がきりりと締まり、笑顔にも自信がみなぎっていく。

夫人が強情に言い張った。

「この子は何も関係ない。だから巻きこむなんてひどいことしないで」

彼女のことは気の毒に思う。心から。だが、もはや同情心ではどうにもならないところまで事態は来ているのだ。エリオットは、最大限に有無を言わせぬ目つきを彼女に向けた。

「エレン、俺はむやみに誰かを傷つけたいわけじゃない。だが、どんな形であれ必ず彼の名はつき止める」

夫人の表情が歪んだが、それから自己犠牲的な決意にきりりと固まった。

まあいい。残る可能性としては二つしかないのだ。そしてその二人の歳の差を考えてみれば……。

「彼はケイレブですね?」とエリオットは聞いた。

エレンの目が大きく見開かれる。喉がヒクつき、唾を呑みこんだ。何も言わない。言う必要もなかった。エリオットは求める写真をもう見つけていた。警察学校の卒業式写真だ。

コーリアンの犯行に、長年誰ひとり気付かなかったのも無理はない。彫刻家《スカルプター》の義理の弟は、ブラック・ダイヤモンド警察署長、ケイレブ・ウォールだったのだ。

26

車へ戻る途中で、エリオットの携帯が鳴った。パイン刑事だ。

「何があった?」とエリオットは聞いた。頭の中はエレン・ヘイスバートから得た事実を整理するのに忙しい。彼女からというか、彼女を乗り越えてというか。

ウォール署長についての情報を誰かに伝える前に、まずタッカーと話さなければと感じていた。タッカーの回復が長引くようなら、あるいはヤマグチに。捜査機関に属する仲間の告発は、どんな罪であろうと微妙な問題だ——その罪が、連続殺人犯《シリアルキラー》への幇助《ほうじょ》と共謀となればどれだけの重みを持つか。

『ランスの調子は?』

「あっという間によくなってきた。ありがたいよ」

『ああ。今回のは……何て言うのか、言葉も見つかんないよ。まさに奇跡ってやつじゃないのか、マジで』

「だな」

静かな住宅地の通りを歩きながら、エリオットは不意に、このすべてがどれほど脆く刹那のものかと痛いほど嚙みしめる。カーテンの向こうにあふれる光、裏庭で遊ぶ子供らのにぎやかな声、ポットローストを煮込む香り。

『これであんたにも、捜査官復帰の道が開けたってわけだな?』

「笑えるね」

『まァな、でも真面目な話に戻ると、マコーレー殺しについてあんたの勘は当たってたぞ』

エリオットの足が止まった。

「どういうことだ?」

『あのペリギーって娘さ。自白したよ』

「彼女が……」

『そうさ。さっきは言う時間がなくてな。昨日あの娘を事情聴取したら、もっと調べろって臭いがぷんぷんしてきたんで、周りに話を聞いて回って、彼女がアンティークの22口径ルガーを同級生に売りつけようとしてたのがわかった。今朝もう一度彼女を署に呼んで、アップソンが取り調べしたよ。俺が病院にいた間に全部白状した』

「犯行を自供したのか？」エリオットは茫然とたずねた。

『そう。こういうことだ。あんたが家に入ってきた時、あの娘もまだ中にいたんだよ。あんたがバローを追っかけてる間にバスルームの窓から逃げ出した』

　エリオットは黙って、今聞いた話を受け止めていた。なんとなくわかる気はしたが、たずねる。

「彼女はどうしてあんな犯行を？」

『そこは少し漠然としてるが、まあどうやら、二年前に彼女の義理の父親が事故死したことと関係あるらしい。父親は真夜中に階段から転落して首の骨を折った。もう弁護士がついたんで、これ以上詳しいことが彼女から聞けるものかどうか。多分、お涙頂戴的な性的虐待の話を聞かされることになるとは思うがな。すぐにわかるさ』

　パインの声は、彼にしては機嫌がよさそうだと言えた。

「真実かもしれないだろ」

『そうかもしれないし、義理の父親を殺《や》っちまった言い訳かもしれない。ま、どうせマコーレーをぶち殺した言い訳には使えないがな』

「彼女は、マコーレーが殺人犯を集めてるマニアだってことに気付いて、パニックになったんだと思うか?」

『そう思わないか?』

たしかにエリオットもそう思う。マコーレーは、ひどく危険な人間たちを相手にタカをくり、人を操る自分の能力に危険なほど過剰な自信を持っていた。

「きっとそうだろう。とにかく、知らせてくれてありがとう」

『いいのさ。ランスによろしく』

「言っとくよ」

パインが含みのある口調で言った。

『金曜に話した時はまともないい子に見えたんだがな。だが悪くしたことに、殺しってのは癖になるものなのさ』


「……事件の捜査絡みでだ、ああ」

病院に戻ればもう眠っているだろうと思っていたが、タッカーは妙に気を使った口調で電話をしていた。

駐車場を見下ろす窓際の椅子に座るエリオットへ、タッカーがらしくもなく困りきった目を向けた。

　テレビはついていて、あの洞窟の場所を上空から撮っているカメラが、群がる捜査チームの姿を映している。どうかと思うほど昔のタッカーの白黒写真が、パッと画面に映し出された。

「いいや、明日には退院できる。なんともない。少しの脱水症状だけだ。今日退院してもいいんだが、医者のケツが重くて――いや用心深くて」

　エリオットは鼻を鳴らした。タッカーがまた切羽詰まった目を向け、口だけで「トーヴァ」と知らせる。

　エリオットはうなずいた。トーヴァが電話してきてくれてよかった。さっき、タッカーが救出された知らせと病室の番号はエリオットから連絡してあった。
　一、二分、さらに母親と少し話してから、タッカーはほっとした溜息とともに電話を切った。それでもエリオットと目を合わせた彼は微笑んでいた。
「心配してるんだ」とぼそっと言ってくる。

「そりゃそうだ」とエリオットも答えた。

「日程の仕切り直しをしたがってる」

「理にかなってる」

「どうしてお前はそんな向こうに座ってるんだ？」

「プライバシーが欲しいかと思って」

エリオットはベッドのそばに椅子を寄せ、タッカーの手を取ると、そのまま結局はタッカーに引っ張られてまたベッドに上がっていた。

「プライバシーなら今週飽きるほど味わった」とタッカーが言った。

「俺もだ」

エリオットは、計器類のアラームを鳴らさないようにともぞもぞ動いた。ベッドの脇には壮観なほどずらりとボタンが並んでいる。

「このベッドに俺たち二人は狭すぎるよ、ランス」

「だから家に帰るべきなんだ。ゆっくり寝られる。それ以上のこともできるしな」

やつれた痣だらけの顔だというのに、タッカーの目はキラリといたずらにきらめいて、どうやら元気そうだ。

「わかったよ、医者が承知するかどうか明日聞いてみよう」

だが夜になって安らかに眠るタッカーを見ながら、エリオットは医者はすぐにでも病院からタッカーを追い出しにかかるだろうと疑わなかった。そして実際、翌朝十時にエリオットが病院に着くと、タッカーはすべての点滴や電極から解放されて、きれいな着替えの到着を待ちかねていた。

エリオットは持参した大きなバッグを手渡す。

ヤマグチも病室にいて、タッカーが昨日ほど機嫌が良さそうに見えないのはどうやらそのせいらしい。

「現状報告をしないとならなかったので」

ヤマグチは、タッカーが小さなバスルームへ着替えに消えるとエリオットにそう言った。

「何も今でなくても」

「待てないんです」ヤマグチは申し訳なさそうだったが譲らない表情だった。「ランスがトーリン・バローを、フォスターといた共犯者だと確認しました」

「バローとフォスターは一体全体どこでどうやって知り合ったんだ？」

ヤマグチがそれを知っていると思って聞いたわけではないのだが、どっちにせよ彼女は答えた。

「フォスターが出した新聞の募集欄を通してと思われます」

「募集欄？　今時、そんなもの読んでるやつがいるとは」

「いたんです。バローの姉によれば、バローは整理屋《イコライザー》を募集する広告に応募したそうです」

「イコライザー……？」

「あるゲームコミュニティの中で、暗殺者を指す用語です。どうやらバローには、暗殺者として生計を立てたいという夢があったようで」

「ちょっと待ってくれ。コニー・フォスターはゲームコミュニティに参加してたっていうのか？」

ヤマグチからはっきり笑われた。

「違います。フォスターはたまたま、そのコミュニティでよく使われる単語を募集広告の中で使っただけです。彼女は暗殺者を募集して、バローはその職を始める機会を探していた」

「フォスターは殺し屋募集の広告を地元紙に出したのか？」

「そうです」

「そしてバローは、手始めにＦＢＩ捜査官を殺してキャリアを始めようと思ったと？　かなり野心的だな」

「ランスがＦＢＩだとは知らなかったのかもしれません。あなたのことは、学生にセクハラしている教師だと聞かされていましたし」

「は？」

「バローは、自分は悪い奴を片付けていると思っていたんです。実際、彼はおそらくあなたが、マコーレーを殺した犯人だと思っていた」

「一体、その情報はどこから」

「バローの姉からです」

「弟は虫も殺さないと言ってた姉が、今になって弟が殺し屋だったと言ってるのか？」

ヤマグチが辛抱強く説明した。

「彼女は、我々に話している情報が何を示しているのかはっきり理解できているわけじゃないんです」

話を整理しようとしながら、エリオットはウォール署長がコーリアンの義弟であることをヤマグチに言うべきかどうか天秤にかけていた。ヤマグチに話してしまえば、ウォールへの聴取にエリオットは加われないだろうが、ウォールからは直接話が聞きたい。

ベッドの向こうで、音のないテレビに、あの洞窟に群がった捜査チームの回収作業開始が映し出されていた。ヤマグチがエリオットの視線を追う。

「少なくとも、ひとつの謎が解決しました」と彼女は言った。「あなたは本当に、コーリアンの被害者遺族たちへの答えを見つけたんです」

心がこもった言葉に、エリオットはうなずいた。そのことは頭になかったが、たしかにエリオットの当初の願いは果たされた。ただ、もしかしたらあまりにも高い代償と引き換えになっていたかもしれない――それがわかっていたらまず踏み出せたかどうか。

バスルームからタッカーが出てくると、ヤマグチはそそくさと、それでも丁寧な態度で退散してしまったので、ウォール署長の事を話すかどうか悩むまでもなかった。

タッカーはすっかり元通りの彼に見えた。そのいかめしい表情に至るまで。

「そろそろ、この一週間でお前が何をしてきたか話してくれてもいいんじゃないか」

ロビーに降りるエレベーターの中で、タッカーがそう切り出した。

エリオットは溜息をついた。

「ヤマグチから大体聞いただろ」

「ああ、聞いた。どうしてお前が命がけの銃撃戦に巻きこまれたことを、お前ではなくＦＢＩの口から聞かされなきゃならないんだ」

「隠せるような話じゃないし、当然、俺だってお前に話す気だったよ」

「いつ？」

「お前が幽霊みたいな顔色じゃなくなったらだよ」とエリオットは険しく言い返した。

それが、予想外にも、タッカーの気持ちをやわらげたらしかった。エリオットの肩に腕を回し、引き寄せてこめかみにキスをする。

「今回は、本当にお前を不安にさせてしまったんだな……」

エリオットは勢いよく反論を始めたが、タッカーはまたキスでその言葉をさえぎった。

「いいんだ。もう心配するな。俺は大丈夫だから」

エリオットの視線を受けて、タッカーが言い直す。

「大丈夫になるから。いいな？　暗闇はあまり好きになれないし、狭い空間に入るのを想像すると冷や汗が出るが、いずれ克服する。それに、これで四十八時間以上断食できる人間にあらためて尊敬の念を抱けたよ」と短い笑いをこぼした。「あんな目にあってよかったとは言えないが、過ぎたことだし、俺は先に進みたい。何より日常に戻りたいんだ。日常が必要なんだ。わかるか？」

「わかるよ」

どんな気分か、エリオットにも痛いほどわかる。

タッカーがさらにつけ足した。

「お前は、俺に隠し事をされるのを嫌うだろ？」

「わかった。わかった。わかったよ」エリオットはうんざりくり返した。「ちゃんとわかったって」

それから、タッカーにここまでで判明した事実を話して聞かせる。

「ウ、ウ、ウォールが？」エリオットの独演会がすむと、タッカーが聞き返した。「まさか。フォスターと一緒にいたのはウォールじゃなかった。ウォールだったらわかる。あれはお前の見たガキだ。バロー」

「そうだな。でも俺たちは思ってたほどウォールのことをよく知らないのかもしれない。コーリアンに何人共犯者がいたかわからないし」

「冗談じゃない、コーリアンは犯罪集団を率いてたわけじゃないんだぞ」

「そんなことは言ってないさ。だがマコーレーはウォールが仲間だと考えてた。ウォールこそコーリアンの共犯者だと見てたんだ」

「それは単に、人に言われたことをそのまま鵜呑みにはできないっていう教訓だろう」

二人はまた小さな――だが熱っぽい――意見の相違を戦わせ、エリオットはひとまずタッカーを部屋で降ろそうかと提案した。

「その間、お前が一人だけでウォールに会いに行くのを放ってか？　断る！」

「警察署の中で俺に何が起きると思ってるんだ」とエリオットはタッカーをなだめにかかる。

「さあな――だがいかなる危険も見逃せない」

タッカーは真剣そのもので、目は冷え切って表情が石のように固い。これは勝てないとエリオットは諦めた。

その過剰な心配もよくわかる、エリオットだって少しばかりそんな気分だ。タッカーから目を離すのが不安だった。まるでこの奇跡が、誰かに奪われて消えてしまうんじゃないかと。

イタリアンピザ店と教会の間という場所にうまいことおさまったブラック・ダイヤモンド警察署は、やや田舎の広いハイウェイに面した、レンガの小さな建物だった。

まだらな芝生の両側にある駐車スペースは車でいっぱいで、地方テレビ局のバンまであったが、運良くレポーターたちの目当てがＦＢＩ捜査官の生還劇ネタではなかったおかげで、署に入るタッカーに気付いた者はいなかった。

ウォール署長はあの地下洞窟墓地から戻ってきたばかりで、臨時の小さな記者会見を切り上げるところだった。オフィスで待っていたタッカーとエリオットを見て、驚き、そして警戒へとウォールの表情が変化した。

「ミルズ。これは珍しい。ランスも」とうなずいて挨拶する。「そう悪くない様子だな。あれだけのことの後にしては」

「回収作業の進み具合はどうです？」とエリオットはたずねた。

「FBIから君にも随時報告が行ってないか？」

「ええ」エリオットはうなずく。「本題に入る前にちょっとした世間話をしてみただけです」

その本題が何の話なのか、ウォール署長は疑いもしていない様子だった。感情的な声で始める。

「いいか、私は消えたハイカーを探してるだけだと思ってたんだ。君もそう説明しただろ。トッド・ライスの車がソーヤー湖近くの渓谷で見つかったため、あの近隣エリアに捜索を集中させた。それでもコーリアンの隣人にも話を聞いたし、ライスの写真を見せて回った。君は、ライスがコーリアンの共犯者の被害者だと考えているとは、一言も言ってくれなかった」

ウォールの態度には罪悪感がにじんでいた。だがその罪悪感は、エリオットから見たところ、もっと何かできただろうと――するべきだったと――悔やんでいる人間のものであって、自分の悪行の証拠をつきつけられたサイコパスのものではなさそうだ。

「いちいち説明するべきだったと？」

「そりゃそうだ、言うべきだっただろう！　どうして私がそんな結論にすぐたどりつけると思うんだ」

「さて」とエリオットは言った。「あなたが自分のお膝元に十年以上もシリアルキラーを住まわせてきたから、という理由はどうかな?」

ウォールの緑の目がさっと冷えた。号令をかけられた兵士のように背がぴしりとのびる。

「とんだご挨拶だな」タッカーがそう述べた。「ウォール、一体どうしてあなたは、自分とアンドリュー・コーリアンが義理の兄弟である事実を黙っていた?」

ウォールの顔色が変わる。一瞬、答えられずにいた。

「……兄弟なんかではない。同じ里親の家で育ちはしたが、私にとって彼は君と同じぐらい他人だ」

「論点が違うな」タッカーが応じた。「何故彼との関係を秘密にしていた? 言わせてもらうと、もっともらしくて罪のない説明はないかと俺もずっと考えているんだが、何も思いつかない」

ウォールがエリオットへ顔を向けた。

「あれは、君だったんだな? 昨夜、エレンから電話があったよ」

「俺です」エリオットはうなずいた。「いい気分でやったことだと思うなら、それは勘違いですが」

「ミルズは、これは何らかの勘案すべき事情あってのことだと考えている」とタッカーが言った。「俺はそこまで想像力豊かにはなれない」

「コーリアンとの昔の関わりをどうして私が隠していたか？　これが理由だとも。誰もがまずどんな結論にとびつくと思う？　私が彼と共謀していたはずだと見られる。少なくとも、犯行に気付いていたはずだとな。私は必死で働いて今の地位を得たんだ、それを危険にさらすと思うか？　家族を、妻や子供を、エレンやオデルが味わったような目に遭わせたいと思うか？　お断りだ！」

「つまりあなたは、長年コーリアンが何をしてきたかまったく気付いてなかったと？」

　エリオットは自分の不信を隠しもしなかった。

「まさにそう言ってるだろう。かけらも知らなかった」ウォールが言い返した。「そりゃあ、あそこに彼が住んでるのは知ってた。だが私はアンディに近づかないようにしてたし、向こうも距離を取ってた。田舎の警察官なんて彼のお上品な交遊の輪には不釣り合いだったし、こっちもあのサイコ野郎を家族に近づける気なんかさらさらなかった」

「彼がサイコだとわかってたなら――」とタッカーが始める。

「本当に人を殺してるなんて知らなかったんだ。当たり前だろう！　私をどんな人間だと思ってる？　彼とはなんの接点もなかった。ゼロだ。やがて真実が明るみになり、あいつが……私の目と鼻の先で何をしてたのかがわかった。私の管轄でだ。どう見えるかはよくわかってた。私が共謀したか、見逃してたと見られる」

「捜査班に加わった時、いずれ彼との関係も暴露されると気付いていただろ」とタッカーが言った。

「ああ。でも誰も気づかなかった。ミルズが嗅ぎまわるまで、誰ひとり」

「しかし、マコーレーは知っていたんでしょう?」

エリオットが問いかけると、ウォールの表情が動いた。

「さてな。最後に会った時、そうとも取れることを匂わせてはいたが、本当につき止めていたかどうかは何ともな」

それはまさに謎だ。マコーレーには多くの情報源があったが。

「あなたには、コーリアンについて多くの知識と深い理解があったはずだ」とエリオットは問い詰めた。「どうしてその情報を隠してたんです? それがどれほど役に立ったか――」

ウォールの大きな笑い声が、エリオットの言葉を止めた。刺々しい、不穏な笑いだった。

「夢を見すぎだ」ウォールが言った。「知識? 理解? アンディと一緒に育ったからってあいつを深く理解できているとでも言いたいのか? あいつは残酷なクズだ。残酷で、計算高く、とことん自己中心的。そんなことは君ももう知ってるだろ。今さら私が裏付けたところで何が変わる」

「あなたはコーリアンの考え方をわかっているはずだ」とタッカーが言った。

「いいや、違うね。正常な人間にはあんな脳の考え方は決してわからない」ウォールの視線がエリオットへとぶ。「彼がどうして君を毛嫌いするのかはわかる。ただそれも、言葉では説明しようがない。うまく言えないのは、筋なんか通ってない、ただあいつはそういう人間だというだけのことだからだ。君を見ると、彼は自分に欠けたものを突きつけられる。手に入らないものをな。だからどんな形であれ、君を打ち負かすのが重要だった。君を打ち砕くために。それもう知ってることだな」

「ああ」

エリオットがちらっとタッカーを見た。タッカーの表情が苦い。二人とも知っていることだった。タッカー自身がかつて語ったことでもある。

「ひとつ言っておこう」ウォールが語り出した。「もし知っていたら――あいつが長年何をしてきたか少しでも感付いていたなら、私は隠れて夜中に、ごくひっそりと出向いていって、奴の頭を吹き飛ばしただろう。狂犬病にかかった獣は処分するものだからな。だが、何も知らずにいたんだ」

ウォールのまなざしをのぞきこみ、エリオットはその言葉を信じた。

「彼の、ほかの里親たちはどうです？　彼がほかの家の兄弟たちと連絡を取っていたようなことは？」

「いいや、まずないな。ほかのところには数週間いたくらいで、長くいたのはうちだけだ。エレンとオデルの家だけだ。共犯者の存在に私がずっと懐疑的だったのはそのせいもある。あの男は他人とうまく馴染めない——ま、そういう言い方で足りるなら」

「子供の頃、彼には友達がいなかったということですか？　ひとりも？」

ウォールが苦い顔をした。

「ひとりもだ。人と交流するふりはできた。偽の友情。偽の結婚もあったな、そういえば。高機能性サイコパスだ、あれは。君は彼の同僚だったな？　彼のことをよく知っているか？　いや、誰もあの男を知ることはできない」

タッカーは見るからに疑っている顔をしていた。その目つきを受けて、ウォールがくたびれたように言った。

「なあ、私にどうしろと？　何ひとつあの男を理解できてなどいない。あの男がどうしてああなったのかもわからない。里親制度の中で、彼が格別ひどい目にあったわけでもない。父親を憎んで母親を愛していたが、父親は彼の存在すら知らないし、母親は彼を養子に出した。だから、私の見立てなんか君と大して変わらん」

母親。

「コニー・フォスターと彼の関係は？」とエリオットは聞いた。

ウォールは意表を突かれたようだった。

「見当もつかないが」

「なんらかの関係はあったはずだ」エリオットはそう主張する。タッカーの好奇の視線を見つめ返した。「お前はバンに乗っていた女性をフォスターだと識別した、そうだな？」

「そうだ」

そこでウォールが言った。

「そう思うなら。だが私は何も知らん。知る限り、フォスターは彼の隣人以上の相手ではなかった」

「どう見たってそれ以上の存在のはずだ。フォスターはＦＢＩ捜査官の誘拐に加担したんですよ。コーリアンのためにやったに違いない。あいつが俺に送ってきた手紙の文面が匂わせてたのは、この事だったはずだ」そしてタッカーに向けて、「お前をかっさらうのが王手《チェックメイト》だったんだろう」

ウォールは納得いかない様子だったが、タッカーはエリオットの言わんとすることを正確に追っていた。

「フォスターがブラック・ダイヤモンドに移り住んだのはほんの数年前だ」とタッカーが言った。「そこに重大な示唆があるかもしれない。その前はオレゴンに住んでいた」

エリオットの探るような目つきに付け足す。

「捜査の初期に、隣人の調査はしてある」

「だが何を示唆していると言うんだ」とウォールが異議を唱えた。

「誰にわかる？　だが偶然とは思えん」

ウォールはエリオットとタッカーを見比べ、それからエリオットに顔を向けた。

「あの二人が、恋人か何かだったと思ってるのか？」

「何か、のほうですよ。コーリアンの母親について知っていることはありますか？」

ゆっくりと、ウォールが答えた。

「息子を手放したことだけだ。母親もまだ大人と言える年齢じゃなかった。親から、子供を手放させられた。知っているのはそれだけだ。彼から聞いたのは。あいつは、自分は親から愛されていたからお前とは違う、と言ったんだ」

ウォールの笑みには嘲弄があった。

エリオットはゆっくりと言った。

「コーリアンが、どこかの時点で母親に連絡しようとした可能性はあると思いますか？」

やがてウォールが、ほとんど言いづらそうに答えた。

「あるかもな」


ウォールの言い分はそういうもので、あくまでその主張をくり返した。アンドリュー・コーリアンが連続殺人犯《シリアルキラー》だとは気付かなかった。コニー・フォスターとアンドリュー・コーリアンの間にどんな関係があるのか知らない。

エリオットはそれを信じていいと思う。ウォールは本当のことを言っていると。

タッカーはそこまでではないらしい。

「じゃあお前の説では、死刑の求刑を免れるための取引材料に、コーリアンは愛しの母親を共犯者としてさし出すつもりだったということか？」

ステイラクームへ向かう車内で、タッカーはそう聞いてきた。

「それはどうだかな」問いかける目を向けられて、エリオットはつけ加えた。「ウォールと同じく俺も、コーリアンの長年の犯行に共犯者がいたと見るのは無理があると思っている」

「どういうことだ」

「俺が思うに、コーリアンは死刑の免除を、お前の身柄と取引するつもりだったんだ」

「俺！」

エリオットはうなずいた。

「それがプランＡだったんだと、俺は見ている。この偽装の共犯者の手からお前を無事返すのと引き換えに、減刑を勝ち取るつもりだった。奴らがお前をすぐ殺さなかったことには理由があったはずなんだ」

「ならプランＢは？」

「プランＡがうまくいかなかったら、報復としてお前を殺す。という感じだろう」

「ありがたいね」

悪い、とエリオットは視線をとばす。返事より早く、タッカーの新しい携帯が鳴った。

タッカーがヤマグチに最新の状況を報告――同時にその逆も――している間に、エリオットはウォールから聞いた話を頭の中でまとめていた。

はじめからコニー・フォスターのことは怪しいと思っていた、と言いたいのは山々だが、エリオットは彼女のことをそこらの変人だと見て深く考えなかった。今になって、初対面の彼女から向けられたショットガンを思うと背すじが冷たくなる。

「まあ、近いうちにコーリアン本人から話を聞けるかもしれないな」

携帯を切るタッカーの言葉が、エリオットの思考を断ち切った。

一瞬、エリオットはいぶかしげな目をタッカーへ向けた。

「どういう意味だ。降霊会でもやる気か？」

タッカーはそれにうまく答える言葉を探しているようで、さっさと言えと待ちながら、エリオットの緊張が高まっていく。

「今、ケリーから、コーリアンの容態について最新の報告が来た。医者は、じき意識を回復するかもしれないと見ているそうだ」

27

「我が家こそ最高だ」とタッカーがもそもそ言って、枕に顔をうずめた。

エリオットはベッドの縁に腰をかけ、タッカーの背中を安心させるように撫でてやった。タッカーよりも自分を安心させるためだ。小さく微笑んだ。

「俺は犬の散歩に行ってくるよ。一時間ぐらいで戻る」

タッカーが眠そうに了承を呟いた。

今日のほとんどをすごしていた犬小屋からやっと解放されたシェバは大はしゃぎで、見ていないうちに自分の島が荒らされていないかいそいそと見回りに向かった。草の一本一本を嗅ぎまわっては、陽だまりを見つけるたびにゴロゴロ転がってうっとりする。その間、エリオットは謎のピースをうまくはめこめないかとまた考えに沈んでいた。

今でもトーリン・バローが計画にどう加わっていたのか理解しきれずにいる。だがバローは単に便利だったから引き入れられただけなのかもしれない。コーリアンがずっと共犯者と組んでいたと見せたりタッカーを誘拐するのに、フォスターには人手が必要だっただろうから。

エリオットを尾行したりタイヤをパンクさせたりの嫌がらせは、コーリアンに共犯者がいると信じさせるための企みか。きっと時間とともにエスカレートしたのだろうが、その前に突然コーリアンが計画から姿を消した。

本物の共犯者、コニー・フォスターはひとり残されて慌てただろう。

ほかに説明がつかない——タッカーの誘拐には成功しておいて、それきり何の要求もなかった事実には。

コーリアンが意識不明になった時点で、すべての歯車が急停止したのだ。

それとも——。

違うか。

バローはエリオットの尾行を続けていた。実に情けない、エリオットは尾行にまるで気付けなかった上に、つけ回された相手は殺し屋志願者だったのだ。そしてどうやらそのバローはエリオットを追ってウィリアム・マコーレーが撃たれた現場に行き合わせ、パニックになって——エリオットがマコーレーを殺したと思って？——エリオットに銃を向けた。

なんたる混乱か。

それに、昨日の夜明け前の家への侵入は？

あれはやはりシェバがなじみのない場所で知らない音に怯えただけとも言えそうだが、そうじゃなかったかもしれない。シェバがあんなふうになったのは後にも先にもあれだけだ。

誰かが――フォスターが？――キャビンに忍びこもうとしたのだろうか。気持ちのいい考えではない。今も彼女がこの島にいるなんてことはあるだろうか。

そのフォスターだが、一体彼女の動きをどう読めばいいのか。彼女はアンドリュー・コーリアンを守るために動いているのか、それともほかの目的があるのか？

エリオットは携帯へ目をやり、口笛でシェバを呼んだ。もう一時間以上散歩しているし、家に帰ってタッカーが大丈夫かたしかめたい。タッカーを心配せずにすむようになるまで随分かかりそうだ。

シェバが先に立ってのどかに家へ駆けていき、エリオットはその姿を眺めた。シェバを引き取ると言ったらタッカーはどう思うだろう。もちろん、トッド・ライスの親が彼女を引き取りたがるかもしれないが、もし誰も手を上げないなら――そしてタッカーが賛成してくれれば……まあ、とにかく考えてみないとなるまい。

この家にフォスターが来ていたかもしれないと思うとどうにも気が騒ぎ、戻ったエリオットは、ぐるりと正面まで回ってポーチをじっくり眺めた。

吠え声で起きた夜中には暗すぎて見えなかったが、あらためて見るとたしかに、正面ドアの前のマットの上に、何か金色に光る小さなものがあった。

エリオットはそれを拾い上げ、しげしげと眺めた。

金の結婚指環だ。男物の結婚指環。

エリオットの腹の中が冷たく凝る。これはまずい。こんな指輪がたまたま転がってくるわけがない。これは何らかのメッセージとして置かれたものだ——それも花束付きの甘いメッセージなんかではなく。

二階へ上がると、タッカーはまたベッドにいたが、シャワーとひげ剃りは済ませていて、どうやら死んだように眠る段階はすぎてのんびりくつろぎ始めたようだった。

「散歩は楽しかったか?」とエリオットを迎える。「モンゴメリーから電話が来た。どうやらお前とまた仲良くしたいようだ」

それから、じりじりベッドに近づいてきたシェバに「やあ、よろしくな」

シェバは小さな耳をぴったりと伏せ、後ずさった。

タッカーが寂しそうに微笑む。

「俺のことをどう思っていいかわからないようだ」

「今の段階では、誰が相手でもそうだと思うよ」エリオットはベッドにごろりとのびて、タッカーに指輪を見せた。「こんなのを見つけたんだけど」

タッカーがその指輪を受け取り、見つめた。長々とそうしていてから、ひどく奇妙な声で言った。

「どこでこれを?」

仰天した様子から、エリオットは自分の読みが正しかったと悟る。確認するまでもなかったが。古い映画では犯罪者はうっかりハンカチやマッチを落としたりするものだが、誰も――映画でも現実でも――結婚指環を落として気がつかないなんてことはない。

「玄関前のウェルカムマットの上にあった」

続いて、エリオットは二日前の夜中、シェバの興奮した吠え声で起こされたことを話した。アライグマか、それともそれ以外のものに。

タッカーの表情から見るに、どうやらアライグマではなさそうだ。

「今日置かれたのかもしれないけどな」とエリオットはつけ足した。

「それは――いや、そうじゃないと思う。きっとその土曜の夜中の不審者だろう」

タッカーは、エリオットをじっと見つめ、それから指輪に目を戻した。顔色を失っているようだったが、もともと白いのではっきりとはわからない。

「そうか。で、どうしてそんな顔してるんだ？」とエリオットは聞いた。

「刻印を見てくれ」

エリオットは指輪に刻まれた言葉を読んだ。

「〝つねに〟」

タッカーの青い目をじっと見つめ返した。

タッカーが、ゴクリと唾を呑んだ。

「この指輪は、お前のために買ったんだ」と言う。「さらわれた時、持っていた」

情報が多すぎる。エリオットは一番穏当な部分にとびついた。

「俺のために？」

タッカーがうなずいた。ねじれた笑みだ。

「お前がうっかり見つけないように、家には置いていけなかった」

エリオットはとりあえずうなずいたが、今のは説明になっているか？

タッカーが咳払いして、切り出した。

「こんな形で言うつもりでは——だが前から考えてて——しばらく前からだが……俺たちは、この際……いや、つまり、当然、お前がよければだが——」

「イエス」とエリオットは答えた。

タッカーの顔が輝く。

「イエス？　それって——俺たち、同じことを話してるのか？」

エリオットは微笑んだ。

「そうだよ。結婚だろ？　いい考えだ」

それを聞いたタッカーが満面の笑みになって後ろへもたれ、軽い調子で言った。

「お前は気に入るだろうと思ったよ」

エリオットは笑い出し、タッカーに引き寄せられてキスをする時にもまだ笑っていた。だが唇が離れた時、タッカーの目には憂慮の色があった。

「その指輪が家の前にあったということは、フォスターも来ていたということだ。これはお前に向けたメッセージだった」

「わかってるよ」エリオットは立ち上がろうとした。「今からモンゴメリーに電話する」

「そうだな。それか……二十分後に」

とタッカーがエリオットのネルシャツの裾をつかみ、引き戻した。

エリオットは笑うと、シャツを頭から引き抜き、ベッドの足元のほうへ適当に投げた。Tシャツもそれに続く。

タッカーが前のめりになってエリオットをベッドに倒した。エリオットは下から微笑みかけ、タッカーの腰回りに手を這わせると――痩せたことをまた実感し――背骨を、なめらかな背中の筋肉を感じる。二つのくぼみ、尾てい骨の中央にある固い骨。

「会いたかった」

エリオットは微笑を保って言ったが、この一週間でこんな時間は二度と来ないだろうと幾度恐れたことか、痛みが細胞まで焼きついているようだった。今になっても心が少しきしまずにはいられない。

「わかってる……」タッカーの声はやわらかく、心からわかっているかのように優しい口調だった。「もう大丈夫だ」

「そうだな」

瞼にそっとタッカーの唇がふれる。

「殴って悪かった。顔の傷は痛むか？」

「もうすっかり忘れてたよ」

タッカーのこけた頬は、ひげを綺麗に剃られてなめらかになっていた。エリオットは頬擦りしながらタッカーの唇までたどり、吸い付いた。キスは温かで歯磨き粉の味がして、この上なくなつかしい。

タッカーの言葉から、彼の香りが漂う。

「お前は少し着てる服が多すぎるぞ、今から俺が抱くつもりの男にしちゃ」

エリオットの心臓がジャンプして、全身が欲情のエネルギーと興奮に燃え立った。まだタッカーのことは静養中と見なしていたが、そのタッカーがやる気なら——そう、間違いなくやる気だ。

「それはすぐ解決するよ」

ジーンズを引き抜くとくたびれた布地を蹴りとばし、後ろにドサッと倒れて足を広げ、エリオットは息を切らせながらシーツの中で微笑んだ。

タッカーはすっかり没入した表情で、エリオットの二の腕の内側をたどり、うっすらと青い血管をなぞって、胸元に指先を這わせていく。失われた言語を学びなおすかのように、真剣そのものの顔で。

「これで、正気を保ってた」タッカーが囁いた。「目をとじて、お前にすることをひとつずつ思い描いて……」

エリオットの首筋に、それから喉元にキスをして、タッカーが顔を上げた。優しく二人の鼻や口同士がぶつかり、唇が重なる。

エリオットが「お前の鼻が好きだよ」と呟くと、タッカーが笑った。

別に冗談のつもりはない、エリオットはタッカーの鼻梁にキスをし、目尻にキスをした。声が震えた。

「頭から離れなかった……どうしてもっとお前にキスしなかったのか、どうしてお前の鼻や瞼にキスしなかったのか。どうしてお前にもっと愛してるって言わなかったのか」

「おい」

タッカーが反論する。体を引き、心配顔で、その目は激しいほどまばゆい。

「そんなことを言うな。そんなことを言われると――そんなことはなかったろ」

いや、そうだ。そしてこの新たな日々、エリオットはどれほどタッカーを大事に思っているかもっと伝えるつもりだった。どれくらい大切で、どんなに愛しているか、伝える手間を惜しまず……。

タッカーの手がエリオットの尻を抱えあげ、ぐいと引き寄せた。ずっしりしたペニスの先がエリオットの膝をかすめる。エリオットの両手がなめらかな肌に浮き出た鎖骨を、固い乳首をすべった。タッカーの胸にはぐるりとロープの擦れ跡がついていて――連中は彼を吊るしてあの穴に下ろしたのだ――手首にも痣があった。どれも時間が癒すだろう。

　エリオットの上にタッカーが覆いかぶさった時、シェバが床板を爪で掻きながらつっこんできて吠え立てはじめた。

　タッカーが体を引き、エリオットは起き上がる。

「勘弁してくれ、シェバ！」

　シェバの当惑顔はひどく人間臭かった。下がっていくと、ちょこんと尻で座ってバランスを取り、白い両前足で目を覆ってみせる。

　エリオットは唾を呑んだ。まだ驚きと、行き場のない欲望で鼓動が速い。

　タッカーが、一瞬置いて感想を述べた。

「あれは……可愛い芸だな」

「だろ」一、二呼吸の後、エリオットはつけ足した。「ライスはかなり時間をかけて犬と遊んだり、訓練してたらしい」

「何の？　純潔を守る訓練か？」

　二人がじっと見ていると、シェバはベッドの上にとび乗り、エリオットとタッカーの間に割って入った。ちぎれんばかりに尾を振って、タッカーを警戒の目で制しつつ、エリオットには謝罪を伝えようとしている様子だった。

「うちで飼うのか？」とタッカーが聞いた。

「ノー、シェバ」エリオットは全力で舐めにくる犬の舌を避ける。「……そうはいかないようだね」

心が張り裂けるようではあるが、シェバがタッカーを敵視するのなら……。

タッカーが眉を寄せた。

「いや。俺に彼女を手なずけるチャンスをくれ」

その言葉を理解したかのように、シェバがタッカーに嫌そうな、悪意すら感じる目を向けた。

「ノー。悪い子だ、シェバ」とエリオットは彼女を床へ押し戻した。

シェバが、犬としては最大限の落胆の顔を見せる。

「俺は、その犬には借りがあるようなものだからな」とタッカーが言う。

「いい犬なんだよ。まったく」エリオットは溜息をついた。「モンゴメリーに電話しないと……」突然にあくびが出る。「じゃ、俺たちは、ええと……」

タッカーが苦笑いをした。

「この際二人でしばらく添い寝して、俺とお前のことを彼女にも慣れてもらう、というのはどうだ」

「モンゴメリーに？」

「あー、いや、お前の新しいお友達にだ」

そのシェバは険しい目つきでじっと、二人が横たわり、くつろいで寄り添う様子を見つめていた。

「大丈夫だ、シェバ」

とエリオットは話しかける。タッカーの腕に抱かれると、あるべきところに帰ってきた気分だった。最高だ。こんなに疲れているなんて自覚すらしていなかった。まるでこの四十八時間、病院とノブの農場、グース島の間をひたすら駆けずり回っていた気がする……。

シェバが小首をかしげた。やがて、また寝そべると、前足に顎をのせ、しっかり見張れる体勢に移った。


五時近くになって目を覚ますと、エリオットは一人だった。

一人にはもう飽き飽きしていたので、寝返りを打ってあと千年ぐらい眠りたいところだったが、エリオットはタッカーの声をたよりにキッチンへ向かった。

入り口にたどりついてみると、タッカーの言葉が聞こえた。

「いいか、もし俺たちが同居人になるのなら、どうにかして仲良くやっていかないとならないんだぞ」

タッカーは生のステーキ肉をかかげ、シェバは後足で立って宙をかいていた。

エリオットの口がぽかんと開いた。怒鳴る。

「ちょっと！　何してる？」

ふたりして後ろめたそうにとび上がった。タッカーがステーキを取り落としかける。シェバは両目を覆った。

「シェバ、一体どういうつもりだ？」

エリオットの前までシェバが後ろ足で踊りながらやってきて、無実を訴える。

「いいや、聞く耳持たないぞ」

エリオットはそう言い渡した。次にタッカーのほうへ向く。

「なあ」とタッカーが言った。「お前、まるで犬のほうが責任が重いかのように話しかけてるの、わかってるか？」

「お前は犬にサーロインステーキを食わせようとしてたんだぞ、ランス。だから、ああ、お前たちふたりならお前が格下だ」

タッカーがニヤッとした。

「いいね、家に帰ってきたって実感が出てきた。戻ってからというものお前があんまり優しいんで、どこか悪いんじゃないかって心配しはじめてたところだよ」

それには渋々ながらエリオットも笑ってしまい、タッカーに抱き寄せられるままになると、長くじっくりしたキスを受けた。

「……とにかく」とタッカーはやがて言った。「彼女の心を勝ち取れそうだぞ。波長を合わせればよかったんだ」

「ステーキを使ってチューニングするつもりか？」エリオットはタッカーの全身に手を這わせた。「そのステーキ、まだ残りがあるなら、お前に夕食を作らないとな。こんなに痩せちゃって」

「お前も痩せたろ。俺が恋しくて、だな？」そう言ってタッカーは続けた。「モンゴメリーには電話した。行動分析課《ＢＡＵ》がコニー・フォスターについてのプロファイル分析にかかった」

「随分と早い」

「緊急性があるからな」

　タッカーと目を合わせて、エリオットは腹の奥にうっすらとした虚脱感を覚える。

「たしかに」

「彼女はとっとと逃げおおせたかもしれない」タッカーが言った。「二度と俺たちに近づかないこともあり得る。少しでも我が身が可愛けりゃそうするだろう」

「ＢＡＵは、彼女がどういう行動に出ると考えてる？」

「サム・ケネディは、お前を狙いにくると言っている」

　それは……また。だが納得はいく。これはずっとエリオットとコーリアンとの間で行われてきた〝ゲーム〟なのだ。コーリアンはそう見なしていたから、フォスターが同じ見方をしていても不思議はない。タッカーをさらった行為でさえ、そこにはエリオットを最大限苦しめたいという狙いがあったはずだ。実利的な観点で言えば、捜査班のどのメンバーだろうと人質として使えたのだから。むしろ過去との因縁を考えれば、ウォールのほうがコーリアン好みの標的だったと言える。

「遅かれ早かれ、か」

「早いほうだろうな」

そう答えたタッカーの淡々とした口調を、目の寒々しさが裏切っていた。

28

「女性のシリアルキラーはきわめてまれだ」とエリオットは、ワイングラスにおかわりを注いでくれるタッカーに言った。

「だな、たしかに。行動分析課《BAU》もフォスターがそもそもシリアルキラーであるとは考えてない。ライス殺しの犯人だとは見なしているが。ありそうな推測としては、お前の探してたライスはハイキング中にあの穴の入り口を見つけたか、フォスターが穴に出入りするところを見てしまったんだろう。ごまかせることじゃない。フォスターは手を打つしかなかった」

筋は通っている。

「フォスターはいつもショットガンを携帯していた」とエリオットは呟いた。

タッカーが落ちつき払った口調で、

「BAUの分析によれば、フォスターはあと四十八時間以内に俺を殺しただろうということだ」

エリオットの心臓が鼓動の中間で止まった。そんなにギリギリだったのか。軽い調子で返した。

「そうか、いいタイミングだったな」

タッカーの声が険しくなった。

「BAUは同時に、フォスターはお前を仕留めるためならどんな手も使うだろうと見ている。彼女は、コーリアンの人生でうまくいかなかったことはすべてお前のせいだと信じてるんだ。コーリアンがそうだったように」

エリオットはうなずいた。何も目新しいことではない。

「逮捕や、たとえ自分の死すら恐れないだろうと見られている」

「母性愛だな」エリオットは呟いた。「ほかにBAUは何をつかんだ？」

もう食欲はなかったが、とにかく手を止めずにステーキを切り、口に押しこむ。

「さっき言ったように、まだプロファイル分析の途中だが、ＢＡＵはコーリアンは近親相姦によって生まれた子供だったと見ている。おそらくフォスターの家族は厳格で敬虔だったんだろう。福音派であったかもしれない。どの場合でも、たとえレイプによる妊娠であろうと、中絶は許されない。彼女は赤ん坊を手元に残したがったかもしれない。自分の味方と見なしていたかもしれない。ＢＡＵの推論では、彼女は幾度も脱走をこころみた末、結局は赤ん坊を取り上げられた」

悲惨な話だ。そのとおりであるなら。

エリオットはたずねた。

「コーリアンについての情報は？」

「今日の午後、発作を起こした。だから目を覚まさないかもな。早めにこの世をおさらばして税金も手間も省いてくれるかもしれん」

ワイングラスに手をのばしながら、エリオットは考えこんだ。

タッカーが続けた。

「ＢＡＵは、フォスターが暴力的な事件を起こした後――死人までは出ていないだろうが――家を出て、長いこと路上で暮らしていたと見ている。薬物の使用や性的虐待もあっただろうが、同性とのある種の深い関係が人生のターニングポイントになり、しかしその関係も早すぎる終わりを迎えたために、また放浪するようになったと」

「何だってそんなことまでわかるんだ」

タッカーは肩をすくめた。

「それがBAUの仕事だ。プロファイリングはこのためにある。ここまでずっとBAUはコーリアンを分析し、コーリアンがどう生み出されたかについても分析を重ねてきた。フォスターの存在も知らないうちからBAUが彼女のプロファイルを構築してきたのは実にラッキーだった」

考えこんだまま、エリオットはうなずいた。そういう言い方もできるか。

「BAUの仮説によれば、四十歳をすぎてからフォスターは我が子がどうなったか探そうとしたのだろうと。それこそすべてを注ぎこんで」

電話が鳴り出し、エリオットは——自分でも頭にくることに——とび上がっていた。

タッカーが言った。

「多分モンゴメリーからだろう。お前とまた話をしたがっていた」

むっつりとうなずいて、エリオットは電話を取りに立ち上がった。

タッカーの予想どおり相手はモンゴメリーだった。

少し気まずいおしゃべりをして、タッカーいわくの〝歩み寄り〟を見せた後、モンゴメリーが切り出した。

『ミルズ——いや、エリオット。あなたも知っているようにFBIは支局に、そしてその責任者に、運営について大きな自由裁量の余地を与えている。ＦＢＩの方針に従い、効率的かつ円滑に機能している限り』

「ええ、知っています」

『時代の流れは、専門技能特化に向かっている。我々は美術犯罪チームも持ち――まあ、知ってるね。再編成が始まった頃、まだうちにいたのだし』

　エリオットがぎょっと驚いて顔を上げると、タッカーがそばまで来ていてシンクの窓の前からわざわざエリオットをどかした。やれやれ、という顔をしている。

　返事のかわりにエリオットは首を振った。この窓から彼を撃つには、コニー・フォスターは六メートルの松の木の上に陣取っていなければならない。

　タッカーもやはり首を振って応じた。

　モンゴメリーはまだくどくどしい話を続けていた。

『支局によっては国内テロ専門班を作った。どんな形になるかは、地域の特性によって左右される。私は少し前から、うちの支局に未解決事件《コールドケース》の特別班を作ろうかと考えていた。かなりの数の未解決事件をかかえているし――中でもロバート・ダイス・トンプソン連邦検事補の暗殺などは支局の業績の汚点ともなっているしね――きっちり調べようにも、そもそも人手もほかのリソースも足りていない』

　脳裏にチカッと光がともった。これは、つまり、そういうことなのか？　一方的な期待をしたくはないが、そうでないならどうしてモンゴメリーがこんな話をする？

　エリオットがタッカーの目を見ると、タッカーもじっと彼を見つめていた。奇妙な、淡い微笑を浮かべている。苦くもあり、慈しむような笑みでもあった。

「それは……とても興味深い話です」

　その特別班に加わりたいか？　イエス。どんな形であれ？　イエス。今この瞬間まで、自分がどれほどこんな機会を待ちわびていたのか気付いていなかった。教師の職は好きだ。本当に。その暮らしに適応しようと全力を尽くしてきた。だがこれこそ彼の愛する仕事。これこそ天職なのだ。

　モンゴメリーが言った。

『去年からの出来事は、あなたにそうした捜査への適性があることを示してきたと思う。もちろん、実績も十分だ。今では教職の経験まで積んだ。私は、その専門チームの統率をあなたにまかせたい』

「統……率？」

　エリオットはくり返した。聞き違いかと思いながら。タッカーを見やると、タッカーの笑みはじつに苦く――同時にこの上なく満面の笑みでもあった。

『厳密には、非捜査員としてのポジションだ。身体的な条件は捜査員ほど厳格ではなく、もっともそれ以外においては――』

「やります」エリオットは言った。「志願します。是非、候補に加えて下さい」

モンゴメリーの返事には、彼女には珍しいほんのうっすらとしたユーモアの響きがあった。

『いやいや、あなたで決まりだよ、ミルズ。そのつもりがあるなら』

さらにその先も話は、当然、続いた。だが、エリオットは自分がタッカーへの相談なしで転職を決めたことをひしひしと意識してしまっていた。それだけはやるまいと思っていたことなのに。

電話を切るやいなや、エリオットはタッカーへ向き直った。

「タッカー――」

「おめでとう」とタッカーは言った。まだあの奇妙な笑みを浮かべたまま、エリオットに腕を回す。いい心地だった。エリオットはタッカーを抱きしめ返した。きつく。激しく。

「もしお前が、俺にこの仕事についてほしくないなら、断るよ」

辞めろとは言わないでくれ、たのむから――。

だがエリオットはそうするつもりだった。タッカーのためならこの職をあきらめる。この日々が――二人の人生のほうが大切だ。

「黙れって」タッカーが囁いた。「お前は当然、その仕事を受けるんだ。俺が、そうしてほしいんだ」

エリオットは首を振った。タッカーが言う。

「そうだとも。ああ、その職を受けろ。お前が最高に誇らしいよ」

エリオットが見つめると、タッカーは熱のこもったキスをして、大丈夫だと安心させた。

二人はブラックブルで祝杯をあげ、エリオットが小さな店で買っておいたヘーゼルナッツケーキで祝った。それからエリオットは、シェバを夜の散歩につれていくと言った。

その一言で、くつろいだお祝い気分が四散した。

「いや、いや」とタッカーが言った。「シェバは一晩ぐらい散歩なしでも大丈夫だ」

真剣でいかめしいほどの顔をしていた。

「よしてくれ」エリオットは一蹴する。「フォスターが今夜狙ってくるわけがない。彼女は待つよ。俺たちが気を抜いて、油断を見せるまで」

気持ちのいい考えではないが。この先十年間をフォスターからの一撃を待ちながらすごすのは嫌だが、フォスターから今この瞬間見張られていると思うほうが心温まるわけでもない。

「俺の考えは違う」タッカーが返した。「BAUもそうは思っていない。フォスターはすべてがお前のせいだと信じているから、その報いを与えるために待ったりはしない。何が起こるとしてもここ数日以内に来る」

「ならフォスターが動き出すまでじっと家に立てこもって待てっていうのか？　やってられるか」

タッカーはその発言をじっくり考えている様子だった。

「いいだろう」と言う。「俺が犬を散歩につれていく」

「お前が？　冗談じゃない！」

「なるほどな」タッカーが嫌味っぽく言った。「お前は、俺が外に行くのは安全じゃないと思ってるわけだ。ならどうして、お前の月下のお散歩を俺がおとなしく見送らなきゃならないんだ？」

口ではエリオットに負けると主張した男のくせに、なかなかやるものだ。

エリオットが返事に詰まっていると、タッカーが言った。

「やっぱりな。シェバは一晩散歩なしでも平気だ。当人だって行けないからってヘソを曲げそうには見えないぞ。まあ曲げるなら尻尾か」

顎をしゃくった先ではストーブの前で犬がぐっすり眠りこみ、べろべろになった酔っ払いのようないびきをかいていた。

「……わかった。一日くらい、いいだろう」とエリオットは渋々うなずいた。

本音を言えば、芯から疲れきっていた。さっきの昼寝では、底なしの疲労感をせいぜいやわらげる程度にしかならない。本物の睡眠がほしかった。タッカーがワイオミングに行って以来失ってしまった、深く安らかな眠り。

タッカーもやはりくたくたに見えた。目の下の隈も濃いし、鼻や口のそばに皺が刻まれている。

「ベッド?」とタッカーが提案し、エリオットはうなずいた。

ベッドに入るまでのいつもの一連の仕度すら、この一週間の後では至福に思えて、ついにベッドにもぐりこんだエリオットはタッカーの腕に抱きとられた。そのおだやかな安らぎはただ……ただ、あまりにもいつもの日常で、エリオットの喉が詰まる。

日常、とはまだ言い切れないか。タッカーの予備の拳銃が手の届くナイトスタンドに置かれ、エリオットのグロックがベッドの逆側のナイトスタンドに乗っていた。

月光の筋が壁やベッドカバーに鉄格子のような模様をつけ、エリオットはコーリアンを思い出していた。今頃刑務所病院にいて、意識を取り戻しているのかどうなのか。そんなことは考えたくない。この瞬間の心地よさを味わう以外、何も考えたくない。

耳の下でタッカーの鼓動が規則正しく、はっきりした音を立てている。エリオットは目をとじると、世界で何より素敵な音に耳を傾けた。

不意にタッカーが聞いた。

「親父さんとはどうなった?　何も聞いてないが。結局、ノブのために証言したのか?」

エリオットは目をとじたまま、うなずいた。だがすぐ笑い出す。

「父さんときたら、お前の写真入りのチラシを山ほど作ってさ。それを友達と一緒にシアトル中にばらまいた。牛乳パックに入ってる〝この子探してます〟情報みたいに」

タッカーも笑い出していた。

「それどころか、父さんは地元の牛乳屋に掛け合って、本当にお前を牛乳パックに載せようと……」

タッカーが爆笑した。エリオットの頭の下で彼の胸が激しく震える。

「……お前の親父は大した人だよ」

タッカーが笑いをおさめて言った言葉に、エリオットも同感だった。

深い深い眠りの最中、体の下からタッカーが転がり出し、一階のシェパが必死で吠え立てて、エリオットはわけもわからずとび起きた。キャビン全体が揺れているようだ。

かすれ声で、

「一体——」

「ここにいろ」

タッカーはすでにそう言いながらドアから出ていくところだった。

緊急の指示ではなく、単なる反射的な一言だ。一階の何やらに対処しに行くタッカーを放ってエリオットが二階でおとなしく待つとでも思っているのか？

エリオットはよじれたシーツやブランケットを蹴りとばし、拳銃をつかむと、タッカーを追って階段を駆け下りた。

頭上に迫るのはヘリの羽根の耳をつんざくような回転音で、キャビンが揺れている謎が解ける。エリオットは支えに手すりをつかみ、下の部屋をさっと見回した。

外では青と赤のライトが明滅し、ゆっくり揺れるロッキングチェアや大時計ののどかな文字盤、暖炉の上の古い農場の絵をチカチカと浮かび上がらせている。シェバをドアの前からどかそうと引っ張るタッカーの姿も。

「シェバ、来い！」

そう命じると、シェバがおとなしく寄ってきたのでエリオットは少し驚いた。階段の足元で柱の脇に膝をついて、玄関扉のほうへ銃をかまえる。

タッカーがその扉横、ドアと窓の間に立って銃をかかげ、耳を澄ませていた。

色々な音がしていた。軍隊でも押しかけてきたような騒ぎだ。ヘリコプターのローターの音が警察無線の音も号令も叫びもほとんどかき消している——拡声器を持った誰かが別の誰かに「武器を下ろせ！」と怒鳴った。

何が起きているのか見えないのがひどくもどかしい。だが窓の外には様々な動きがあり、捜査員であふれていた。

シェバが喉の奥で唸りを上げる。

「大丈夫だよ」とエリオットはなだめた。

そして数秒後、ポーチに入り乱れた重い足音とくぐもった反抗の声から、本当に大丈夫なのだとわかった。

タッカーが玄関ドアを開け放つと、そこには手錠をかけられたフォスターが、たくましい保安官助手たちやシアトル市警の面々によって引き立てられていく光景があった。フォスターはしきりに蹴ったり暴れたりしていて、乱れた髪がメデューサのようにその顔にかかっていた。

「すべてクリア」警官の一人がタッカーに報告した。「ほかには誰もいません」

エリオットがドア口にいるタッカーの所まで行くと、パイン刑事がポーチまで駆け上がってきた。パインは何か言おうとしたようだったが、フォスターがくるりとキャビンのほうへ向き直って、エリオットへ金切り声を上げた。

「やれる時にあんたを殺しときゃよかったよ！　初めて見たあの時、そのアタマを吹っ飛ばしときゃよかった――」

「残念だったな」とタッカーが叩きつけるように返した。

罵って暴れながらフォスターが引きずっていかれると、パインが確認した。

「二人とも大丈夫か？」

「問題ない」タッカーが答えた。「よくやった、パイン。ただヘリには肝が冷えたぞ。屋根がつぶれるかと思った」

まさに。エリオットの心臓はまだ過剰なアドレナリンでドクドクと暴れていたが、それでも、二人そろって無事に終わったのだ。

「ついてくるか、それとも後にするか？」とパインがタッカーに聞いている。

タッカーがエリオットを見た。エリオットは「すぐ行く」と答えた。

親指をぐっと立ててみせ、パインが背を向けた。

「さて、ランス」とエリオットは言った。「俺には決して隠し事はしないというご立派な自分の演説を覚えてるか？　家の裏に捜査員たちがどれだけ大勢詰めかけて待ち伏せしてるのか、一言俺にも言っておこうって気にはならなかったのか？」

後ろめたそうな顔にはなったが、そこはさすがにタッカーだ、すぐに気を取り直した。

「それで俺たち二人ともが眠れぬ夜をすごす必要はないだろう、違うか？」と期待をこめて聞いてくる。「お前は今にも倒れそうだったし――」

それに言い返そうと――くってかかろうと――したエリオットへ、タッカーが慌てて言った。

「わかった、わかったよ、教授。これで最後だ。約束するから……」

29

「コーヒー飲むか？」とタッカーが聞いた。

コニー・フォスターがパイン刑事とヤマグチ捜査官の質問にふてくされて答えている取調室が見える窓から、エリオットは振り向いた。

「ありがとう」

カップを受け取り、苦いコーヒーを口にするとむせ返りそうになった。タッカーがハーフミルクと甘味料でごまかそうとしてくれてはいるが、相変わらず信じられないくらい悲惨なコーヒーだ。

フォスターが言っていた。

「FBI捜査官をあんたたちが見殺しにするわけがない。それも捜査班のリーダー？　交換に応じるしかないはずでしょ。ミルズは交渉するはずだった」

タッカーがボソッと言った。

「彼女が——この二人が、そんな計画がうまくいくと思っていたなら、どうかしてる」

エリオットは肩をすくめた。コーリアンがひとつ正しく把握していたのは、タッカーを救うためならエリオットがほぼ何だろうとやるという点だ。最後まで、コーリアンは自分の多様な被害者たちの思考回路を正確につかんでいた。エリオットとてその例外ではなく。

タッカーが続けた。

「俺は、コーリアンの頭の中には違うシナリオがあったと思っている。俺を誘拐したところで死刑免除の取引ができるなんて、あいつが信じてたとは思えない。だが、それが狙いだとお前が信じているうちは、あいつはお前をいたぶることができた。ずっと、それこそが肝心な点だったはずだ。お前を最大限苦しませること」

たしかに。タッカーのその見解は、きっと正しい。タッカーが今も生きているのは、コーリアンが重傷を負ってしまって共犯者たちがその先どうしたらいいか知らなかったからにすぎない。彼らは、タッカー誘拐の目的はＦＢＩをはじめとする法執行機関との交渉であると信じつづけていた。そして、タッカーに逃げようがなかったからには……。

「息子が、家に若い男をつれこんで殺していると知ったのはいつです？」とヤマグチが聞いた。

「彼が逮捕された時さ」とフォスターが答えた。肩をすくめる。

その仕種は……奇妙だった。最近の子供ときたらまったく！　というような態度。

「それで通じると思うのか」とパインが言った。「ずっと生き別れで再会した息子がシリアルキラーだったって、気付きもしなかったと言うのか？　あんたは前からあいつを手伝ってたんだろ？」

「いいや。そんなこと知らないね」

「あそこに引っ越したのは、息子の近くに来て、奴のイカれた趣味を手伝えるからだろ」

「あんたがそれを信じるのは勝手さ」

そう言い放ったフォスターは、実際まるきり意にも介してないようだった。

ヤマグチがまた言葉をはさんだ。

「コーリアンとは、看守のタミル・フラーリーがこっそり運んだ手紙でやりとりしてたと言ってましたね。コーリアンは前妻のホノリア・サリスにも手紙を出していた。サリスもこの計画に加わっていたと見ていいんですか？」

「あの気取ったビッチが？」フォスターは笑った。「いいや。あの女がおきれいな爪が汚れるようなことをするもんか。贅沢な暮らしが大事さ。あたしがＦＢＩ野郎の持ち物をキャピトル・ヒル中にバラまいてあの女が疑われるようにしといたっていうのに、あんたたちときたらひとつも見つけられやしなかった。あの男のスーツケースはゴミ箱ん中だ。でも駄目、あんたたちはたどりつけなかった。携帯電話すら探せなかった！　あいつ本人をゴミ箱に放りこんどいたって見逃しただろうよ。結局、最後のたよりはあのバカ犬さ。やれやれ」

「ああ、その犬のことだが。トッド・ライス殺害に話を戻そう」とパインが言った。「どうして殺した？」

フォスターが、裏側にエリオットとタッカーが立っている透視鏡《マジックミラー》をじっと見つめた。

「そこにいるんだろ、ミルズ？　これを聞いてんのかい？」

「ミス・フォスター」ヤマグチがフォスターの注意を引き戻そうと机の上を指でコンと叩いた。

「あなたはどうトーリン・バローを言いくるめてランス捜査官誘拐を手伝わせたんです？」

コニー・フォスターはまだ、裏まで見通せるかのように鏡を見つめていた。

「あんたがドアを開けるのを待ってたんだ」とエリオットへ言う。「あんたは、あたしの息子の人生を奪った。殺してやるつもりだったのに。なのにどうしてドアを開けなかった？」

彼女は泣き出した。

「どうして開けなかった！」

タッカーがエリオットに肩に手を乗せ、ぐっと力をこめた。

「わかってるだろうが――」

エリオットはうなずく。窓に背を向けた。「家に帰ろう」


家に入ると二人はもう服を脱ぎはじめていた。周りを回っておかえりと吠え立てるシェバは無視される。

タッカーのシャツと靴はキッチンテーブルから廊下までのどこかで消えた。エリオットのシャツは幽霊のようにふわっと、ロッキングチェアの隣に立つランプにかぶさった。タッカーのジーンズがそのそばの床に落ち、ベルトのバックルがフローリングにカチャンと鳴る。

あと少しで階段というところまで来たエリオットだったが、そこでシェバにつまずいてしまい、タッカーにそのまま最下段へ引き倒される。脇からシェバがキャンと鳴いてあわてて逃げ出した。そのタッカーはエリオットのジーンズを引っ張っていた。

「手癖が悪くてすまないが」タッカーは息を弾ませていた。「だが一瞬でも早くお前とヤレなかったら頭が破裂しそうだ」

タッカーは笑っていたが——エリオットもだ——切迫感は本物だった。二人ともに。前にセックスした時からもう何百万年も経ったようで、あまりに長すぎる。

エリオットは身をよじってデニムから脚を抜き、無理な動きで膝に走ったうずきは無視した。

「ああ、たのむ、挿れてほしいよ、タッカー……」

やっとジーンズとパンツから自由になると、エリオットは恥ずかしげもなく腰を後ろに突き出して誘った。もうわけがわからないくらいに欲しい。無精ひげが散るタッカーの顎が背中の下側と尻の丸みにふれると、ざらりと擦れる快感に身を震わせ、ちろりと谷間を舌と唇で焦らされて腰を上げた。

「ああ、タッカー、タッカー……」

バターでぬらついた指が——おっと随分と周到だ、タッカーはバターをひっつかんできたのか？——エリオットの奥に差し入れられ、容赦なく、巧みな手で慣らしていく。あまりにも密接に。あまりにも知り尽くした動きで。

「どうしてほしい？」

タッカーの息が裸の肩に、うなじに熱くかかり、エリオットは太い指が内側で動くたびに体を震わせた。呻き、タッカーの愛撫をもっと深く求めて動こうとする。足りない。もっと拡げられ、満たされたい。体の深くで動くタッカーの屹立を感じたい。

「駄目だ」愛しげに、意地悪に、タッカーの指の動きは満足するにはあまりにも優しい。「ちゃんと言うんだ。お前の口から聞かせてくれ」

「挿れてくれ。犯してくれ。お前に……お前じゃなくちゃ駄目だ、タッカー。お願いだ……」

エリオットは上ずった言葉を口走る。懇願していた。

「俺のペニスが中にほしいか？　そういうことか？」

必死にうなずいて、エリオットは腰を押し返した。

「俺もお前の中に入りたい」とタッカーが囁き、一本の指が二本に増えて、エリオットの奥を慣らしていく。無防備にさらけ出されて、そして無力に、エリオットはただタッカーの太い屹立の頭を呑みこむために拡げられていく。

そして、ついに。タッカーのペニスがエリオットの後ろをかすめた。大きい。誰が主導権を持っているかの誇示。どちらが挿入し、どちらが膝をついて尻を宙につき上げ、それを受け入れるのか。ただ受け身になるしかない弱さと、あさましいほどの快感にエリオットはかぼそく呻いて、タッカーの突き上げを受けた。熱く、なめらかで、固い──。

「ああ──ああ……」甘い灼熱に、愚かな、どうしようもない声が喉から絞り出される。「あ、タッカー……」

タッカーが根元まで沈め、エリオットの尻を陰毛がくすぐった。

「くそ、エリオット、こいつは……すごく……」

ためすように一回、それから荒々しく、エリオットを突き上げる。エリオットはかまえて、両腕に額をつけ、視線を艶光る階段の縁に据えた。一突きごとに低く呻き、両膝を広げて、できるだけ奥まで呑みこもうと尻を上げる。

「もっと……ああ、もっと――」

「愛、してる、何より――」タッカーが突く合間にうなった。「こんなふうに、感じるのは、ほかに、誰もいない。お前、だけだ」

何に興奮するのか嗜好を知り尽くした相手との、そればかりか、まさに求める瞬間に望むものを与えてくれる相手とのセックスが持つ、荒々しくも不思議な美しさ――。

「俺も、愛してるよ……」

不意にタッカーが太い呻きをこぼし、シェバが吠えはじめた。

エリオットの胸の中に笑いがこみ上げてくる。犬に向けて怒鳴ろうとしたが、突如として前ぶれのない絶頂が押し上がってきて、暗く凝縮したその一瞬を突き破り、圧倒的な激流にあまりにも不意打ちで呑みこまれていた。快感の奔流に乗っていたはずが、次の瞬間には炎に包まれたように内からも火が点きそうで――凄まじく美しいオーガズムが、髪の先から爪先までのすべての細胞を燃え上がらせるようだった。

最後の――という気がする――息を吸いこみ、エリオットは達する。白濁した熱いものを階段にぶちまけた。滴の下でジュッとニスが溶けないのが意外なくらいだった。

同時に、ぼんやりとした驚きとともに、タッカーが負けないほど荒々しい絶頂を迎える声と、その熱を感じた。

タッカーが背の上に崩れてくる。その体は小さく痙攣し、息がエリオットの耳元で荒く乱れた。

エリオットはさらに大きな声で笑い出していた。エンドルフィンに感謝だ、膝や背中の痛みも感じない……。

「無茶苦茶だ」とタッカーが喘いだが、その声も笑っていて、エリオットに体重をかけないようにしながら絡んだ手足をほどこうとしていた。「大丈夫か？」

エリオットはうなずき、そのままタッカーの手を借りて起き上がった。

「俺は背中がつったかも」とタッカーが言った。

「犬を怖がらせたしな」

二人がシェバを見やると、吠えるのはもうやめていたシェバは数歩先にちょこんと座りこんで、小首をかしげていた。

タッカーがふうっと、また揺れる笑いの息を吐き出す。

「今の俺のパフォーマンスを採点されてる気がするのはどうしてだろうな？」

エリオットは片手を顔に当て、また笑い出していた。

「ああ、笑えるだろうよ。でもまさかこの犬は毎回、俺たちが――」

タッカーの言葉は、わだかまるジーンズの中から鳴り出した携帯電話で遮られた。ヤマグチからの着信音だ。エリオットは笑いやんだ。二人は目を見交わした。

タッカーの表情が険しくなる。淡々と、確信を持って言った。

「コーリアンが目を覚ましたな」

予感？　直感？　それとも二人がともに恐れていることを言葉にしてみただけか――。

ゲームの再開。

エリオットの携帯がキッチンで鳴り出した。

「違うだろう」エリオットは言う。「あれは、ヤマグチからの、これですべて片付いたという連絡だ」

タッカーの携帯電話がまた鳴りはじめた。携帯へ、エリオットへと、タッカーの視線が動く。

（どうなろうと、君には、私のことを思わずに目覚める朝は二度と来ない……）

「冗談じゃない」

エリオットはさっと立ち上がり、慣れない筋肉の――あるいは使いすぎた筋肉の――ひきつれを無視した。さっさと階段へ向かう。

「こっちは職務中じゃない。お前は休養中だ。それに俺たちは、絶対に、残りの人生をコーリアンの合図でジャンプしながら生きていくつもりはない。電話なんかほっとけ。ゲームオーバーだ」

タッカーに手をのばすと、タッカーも歩み出て彼を迎えた。唇が重なり、押し当てられた唇に、エリオットはタッカーの微笑を感じていた。

フェア・チャンス

初版発行　2020年1月25日

著者　ジョシュ・ラニヨン［Josh Lanyon］

訳者　冬斗亜紀

発行　株式会社新書館
〒113-0024 東京都文京区西片2-19-18
電話：03-3811-2631
［営業］
〒174-0043 東京都板橋区坂下1-22-14
電話：03-5970-3840
FAX：03-5970-3847
https://www.shinshokan.com

印刷・製本　株式会社光邦

◎定価はカバーに表示してあります。
◎乱丁・落丁は購入書店を明記の上、小社営業部あてにお送りください。送料小社負担にてお取り替えいたします。
但し古書店でご購入されたものについてはお取り替えに応じかねます。

Printed in Japan　ISBN 978-4-403-56040-8

NOW ON SALE

「ドント・ルックバック」
ジョシュ・ラニヨン
〈翻訳〉冬斗亜紀
〈イラスト〉藤たまき

美術館に勤務するピーターは何者かに頭を殴られ、記憶障害を起こしていた。自分は犯罪者なのか!?　記憶とともに甦る、甘く切ない極上のミステリ・ロマンス。

殺しのアートシリーズ

殺しのアート1
「マーメイド・マーダーズ」
ジョシュ・ラニヨン
〈翻訳〉冬斗亜紀
〈イラスト〉門野葉一

有能だが冷たいFBIの行動分析官・ケネディ。彼のお目付役として殺人事件の捜査に送り込まれた美術犯罪班のジェイソンだが!?「殺しのアート」シリーズ第1作。

殺しのアート2
「モネ・マーダーズ」
ジョシュ・ラニヨン
〈翻訳〉冬斗亜紀
〈イラスト〉門野葉一

サンタモニカの事件に加わったFBI美術犯罪班・ジェイソン。8ヵ月ぶりの再会なのにケネディは冷たい態度を見せる。二人の間になにかあると思っていたのは自分だけなのか――!?

All's fairシリーズ

All's fair1
「フェア・ゲーム」
ジョシュ・ラニヨン
〈翻訳〉冬斗亜紀
〈イラスト〉草間さかえ
〈解説〉三浦しをん

もとFBI捜査官の大学教授・エリオットの元に学生の捜索依頼が。ところが協力する捜査官は一番会いたくない、しかし忘れることのできない男だった。

All's fair2
「フェア・プレイ」
ジョシュ・ラニヨン
〈翻訳〉冬斗亜紀
〈イラスト〉草間さかえ

FBIの元同僚で恋人のタッカーと過ごしていたエリオットは、実家焼失の知らせで叩き起こされた。火事は放火で、エリオットと父・ローランドはボウガンで狙われる――。

All's fair3
「フェア・チャンス」
ジョシュ・ラニヨン
〈翻訳〉冬斗亜紀
〈イラスト〉草間さかえ

元同僚で収監中のシリアルキラー、コーリアンが共犯の存在をほのめかした。捜査に乗り出したエリオットだったがその矢先、タッカーと連絡が完全に途絶える。彼に一体何が――?

モノクローム・ロマンス文庫

定価：本体720〜1200円＋税

月吠えシリーズ

「月への吠えかた教えます」

イーライ・イーストン

〈翻訳〉冬斗亜紀　〈イラスト〉麻々原絵里依

人生に挫折したティムは。負け犬人生をやり直そうとマッドクリークの町にやってきた。ところがその町は人間に変身できる力を持った犬たち（クイック）が暮らす犬の楽園だった——。傷ついた心に寄り添う犬たちの町、マッドクリークを舞台に繰り広げられる「月吠え」シリーズ第1作。

「ヒトの世界の歩きかた」

イーライ・イーストン

〈翻訳〉冬斗亜紀　〈イラスト〉麻々原絵里依

人間に変身できる特殊能力を身につけた犬「クイック」たちが住む町・マッドクリーク。保安官助手となってはりきるローマン（ジャーマンシェパード）はセクシーなマットと再会し、恋に落ちる。しかし童貞なのでどうしていいかわからない……!?　好評シリーズ第二弾！

「ロイヤル・シークレット」

ライラ・ペース

〈翻訳〉一瀬麻利　〈イラスト〉yoco

英国の次期国王ジェームス皇太子を取材するためケニアにやってきたニュース配信社の記者、ベンジャミン。滞在先のホテルの中庭で出会ったのは、あろうことかジェームスその人だった。雨が上がるまでの時間つぶしに、チェスを始めた二人だが……!?　世界で一番秘密の恋が、始まる。

NOW ON SALE

狼シリーズ

「狼を狩る法則」

J・L・ラングレー

〈翻訳〉冬斗亜紀　〈イラスト〉麻々原絵里依

人狼で獣医のチェイトンが長い間会いたかった「メイト」はなんと「男」だった!?　美しい人狼たちがくり広げるホット・ロマンス!!

「狼の遠き目覚め」

J・L・ラングレー

〈翻訳〉冬斗亜紀　〈イラスト〉麻々原絵里依

父親の暴力によって支配されるレミ。その姿はメイトであるジェイクの胸を締め付ける。レミの心を解放し、支配したいジェイクは――!?「狼を狩る法則」続編。

「狼の見る夢は」

J・L・ラングレー

〈翻訳〉冬斗亜紀　〈イラスト〉麻々原絵里依

有名ホテルチェーンの統率者であるオーブリーと同居することになったマットはなんとメイト。しかしオーブリーはゲイであることを公にできない……。人気シリーズ第3弾。

モノクローム・ロマンス文庫

定価：本体720〜1200円＋税

ヘル・オア・ハイウォーターシリーズ

ヘル・オア・ハイウォーター1

「幽霊狩り」

S・E・ジェイクス

〈翻訳〉冬斗亜紀　〈イラスト〉小山田あみ

元FBIのトムが組まされることになった相手・プロフェットは元海軍特殊部隊でCIAにも所属していた最強のパートナー。相性最悪のふたりが死をかけたミッションに挑む。

ヘル・オア・ハイウォーター2

「不在の痕」

S・E・ジェイクス

〈翻訳〉冬斗亜紀　〈イラスト〉小山田あみ

姿を消したプロフェットは、地の果ての砂漠で核物理学者の娘の保護をしていた。もうEEに戻ることはない——そんな彼を引き戻したのは、新たなパートナーを選びながらもしつこく送り続けてくるトムからのメールだった。

ヘル・オア・ハイウォーター3

「夜が明けるなら」

S・E・ジェイクス

〈翻訳〉冬斗亜紀　〈イラスト〉小山田あみ

EE社を辞めトムと一緒に暮らし始めたプロフェットは昔の上官・ザックからの依頼を受け、トムとともにアフリカのジブチに向かった。そこで11年前CIAの密室で拷問された相手、CIAのランシングと再会するが——。